〔美〕

艾丽斯·西伯德

著

施清真

译

可爱的 骨头

北京联合出版公司
Beijing United Publishing Co.,Ltd.

可爱的骨头

[美]艾丽斯·西伯德 著

施清真 译

图书在版编目（CIP）数据

可爱的骨头 /（美）西伯德著；施清真译. —北京：北京联合出版公司，2016.10（2022.3 重印）
ISBN 978-7-5502-5601-9

Ⅰ.①可… Ⅱ.①西…②施… Ⅲ.①长篇小说—美国—现代 Ⅳ.① I712.45

中国版本图书馆 CIP 数据核字 (2015) 第 133133 号

北京市版权局著作权合同登记号：图字 01-2015-2958

选题策划　联合天际
责任编辑　李　征　刘　凯
特约编辑　任　菲　张雅洁
封面插画　马岱姝
封面设计　@broussaille 私制

出　版　北京联合出版公司
　　　　北京市西城区德外大街 83 号楼 9 层 100088
发　行　北京联合天畅文化传播有限公司
印　刷　北京联兴盛业印刷股份有限公司
经　销　新华书店
字　数　253 千字
开　本　850 毫米 × 1168 毫米 1/32 11.25 印张
版　次　2016 年 10 月第 1 版　2022 年 3 月第 4 次印刷
I S B N　978-7-5502-5601-9
定　价　58.00 元

关注未读好书

未读 CLUB
会员服务平台

爸爸的书桌上有个雪花玻璃球，里面有一只围着红白条纹围巾的企鹅。小时候，爸爸将我抱到大腿上，伸手拿起玻璃球，把它倒过来，让雪花飘落到玻璃球的一端，然后很快把球翻倒回去。我们看着雪花轻轻地飘落在企鹅身旁。我觉得企鹅待在玻璃球里孤零零的，真为它担心。我把担心告诉爸爸，爸爸却说："苏茜，别担心，它活得好着呢，圈住它的是一个完美的世界。"

一

　　我姓萨蒙，念起来就像英文的"三文鱼"，名叫苏茜。一九七三年十二月六日，我被谋杀，当时才十四岁。七十年代报上刊登的失踪女孩的照片，大部分看起来都和我一个模样：白种女孩、灰褐色头发。在那个年代，各种种族及不同性别的小孩照片，还没有出现在牛奶盒或是每天的邮递广告上；在那个年代，大家还不相信会发生小孩遭到谋杀之类的事情。

　　妹妹让我迷上了一个名叫胡安·拉蒙·希梅内斯的西班牙诗人，我在初中毕业纪念册上还特意引用了他的一句话："如果有人给你一张画了格线的纸，你就偏不要按着格线书写。"这句话表达了我对四周中规中矩的一切，诸如教室之类的建筑物的轻蔑，而且我觉得选用一句著名诗人的话，而不是某个摇滚歌手说的蠢话，会显得自己比较有文化气息。我是象棋社和化学社的社员，可在黛敏尼柯太太的家政课上，不论我每次烧什么菜，都会把菜烧焦。我最喜欢的老师是伯特先生，伯特先生教生物，他喜欢抓起我们将要解剖的青蛙、小虾，丢在打了蜡的铁盘里，看它们脚底打滑的样子就像是在跳舞。

　　顺带一提，凶手不是伯特先生。请你别把接下来每个即将出现

1

的人当成嫌犯，因为这恰恰是问题所在：你永远料不到谁会出手杀人。伯特先生参加了我的葬礼，而且哭得很伤心。（请容我插一句：全校师生几乎都出席了葬礼，我在世的时候可从没这么风光过。）他的小孩病得很严重，我们都知道这件事。因此，每当他说了笑话，自己笑个不停时，即使这些笑话早在我们选修他的课之前就已过时，我们也依然跟着大笑。我们有时还强迫自己跟着笑，只为了让他高兴一点儿。他的女儿在我死后一年半也死了。她得了白血病，但我在我的天堂里从未见过她。

凶手是我家的邻居。妈妈喜欢他花坛里的花，爸爸有次还向他请教如何施肥。凶手先生认为蛋壳、咖啡渣等传统肥料比较有效，他说他妈妈都用这些传统方式施肥。爸爸回家之后笑个不停，他开玩笑说这人的花园或许很漂亮，但热浪一袭来，八成得臭气冲天。

但一九七三年十二月六日那天可没有热浪，那天飘着雪，我从学校后面的玉米地抄近路回家。冬天天黑得早，当时天色已晚，我记得田里的玉米秆被人踩得乱七八糟，田间小径也变得更不好走，细雪有如一双双小手，轻飘飘地覆盖大地，我用鼻子呼吸，直到冷得不断流鼻涕才张嘴吸气。我停下来，伸出舌头尝尝雪花的味道。哈维先生就站在离我六英尺的地方。

"我没吓着你吧？"哈维先生说。

在灰暗的玉米地里，他当然吓了我一跳。离开人间之后，我想起当时空气中似乎飘来淡淡的古龙水气味，但我没有多加注意，或许那时我以为气味来自前面的房子。

"哈维先生。"我打了招呼。

"你是萨蒙家的大女儿，对不对？"

"是的。"

"你爸妈还好吗？"

虽然我身为长女，在机智问答中也时常占上风，但在大人面前我依然觉得不自在。

"他们很好。"我说。虽然觉得很冷，但他是个大人，在年龄上有天然的权威，再加上他是邻居，又和爸爸谈过肥料等事情，所以我还是站在原地没动。

"我在附近盖了个东西，"他说，"你要不要过来看看？"

"哈维先生，我觉得有点冷，"我说，"况且妈妈希望我能在天黑前回家。"

"现在已经天黑了，苏茜。"他说。

我当时若察觉出异样就好了。我从未告诉过他我叫什么名字，我想或许爸爸曾提过我。爸爸总喜欢跟大家说我们小时候的糗事，觉得说说无妨，他只想借此表达他多疼我们。有些爸爸喜欢把小孩三岁时光身子的照片放在楼下的客用卫生间里，我爸爸就是这样，感谢上天，他放的是妹妹琳茜小时候的照片，最起码我躲过了这样丢脸的事。但他喜欢跟大家说我的另一件糗事——他说琳茜刚出生时，我非常忌妒这个小妹妹，有一天他在另一个房间打电话，从他站的地方正好看到我走到沙发旁边，爬到摇篮旁，试图在琳茜的头上撒尿。爸爸把这件糗事告诉我们教堂的牧师和邻居史泰德太太，史泰德太太是心理医生，爸爸想听听她的分析，而且还不只这样，每次只要有人说"苏茜很活泼嘛"，爸爸就重复这个故事，每次都让我觉得特别难为情。

"活泼？！"爸爸总回答说，"我告诉你这个小孩有多活泼。"说完他马上兴高采烈地又讲一遍"苏茜在琳茜头上撒尿"的故事。

事实上，爸爸从没向哈维先生提过我们，哈维先生也没听过"苏茜在琳茜头上撒尿"的故事。

事发之后，哈维先生在街上碰到妈妈时，他对妈妈这么说："我听说了这个不幸的悲剧，真是太可怕了！您女儿叫什么来着？"

"她叫苏茜。"妈妈勉强打起精神回答，提到我的名字让她心情沉重，她天真地希望心头的重担总有一天能放下，殊不知在未来的日子里，这个阴影始终挥之不去，在她的一生中不断造成新的、各式各样的伤害。

哈维先生像大家一样对她说："我希望他们早点捉到这个浑蛋，您痛失爱女，我真替您难过。"

他说这话时我已经在天堂，我气得四肢发抖，不敢相信他竟然如此厚颜无耻。"这人真不知羞耻。"我对弗兰妮说，弗兰妮是天堂指派给新成员的辅导老师。"没错。"弗兰妮回答，简简单单两个字就表达了她的观点。在我的天堂里，大家就是这么简单直接，没有人多说废话。

哈维先生说，过去看看花不了多少时间，所以我就跟着他走进玉米地深处。没有人从这里抄近路到学校，此处的玉米秆很少遭人践踏。我弟弟巴克利曾问为什么镇上的人都不吃田里的玉米，妈妈告诉小巴克利说田里的玉米吃不得，妈妈说："玉米是给马吃的，人不吃玉米。"巴克利接着又问："狗也不吃吗？"妈妈回答说："不吃。"巴克利继续追问："恐龙也不吃吗？"他们就这么一问一答，持续了好久。

"我盖了一个简单的地洞。"哈维先生说。

他停下来，转身盯着我。

"我什么也没看到。"我说，察觉到哈维先生看我的眼神非常奇怪，自从我长成少女、摆脱小时候胖嘟嘟的模样之后，一些年纪比较大的男人曾用同样的眼光看我，但当时我穿着宝蓝色的风雪大衣和黄色的喇叭裤，这副模样通常不会引起他们的兴趣。哈维先生戴着金边圆眼镜，此时，他正透过小小的镜框盯着我。

"你再仔细看看，苏茜。"他说。

我本该马上设法逃走，但我没有这么做。为什么没有呢？弗兰妮说这些问题都是白问："当时你没逃，没有就是没有，别再多想了，想再多也没用。你已经死了，你必须接受这个事实。"

"再试试看。"哈维先生说，边说边蹲下来敲敲地面。

"那是什么？"我问道。

我耳朵都快冻僵了。妈妈在圣诞节帮我织了一顶杂色的帽子，上面还有一个绒球和一对铃铛，当时我没有戴，而是把帽子塞进了大衣口袋里。

我记得我走过去，踩了踩哈维先生旁边的田地，冬天天寒地冻，但我脚下的地面显得比冻土还要坚硬。

"你踩到的是木头，"哈维先生说，"搭上木头，入口处才不会崩塌。除了入口处之外，地洞里其他东西都是泥土做的。"

"都有什么东西？"我问道，那时的我已经感觉不到寒冷，也忘了他奇怪的眼神，我就像在上自然课一样，心中充满好奇。

"进来看看。"

走下去的感觉很奇怪，等我们走进地洞之后，哈维先生也承认走进来不太容易。但我当时只注意到哈维先生在地洞里架起一个烟囱管道——这样，如果他想在地洞里生火，烟雾就可以从烟囱里排出去——压根没留意进出地洞容不容易的问题。再说，在我此前的生活经验里，我也从未想过要躲避谁，唯一需要躲避的是怪模怪样的亚提。亚提是我的同学，他爸爸在殡仪馆上班。他喜欢假装带着一支装满尸体防腐剂的长针筒，还在笔记本上画了好多滴着黑色液体的针管。

"太酷了！"我对哈维先生说。那时即使他是我在法文课上读到过的钟楼怪人，我也不在乎。我变得像小孩一样：有一次我们带巴克利到纽约市的自然博物馆参观，他看到巨大的恐龙化石，着迷得说不出话来，而我那时的感觉就和他一样。连说的话都像小孩子——小学以后我就没有用过"酷"这个词了。

"骗你就好像从婴儿手里骗糖果一样容易。"弗兰妮说。

❧

我依然记得地洞的模样，往事历历在目，好像昨天才发生。事实上，对于天堂里的我们来说，生命就是一个永恒的昨天。地洞大概和我家放雨靴、球鞋的储藏室一般大小，和一个小房间差不多。妈妈还在里面摆了洗衣机和干衣机，储藏室不够大，干衣机就只好放在洗衣机上面。我在地洞里勉强可以站直，哈维先生则必须弯腰驼背，他挖地洞时顺便沿着墙造了一张凳子，他一进来就坐了上去。

"随便看看。"他说。

我惊奇地东张西望。他在板凳上方造了一个架子，架子上摆了火柴、一排电池和用电池发电的日光灯。日光灯是地洞中唯一的光源，光线暗淡诡谲，他压在我身上时，我几乎看不清他的脸。

架子上还摆了一面镜子、一把刮胡刀和一管刮胡膏，我看了觉得很奇怪，难道他不在家里刮胡子吗？但我又想，这个人有栋不错的房子，却在离家只有半英里的玉米地里挖了一个地洞，他八成不太正常。爸爸曾这样形容像哈维先生这样的人："他真是个怪人，没错，怪人一个。"这评价真是再确切不过了。

我猜当时我只想到哈维先生是个怪人、这个地洞还不错、里面很温暖之类的事情，我想知道他是怎么挖凿地洞的、地洞的构造如何，以及他从哪里学到的这样的技术。

三天之后，吉尔伯特家的小狗拾到了我的胳膊肘，它把胳膊肘叼回家，上面还粘着一片醒目的玉米皮，那时哈维先生已经掩埋了地洞。我正处于人间到天堂的过渡期，恍恍惚惚，没有看到他忙得全身大汗，拆下地洞入口的木板，把所有证物和尸块装进袋子里，唯独遗漏了我的胳膊肘。等我神志恢复清醒，能够观看人间的状况之后，我只关心我的家人，其他都不重要。

妈妈坐在大门口旁边的一张硬椅子上，张着嘴，脸上一片我从未见过的惨白，湛蓝的双眼直直地盯着前方。爸爸拼命地想找事情做，他想知道所有细节，也想跟着警员搜寻玉米地。感谢上帝，有个名叫赖恩·费奈蒙的警探第一天就派了两名警员带爸爸到镇上，请他指出平日我和朋友常去的地方，在一家购物中心待了一整天，这样就够爸爸忙了。没人告诉琳茜出了什么事，她已经十三岁了，应该能承受这个消息；四岁的巴克利也不知道怎么回事，老实说，他永远也无法真正理解这个悲剧。

哈维先生问我要不要喝饮料。一切就是这样开始的。我说我得回家了。

"有礼貌一点儿,喝瓶可口可乐吧,"他说,"我相信其他小孩一定都会喝的。"

"什么其他小孩?"

"这个地方是为了镇上的小孩盖的,我想大家说不定能把这里当成俱乐部之类的聚会场所。"

即使在当时,我也不相信他说的话。我觉得他在说谎,但我想这样的谎话真是可悲,我想他一定很寂寞。我们在健康教育课上听说过像他一样的男人,这样的男人没有结过婚,每天晚上吃冷冻食品,他们生怕受到拒绝,连宠物都不敢养,我真替他感到难过。

"那好吧,"我说,"请给我一瓶可乐。"

过了一会儿,他又说:"苏茜,你不会太热吗?把大衣脱下来吧。"

我照办了。

然后他说:"苏茜,你真漂亮。"

"谢谢。"我说,他让我觉得很不自在,就像我朋友克拉丽莎所说的"起了一身鸡皮疙瘩",尽管如此,我依然客气地道谢。

"你有没有男朋友?"

"没有,哈维先生。"我说,我大口地喝掉剩下的大半瓶可乐,然后说,"我得走了,哈维先生,这个地方真不错,但我得回家了。"

他站起来,弯腰驼背地站在阶梯上,地洞里有六级阶梯,这是通往外界的唯一通道:"我不明白你为什么想离开。"

我一直说话,这样我才不必面对现实:哈维先生不只是个怪人,此时他挡住了出口,他让我全身起了鸡皮疙瘩。

"哈维先生,我真的要回家了。"

"把你的衣服脱掉。"

"什么？"

"把衣服脱掉，"哈维先生说，"我要检查看看你还是不是处女。"

"哈维先生，我是。"我说。

"我要确认一下，你爸妈会感谢我的。"

"我爸妈？"

"他们只要好女孩。"他说。

"哈维先生，"我说，"请让我走。"

"你走不了的，苏茜，你现在是我的人了。"

那个时代的人不太重视健身，几乎没有人知道什么叫"有氧健身操"，大家觉得女孩子应该柔弱一点儿，在学校里，只有那些大家眼里的"假小子"似的女孩才爬得上吊绳。

我奋力挣扎，拼命抵抗，不让哈维先生伤害我。虽然使尽全力，我依然不够强壮，我的力气根本比不上他的。我很快就被推倒在地，在阴暗的地洞中，他压在我身上喘息，大汗淋漓，眼镜在挣扎中被挤掉了。

那时的我还意识清醒。我的背部抵着地面，身上趴着一个全身大汗的男人。我被困在地洞里，没有人知道我在哪里，我觉得世间最痛苦的遭遇莫过于此。

我想到了妈妈。

妈妈此刻大概正在看着烤箱上的时钟，那是她新买的烤箱，她很喜欢上面附带的时钟。"我可以一分不差地计时啦。"她对外婆说。可外婆压根不在乎什么烤箱。

妈妈会担心，但更多的是气我放学后不准时回家。爸爸把车开进车库时，她会跑来跑去，帮爸爸调一杯干雪莉鸡尾酒，假装生气地说:"你知道这些初中生啊,"她会这么说,"说不定是春天发情喽。""阿比盖尔,"爸爸则会回答说,"现在外面下大雪,怎么可能是春天发情?"眼看抱怨不成,妈妈八成会把巴克利拉进客厅,说:"去,跟爸爸一起玩。"然后自己躲回厨房,偷偷呷一口雪莉酒。

哈维先生想强吻我,他青紫色的双唇又黏又湿,我想尖叫,但我非常害怕,刚才的挣扎又用光了力气,根本叫不出声。一个我心仪的男孩曾吻过我,他叫雷,是个印度男孩,他皮肤黝黑,讲话带着口音。我不应该喜欢上他的。克拉丽莎说他半睁半闭的大眼睛,看起来"实在怪异"。但雷很聪明也很和善,他还若无其事地帮我在代数小考时作弊。交毕业照的前一天,他在寄物柜旁边吻了我。夏天接近尾声时,我们拿到了毕业纪念册,我看到他在他的照片下方"我衷心祝福某某人"的空栏填上了"苏茜·萨蒙"。我想他一定早有预谋,我还记得他干燥皲裂的嘴唇。

"不要这样,哈维先生。"我勉强出声,不停地重复着那个词"不要"。有时我也交替着说"求你不要这样"。弗兰妮说几乎每个人临死之前,都哀求过"求你了"。

"我要你,苏茜。"他说。

"求你了,"我苦苦哀求,"不要这样。"我再三恳求,有时我把两个词合在一起用,"求你了,不要这样"或是"不要这样,求你了"。这就好像明明知道钥匙不管用,还拼命拿着它开门,或是眼看着垒球从头顶飞过直达看台,还不停大喊:"我接到了,我接到了,我接到了。"

"求你了,不要这样。"

但他听厌了我的哀求,他把手伸进我的大衣口袋,拿出妈妈给我织的帽子，把帽子卷成一团塞进我嘴里。在此之后，我只能借着帽檐的铃铛，发出微弱的声响。

他黏湿的双唇吻上我的脸颊、脖子，然后双手开始在我衬衫里摸索。我低声啜泣，慢慢地，我开始脱离自己的躯体，融入空气与静默之中。我哭泣、挣扎，唯有如此，我才能麻痹自己。他没找到妈妈在裤子侧面精心缝制的隐形拉链，便一把撕开我的长裤。

"白色的内裤啊。"他说。

我觉得身体不断膨胀，我似乎变成一片汪洋，他则站在里面小便。我想到以前为了哄琳茜开心和她玩的翻花绳游戏，此时此刻，我全身上下就好像被缠绕在翻花绳的绳子里，不停地扭曲、翻腾。他开始在我身上肆虐。

"苏茜！苏茜！"我听到妈妈大喊，"吃晚饭了。"

他进入我的体内，他不停地呻吟。

"今天晚上吃青豆和烤羊肉。"

我是一团灰泥，他是一支捣槌。

"你弟弟又用手指画了一幅画，而我烤了一个苹果派哦。"

哈维先生让我躺在他身下不要动，还叫我听他的心跳和我的心跳。我的心跳有如兔子的轻跃，他的心跳则隔着衣物发出阵阵锤子重击般的巨响。我们躺在一起，肢体互相碰触。我全身发抖，心中全被一个念头所占据：他已经对我做出了这种事，而我还活着。除此之外，我大脑一片空白。我还能呼吸，我听得到他的心跳，闻得到他的鼻息。周围阴暗的地洞散发着湿漉漉的泥土味，闻得出来这里是各种昆虫和小动物的栖身之所。在这里，我喊再久也没人听得见。

我知道他会杀了我，可我没想到会那么快。

"你为什么不站起来？"哈维先生边说边翻身到一旁，然后蹲下来俯身看着我。

他的声音温和，带着一丝鼓励，仿佛呼唤早晨晚起的情人——像是个建议，而非命令。

我动不了，站不起来。

我没有动静，他把身子歪向一边，伸手在放了剃刀和刮胡膏的架上摸索（难道就因为我不动，就因为我没有听从他的建议吗）；他拿着一把刀回到我身边，尖刀出鞘，锐利的刀锋露出扭曲的笑容。

他拿出我嘴里的帽子。

"告诉我你爱我。"他说。

我用微弱的声音重复了一遍。

却还是落得一样的下场。

二

　　刚到天堂时，我以为每个人看到的都和我一样：足球场球门竖立在远处，粗壮的女学生在投掷铅球和标枪，所有的建筑物看起来都像极了镇子东北郊那些六十年代兴建的高中学校。一排排低矮宽敞的教室散布在沙地周围，屋顶挑高，空间开阔，让它们看上去颇具现代感。我最喜欢那里青绿色与橙色相间的石板，就像费尔法克斯高中的石板地一样。活着的时候，我经常缠着爸爸开车载我去费尔法克斯高中，好想象一下自己在那里上课的情景。

　　读完初中七年级、八年级和九年级之后，高中将是个全新的开始。等我上了费尔法克斯高中，我要坚持大家叫我"苏姗娜"，我要让头发像羽毛般柔软，或是扎个马尾辫；我要拥有让男孩垂涎、让女孩忌妒的身材。最重要的是，我要对每个人都非常好，好到大家不得不仰慕我，不然会良心不安。我喜欢想象自己受到女王般的尊崇，保护那些在学校餐厅受欺负的同学的情景。如果有人讥笑克莱夫·桑德斯走路像女孩子，我会冷不防地狠狠踹那人一脚；如果男孩子嘲笑菲比·哈特的大胸，我会大声告诉他们那些笑话一点儿都不好笑。其实菲比走过我身旁时，我也在笔记本的边缘偷偷写下过

"温内贝戈人①""无敌大胸""厢型车来喽"等字眼，当然我必须不经意地"忘记"自己也曾如此幼稚。我坐在车子后座，爸爸一边开车，我一边做白日梦，想到后来得意忘形。我想象自己短短几天就征服了费尔法克斯高中，甚至莫名其妙地，高二就拿到了奥斯卡最佳女主角奖。

这些就是我在人间的梦想。

在天堂待了几天之后，我发现投掷铅球、标枪的运动员，以及那些在龟裂的柏油路上打篮球的男孩都有他们各自版本的天堂。我的天堂虽然和他们的天堂不完全一样，但还是有很多相同之处，所以他们才会出现在我的天堂里。

在天堂的第三天，我遇见了霍莉，她后来成了我的室友。第一次见面时，她正坐在秋千上看书。（我没去质疑为什么高中里还有秋千。天堂本来就是这样的，你要什么，就有什么。秋千的座位可不是普通的木板，而是结实的黑橡胶圈。荡秋千之前，你可以舒服地蜷缩在橡胶圈里，或是在上面跳一跳。）霍莉坐着看书，书上的文字奇形怪状。爸爸有时从"合发小馆"带肉丝炒饭回家，我在外卖盒子上曾看到过类似的文字。巴克利非常喜欢这家越南餐厅的名字，他每次都扯着嗓门大喊："合发！"不过我现在认识了真正的越南人，也就知道了合发小馆的老板赫尔曼·杰德根本不是越南人，他的真名也不叫赫尔曼·杰德，而是他从中国移民到美国时新取的名

---

① 温内贝戈人（Winnebagos），北美印第安人，现居美国威斯康星州格林贝及内布拉斯加州东北部。

字。这些都是霍莉告诉我的。

"嗨,"我说,"我叫苏茜。"

霍莉后来告诉我,她从电影《蒂凡尼的早餐》里选了这个名字,不过那天她只是不假思索地脱口而出。

"我叫霍莉。"她说。因为她想说一口标准的英文,所以在她的天堂里,她讲话不带任何口音。

我盯着她的黑发,黑发闪烁着丝绸般的光芒,就像在时装杂志里看到的一样。"你在这里多久了?"我问道。

"三天了。"

"我也是。"

我在她旁边的秋千上坐下来,我不停地转圈,将铁链缠绕成一团,一直扭到顶端之后才松手。秋千转了又转,过了好一会儿才停住。

"你喜欢这里吗?"她问道。

"不喜欢。"

"我也不喜欢。"

我们就这样成了好朋友。

在天堂里,我们最单纯的梦想都会实现。学校里没有老师。我上美术课,霍莉参加爵士乐团,除此之外,我们不必进教室。学校里的男孩子不会偷掐我们的屁股,也不会说我们有狐臭,我们的教科书是《十七岁》《魅力》和《时尚》杂志。

霍莉和我有许多相同的梦想,我们的感情越来越好,天堂也不断扩充。

辅导员弗兰妮成了我们的良师。四十几岁的弗兰妮,年纪足以当我们的妈妈。霍莉和我过了一段时间才想清楚，原来这也是我们那些单纯的梦想之一：妈妈。

在弗兰妮的天堂里，她勤奋工作，努力有了成果，也得到了应得的赏识。她在世时是个协助游民和贫民的社会工作者。她在圣玛丽教堂工作，这个教堂专为妇女和小孩提供膳食，弗兰妮负责接电话、打蟑螂，大小事情一手包办。有一天，一个男人到教堂找他太太，他一枪射中了弗兰妮的脸。

在天堂的第五天，弗兰妮走到我和霍莉面前，递给我们两杯青柠檬果汁，我们接过杯子，一饮而尽。"我来看看能不能帮得上忙。"她说。

我望着弗兰妮笑纹密布的蓝色小眼睛，诚实地对她说："我们好无聊。"

霍莉伸长舌头，忙着看舌头有没有变绿。

"你想要什么？"弗兰妮问道。

"我不知道。"我说。

"想清楚自己要什么就行了。只要愿望足够强烈，并且想明白原因，真正了解自己为什么想要，你的梦想就会成真。"

听起来很简单，做起来也不难，我和霍莉就这样得到了我们的复式公寓。

我讨厌我在人间住的错层式房子，也讨厌爸妈的家具。从我们家看得到邻居家，邻居家也看得到隔壁邻居，基本上，山坡上的每栋房子看起来都一个样。从霍莉和我的复式公寓往外看是个公园，我们既知道其他邻居的存在，又不至于离他们太近，只是隐约能看到其他房子的灯火，这个距离刚刚好。

到后来我想要的东西越来越多，奇怪的是，我发现自己很想知道在世时从不知道的事情，比方说，我好想长大。

　　"活着才会长大，"我对弗兰妮说，"我想活着。"

　　"不行。"弗兰妮说。

　　"最起码我们可以观看活着的人吧？"霍莉问道。

　　"你们已经在看了。"弗兰妮说。

　　"我想霍莉的意思是说，想看看人是怎么过一辈子的。"我说，"我们想从出生看到去世，看看大家怎么度过一生。我们想知道他们的秘密，这样我们才能假装自己的日子更好过一点儿。"

　　"但你还是没办法体验真正的成长。"弗兰妮强调说。

　　"谢谢你的提醒，聪明人。"我说。无论如何，我们的天堂是变得越来越热闹了。

　　这里仍然有高中，天堂高中里的建筑物和费尔法克斯高中的看上去差不多，只是多了四通八达的道路。

　　"出去走走吧，"弗兰妮说，"你们会找到自己需要的东西的。"

　　因此，我和霍莉出发一探究竟。我们发现天堂里有个冰激凌店，你点薄荷冰激凌时，没有人会告诉你："对不起，现在不是卖薄荷冰激凌的季节。"天堂里有份报纸时常刊登我们的照片，让我们觉得自己成了大人物。因为霍莉和我都喜欢时装杂志，因此报上还出现了不少时尚名人、社交名媛等真实人物。霍莉有时显得心不在焉，有些时候我去找她，发现她不知道到哪里去了，这时我就知道霍莉去了她自己的小天地——她的天堂里我们无法共享的那部分。每当这时我就会分外想她，这种思念的心情有点奇怪，因为那时我明知道我们会永远在一起。

我希望哈维先生去死，希望自己还活着，这是我最大的梦想，却无法实现。天堂毕竟不是十全十美的。但我相信只要我仔细观察，诚心企盼，说不定能改变凡间我所爱的人的生活。

十二月九日接电话的是爸爸，自此揭开了悲剧的序幕。他告诉警方我的血型，还向警方描述了我光洁的皮肤。警方问他我还有没有其他可辨识的特征，他开始详细描述我的脸部特征，越讲越深陷其中。费奈蒙警探没有打断爸爸的话，他还有一个非常悲惨的消息要告诉爸爸，却不知该如何开口。犹豫再三，他终于说："萨蒙先生，我们只找到一个尸块。"

爸爸站在厨房，悲恸得浑身颤抖，不能自已。他该怎么把这个消息告诉阿比盖尔呢？

"这么说，你们无法确定苏茜已经死了？"他问道。

"没有什么事情是百分之百确定的。"费奈蒙警探说。

爸爸就这么告诉了妈妈："没有什么事情是百分之百确定的。"

一连三个晚上，爸爸不知道该对妈妈说什么，也不知道该怎么安慰她。在此之前，他们两人从来没有同时崩溃过。通常都是一方安抚另一方，从来不曾同时需要彼此的慰藉。以前总有一方比较坚强，遇到状况时，两人互相拥抱，比较软弱的一方感受到对方的力量，心情也就会好过一点。他们从不曾真正了解什么叫作"恐惧"，直到此刻才体会到它的滋味。

"没有什么事情是百分之百确定的。"妈妈念叨着，爸爸希望她听得进这句话，她也死死地抓着这句话不放。

妈妈知道我的银手镯上每一个小饰物代表什么，她记得我们是在哪里买的银手镯，也知道我为什么这么喜欢它。她列了一张清单，巨细靡遗地列出我的穿戴，如果有人在几英里以外的地方或是某条马路上的隔离带里发现了单子上的东西，警方说不定能凭借着这些证据，找到杀害我的凶手。

我看着妈妈仔细地列出我所穿戴及喜欢的东西，心中充满温情，却又阵阵苦楚。她明知机会渺茫，却仍抱着一丝希望。她期待那些捡到卡通橡皮擦或是摇滚明星徽章的陌生人，能将这些东西交给警方。

和费奈蒙警探通过电话之后，爸爸伸手握住妈妈的手，两人坐在床上，一言不发地瞪着前方发呆。妈妈麻木地紧握着手上的清单，爸爸觉得有如置身黑暗的隧道。过了一会儿，天上飘起雨丝，虽然他们都没说话，但我可以感觉到他们想着同一件事：下雨了，苏茜却一个人孤零零地待在雨中。他们都希望我平安，躲在一个温暖干燥的地方。

他们不知道谁先入睡，两人精疲力竭，不知不觉就睡着了。雨势忽大忽小，气温也越来越低，到后来下起了冰雹，小石块一样的冰雹敲打着屋顶，激起阵阵声响。他们同时被惊醒，心中充满了罪恶感。

他们沉默不语。房间另一端的灯还亮着，他们在微弱的灯光中看着对方。妈妈失声痛哭，爸爸将她抱在怀里，用大拇指擦去她的泪痕，捧起她的脸颊，双唇轻柔地吻着她的双眼。

他们轻触彼此，我便不再看着他们，而把视线移到玉米地，看看警方隔天早晨能不能在田里找到什么东西。冰雹打弯了玉米秆，也把小动物全赶进了洞穴。离地面不深的洞穴里住着一群野兔，我喜欢野兔，可它们常跑到附近人家的花园里偷吃蔬菜和花朵。人们在花园里放了毒饵，有时，某只不知情的兔子会把毒药带回家，结果，在地面之下，某个远离那些投放毒饵的人们的洞穴里，整个野兔家族蜷缩在一起，悄无声息地同归于尽。

十日早上，爸爸把整瓶威士忌倒进厨房水槽，琳茜问他为什么把酒倒掉。

"我怕我会喝。"他说。

"昨晚的电话里说了什么？"我妹妹问道。

"什么电话？"

"我听到你说星星爆裂的光芒，每次提到苏茜的笑容，你总是这么说。"

"是吗？"

"没错，听起来傻傻的，是警员打来的电话，对不对？"

"你要听实话？"

"我要听实话。"琳茜十分肯定。

"警方找到一个尸块，他们说可能是苏茜的。"

琳茜觉得有人狠狠地朝她胃部打了一拳："你说什么？"

"没有事情是百分之百确定的。"爸爸试图解释。

琳茜坐在餐桌旁，说："我觉得我快吐了。"

"宝贝儿，你还好吗？"

"爸，我要你告诉我警方找到的是哪一部分的尸体，然后请你准备好，我八成会吐。"

爸爸拿出一个巨大的金属搅拌盆。他把盆子放在桌上，摆到琳茜旁边，然后坐了下来。

"好，"她说，"告诉我。"

"警方说是一只胳膊肘，吉尔伯特家的狗发现的。"

说完爸爸就握住琳茜的手，正如先前所言，琳茜果然吐在那个闪闪发亮的金属盆里。

当天早晨稍后，天气逐渐转晴，警员把离我家不远的玉米地围起来，开始进行搜索。雨水、冰霜，再加上融化的积雪与冰雹，使整片玉米地泥泞不堪，但仍看得出有个地方刚被动过，警方由这里开始挖掘。

根据后来的化验报告显示，那里的泥土多处掺杂着高浓度的我的血液，但警方当时并不知情，他们不断地在周围冰冷潮湿的泥土中翻找着，试图找寻一个失踪的女孩，愈挖愈觉得沮丧。

在靠近足球场的田边，好几位邻居远远地站在警戒线外，看着玉米地里站了这么一群身穿蓝色厚重风雪大衣、手执铁铲和类似医疗器具的男人。大家都不知道出了什么事。

爸妈待在家里，琳茜在她房里，巴克利留在他朋友奈特家。奈特住在附近，接下来这一段日子里，巴克利会经常待在他家。大家告诉巴克利说，我到克拉丽莎家玩去了，要过一阵子才会回来。

我知道我的尸体在哪里，却没办法告诉任何人，只能悄悄观察，等着看大家会找到什么。当天下午，如同晴天霹雳一般，有个警员突然举起沾满泥上的拳头，高声喊叫。

"快到这里来！"他大喊，其他警员马上跑过去，把他团团围住。

当时，除了史泰德太太之外，其他的邻居都回家了。搜寻人员围着发现东西的警员商议了一阵，费奈蒙警探穿过拥挤的人墙，向史泰德太太走来。

"史泰德太太吗？"他隔着警戒线问道。

"我是。"

"你有个正在学校就读的小孩，是不是？"

"是的。"

"请跟我过来，好吗？"

一名年轻的警员带领史泰德太太进入警戒区，他们穿过凹凸不平、被翻得乱七八糟的玉米地，走到大家站的地方。

"史泰德太太，"费奈蒙警探说，"这个东西您看起来眼熟吗？"他边说边举起一本平装本的小说《杀死一只知更鸟》，"孩子们在学校读过这本书吗？"

"读过。"她小声地回答，脸上血色尽失。

"您介不介意我问您……"他展开了问讯。

"九年级，"她凝视着费奈蒙警探湛蓝的双眼说，"苏茜今年九年级。"她从事心理咨询，向来自认能承受坏消息，也能理智地和患者讨论他们生活中各种棘手的问题，但现在她却发现自己扑倒在带她过来的年轻警员怀里。我可以感觉到，她真后悔之前没有跟其他邻居一起离开，她真希望自己现在正和先生坐在客厅里，或是和儿子待在后院。

"谁是这门课的老师？"

"迪威特太太，"史泰德太太说，"读了《奥赛罗》之后，孩子们觉得读《杀死一只知更鸟》轻松多了。"

"《奥赛罗》？"

"是的。"她说。这些学校里的琐屑信息忽然变得非常重要，所有警员都在屏息静听。"迪威特太太喜欢随时调整阅读书单，圣诞节之前，她决定逼紧一点，规定大家读莎士比亚的作品，她把《杀死一只知更鸟》当作奖品。如果苏茜有本《杀死一只知更鸟》，这表示她已经交了《奥赛罗》的读书报告。"

这些信息后来都得到证实。

警员开始打电话查证。我眼看着受到波及的圈子逐渐扩大。迪威特太太确实已收到我的读书报告，她后来把报告原封不动地寄还给爸妈，里面还附有一张纸条，写着："我想你们一定想保留这份报告，我非常非常遗憾。"妈妈难过得看不下去，所以琳茜把报告收了起来。报告的标题叫作"被放逐者：独行侠"，"被放逐者"是琳茜的点子，我又加上了"独行侠"三个字。琳茜在报告边缘打了三个小洞，很快地把每一页仔细手写的纸张塞进了一本空白的活页笔记本，压在衣柜里的娃娃盒子下面，一个盒子里是芭比，另一个里则放着一套几乎全新的、让我眼红的红发安安和安迪。

费奈蒙警探打电话给爸妈，他说警方找到了一本书，他们认为我遇害当天曾带着它。

"但这种书谁都可能有，"爸爸对妈妈说——两人再次彻夜不眠，"也说不定这是苏茜哪天上学时弄丢的。"

证据越来越多，但他们依然拒绝接受事实。

两天之后，也就是十二月十二日，警方找到我在伯特先生课堂上做的笔记。纸张上的泥土和周围所采集到的泥土样本不符，因此警方判断纸张可能是被小动物从命案现场叼过来的。伯特先生在课堂上讲了一大堆理论，虽然我恐怕永远无法理解其中的一些，但我依然很勤奋地在方格纸上做了笔记。有只小猫踢翻了某棵树上的乌鸦巢穴，这些方格纸的碎条就夹杂在树叶和小树枝之间。警方又在其中仔细翻检，发现除了方格纸外，还有一些比较薄而易碎、上面没有格线的纸片。

发现笔记的女孩认出有些不是我的笔迹，而是雷·辛格的笔迹。雷对我心仪已久，他在他妈妈特制的卷烟纸上，给我写了一封情书，可惜我没机会看到了。星期三上实验课时，他把纸条夹在了我的笔记本里。他的笔迹相当特别，一眼就认得出来。警方汇总这些纸条，拼凑出了我的生物笔记和雷·辛格的情书。

一名警员打电话到辛格家找雷问话，他妈妈对警员说："雷有点不舒服。"但警方还是通过她得到了他们想要的信息。她把警员在电话里提出的问题一一转述给了儿子，雷听了之后又逐一回答：是的，他写了一封情书给苏茜·萨蒙；是的，伯特先生请苏茜收小考考卷的时候，他趁机把纸条夹在了苏茜的笔记本里；是的，他曾说自己是摩尔人①。

雷·辛格成了头号嫌疑犯。

"那个讨人喜欢的男孩是嫌疑犯？"当天晚上吃饭时，妈妈问爸爸。

"雷·辛格人不错。"琳茜语调平平地说。

我看着我的家人，知道大家都很清楚雷·辛格绝不是凶手。

警方突然造访了雷·辛格家，他们仔细地审问雷，倾向性明显，

---

① 莎士比亚著名悲剧《奥赛罗》的主人公奥赛罗被称为"威尼斯的摩尔人"，和他一样，雷也是一名黑皮肤的外来者。

话语中带着强烈暗示。雷黝黑的肤色以及愤怒的神情，再加上他美丽、颇具异国情调、莫测高深的母亲，更加深了警方的猜疑。但雷有不在场证明，一群不同国籍的学生都可以证明他的清白。雷的父亲在宾州大学教授后殖民时期历史，案发当天，他正在宾大的国际学生中心演讲，雷则在演讲中和大家分享他的青春期成长体验。

起初，因为案发当日雷没去学校，警方把这点视为证据，将他当成嫌疑犯，可后来有人向他们提交了一份出席了"郊区生活：美国经验谈"演讲人的名单，上面的四十五个人都看到雷站在讲台上发言，警方只好承认雷是清白的。警员站在辛格家门外，随手捏断树篱上的小树枝，他们以为不费吹灰之力就已经捉到了凶手，好像变魔术一样，答案真的就从树上掉到他们面前，但结果却并非如此。虽然雷是清白的，但学校里已经谣言满天飞，同学们原本才刚刚开始接受他，而现在，之前所有的努力都前功尽弃了。自此之后，他一放学便马上回家，不再多停留。

这些事情令我急得发狂。哈维先生的绿色房子就在我家旁边，他在屋里裁剪尖形塔，拼建一座哥特式的玩具屋，我看在眼里，却不能把警员拉进哈维先生家，心里真是着急。哈维先生看电视新闻，仔细翻阅报上的消息，却坦然地摆出一副无辜的模样，就像穿着件旧外套一样从容自在。先前，他心中曾经波涛汹涌，而现在已经风平浪静了。

我试着从我家小狗"假日"身上寻求慰藉。我不让自己太想念爸爸、妈妈、妹妹和弟弟，但我告诉自己：想念"假日"没关系。我觉得想念家人等于默认自己永远不能和他们重聚——听来或许有点愚蠢，但我至今仍不相信也不接受我已经和他们分开了。"假日"晚上和琳茜待在一起，每次爸爸开门，面对另一个未知新状况时，它总是站在爸爸身旁；它静静地分担妈妈的悲伤；在大门紧闭的家中，它也乖乖地让巴克利拉扯它的尾巴和耳朵。

泥土里有太多血迹。

这些日子以来，陌生人不时上门来访：好心安慰却显得不知所措的邻居、假装关心却残忍无情的记者。一听到敲门声，家人都得先麻痹自己，以免情绪受到影响。十二月十五日又有人敲门，这次，爸爸终于接受了事实。

敲门的是赖恩·费奈蒙和一名穿着制服的警员，这些日子以来，费奈蒙警探对爸爸一直很好。

他们走进屋子。他们现在对我家已经很熟悉，了解妈妈的担心，知道如果有话必须讲，那就在客厅里讲，这样才不会被琳茜和巴克利听到。

"警方找到一件私人物品，我们认为是苏茜的。"赖恩小心翼翼地说。我可以感觉到他在字斟句酌，他知道爸妈一听到他的话，第一个念头一定是警方找到了我的尸体，确认了我的死讯。他必须把话说得很清楚，爸妈才不会这么想。

"是什么？"妈妈急切地问道。她双臂环抱在胸前，准备好听另一个无足轻重、只能引人做出推断的消息。她是一堵墙，警方找到的笔记本和小说对她来说毫无意义，她甚至觉得女儿少了一只手臂也活得下来，血迹再多也只是血，而不是尸体。诚如她丈夫所言：没有事情是百分之百确定的。她相信这一点。

然而，当警员举起装着我帽子的证物袋时，她瞬间被击垮了。那层罩着她的心的、铅灰色的水晶保护墙轰然倒塌，再也无法令她麻痹自己、逃避现实了。

"啊，绒球。"琳茜说，她偷偷从厨房溜进客厅，除了我之外，没有人看到她溜进来。

妈妈伸出双手，发出金属破裂般的短促尖叫，她如机械般坚硬的心开始慢慢破碎，似乎想在完全崩溃之前发出最后一点声音。

"我们做了纤维测试，"赖恩说，"不管是谁诱拐了苏茜，他在行凶时似乎用了这顶帽子。"

"你说什么？"爸爸问道。他浑身无力，警方说了什么，他完全无法理解。

"凶手用这顶帽子阻止苏茜喊叫。"

"什么意思？"

"帽子上沾满了她的唾液。"穿着制服的警员说，他一直安静地站在一旁，到现在才说话，"凶手用帽子堵住了苏茜的嘴。"

妈妈一把从赖恩·费奈蒙手上夺下帽子，她亲手缝在绒球上的铃铛发出声响。她颓然跪倒在地，俯身看着她亲手为我编织的帽子。

我看到琳茜呆呆地站在门口，她突然觉得爸妈变得如此陌生。周围的一切都陌生起来。

爸爸把好心的赖恩·费奈蒙和穿制服的警员送到大门口。

"萨蒙先生，"赖恩·费奈蒙说，"我们发现了大量的血迹，这意味着下手的人恐怕相当残暴，再加上我们讨论过的一些物证，如今我们不得不推断你女儿已经遇害。"

琳茜偷听到的一切证实了她之前已然知晓的事实——五天前爸爸告诉她警方找到了我的胳膊肘，从那时起她就知道我已经不在人世了。妈妈开始号啕大哭。

"从现在开始，我们会按凶杀案来侦办。"费奈蒙说。

"但我们还没有看到尸体。"爸爸依然不放弃希望。

"所有证据都显示你女儿已经遇害，我真的非常遗憾。"

那个穿着制服的警员一直没有直视爸爸哀求的眼神，我怀疑警察学校一定教过他们相关的内容。但赖恩·费奈蒙却迎着爸爸凝视的目光，"我晚一点再打电话给你们，了解一下大家的情况。"他说。

爸爸颓然地走回客厅，他已经心力交瘁，无法伸出手去安慰坐在地毯上的妈妈，或是安抚呆站在一旁的妹妹，而且他也不能让她们看到自己这副模样。他蹒跚地走上二楼，想到刚才看到"假日"卧在书房的地毯上，他刚才还在书房看到它。看到"假日"的一刻，他把脸埋进小狗浓密的颈毛里，此时，他才让自己哭出声来。

那天下午，爸爸、妈妈和妹妹蹑手蹑脚地走动，好像害怕脚步声会坐实那个坏消息似的。奈特的妈妈送巴克利回家，她敲敲门，却无人应答，只好又悄悄离开。虽然我家大门和左邻右舍的门看起来完全相同，但她知道屋里已起了变化。她决定和巴克利一起犯规，两人一起去大吃冰激凌，结果最后吃得弟弟都没胃口吃晚饭。

四点钟时，爸爸和妈妈不约而同地来到楼下的一个房间，他们从相对的两个房门走了进来。

妈妈看着爸爸说："我妈。"爸爸听了点点头，然后打电话给我唯一健在的隔代长辈、我妈妈的妈妈——琳恩外婆。

妹妹被孤零零地抛在一旁，我真担心她会一时冲动做出傻事。她坐在她房里一张爸妈废弃不用的旧沙发上，拼命告诉自己要坚强：深深吸一口气，屏住呼吸；一动不动，每次尽可能地延长时间；蜷起身子，让自己像块小石头一样；把身子缩成一团，躲在没有人看得到的角落。

离圣诞节只剩下一星期，妈妈让琳茜自己决定要不要回学校，琳茜决定回去上课。

星期一早晨，她在众目睽睽之下从座位走向讲台。

"亲爱的，校长想找你谈谈。"迪威特太太悄悄对她说。

琳茜开口说话，眼睛却没有看着迪威特太太，她正在练习一项技能，希望自己能做到视而不见地与人交谈。这是我第一次意识到有些事让人不得不付出代价。迪威特太太是英文老师，更重要的是，迪威特先生是男孩们的足球教练，他一直鼓励琳茜加入他的球队。琳茜也非常喜欢迪威特夫妇。但从那天早晨起，琳茜决定只有在面对那些和她吵架的人时，才去直视对方。

她慢慢地收拾桌上的东西，听到教室四方传来窃窃私语。她确定在她离开教室之前，丹尼·克拉克对西尔维亚·亨利说了些什么。她甚至觉得有人故意把东西落在教室后面，只是为了去拿东西的时候，可以顺便和身边的人谈论几句"她死去的姐姐"。

琳茜穿过走廊，穿梭于成排的寄物柜之间，躲避着任何附近的人。我真希望能和她走在一起，边走边模仿校长走路的姿势和在礼堂开会时讲话的样子。每次在礼堂集合开全校大会时，校长总喜欢说："你们的校长就是你们的一个有原则的朋友！①"我会在她耳边学

---

① 英语中"校长"一词是"principal"，"原则"一词是"principle"，口语的"朋友"是"pal"。"principal"一词刚好兼有"principle"和"pal"。

个不停，逗得她忍不住大笑。

她很庆幸走廊上没什么人，但她一走进行政中心，马上就遭遇了秘书们同情的目光。没关系，她早就在自己的房间里练习好了，面对众人的同情，她已经武装到牙齿了。

"琳茜，"校长凯登先生说，"今天早上我接到了警方的电话，我真为你感到难过。"

她直视着他，眼神有如激光般尖锐："我到底有什么不幸的？"

凯登先生觉得他必须直截了当地介入孩子们的危机，他从书桌后面走出来，带琳茜一起坐在那张学生们口中的"校长室沙发"上。后来当政治浪潮席卷学校的时候，校方对一些问题变得比较敏感，有人提醒他说"沙发容易传达错误的含义，校长室里还是摆椅子比较合适"，凯登先生听了之后就把"校长室沙发"搬走，换上了两把椅子。

凯登先生和琳茜坐在"校长室沙发"上，我希望不管她多么心烦意乱，坐在这张大名鼎鼎的沙发上，仍能感觉到一丝兴奋。我不愿因为自己，而剥夺她所有的快乐。

"我们会尽全力帮助你。"凯登先生说，他确实在尽力。

"我很好。"琳茜说。

"你想不想聊聊？"

"聊什么？"琳茜问道，她露出爸爸所说的"使性子"的神情。爸爸有时也对我说："苏茜，你别用这种任性的口气和我说话。"

"你所失去的。"校长说，伸手去碰琳茜的膝盖，那只手就像烙铁似的烫了她一下。

"我不觉得自己失去了什么。"她说，同时鼓起勇气，强打精神拍了拍衬衣，检查了一下口袋。

　　凯登先生不知道该说什么。一年前，他和薇姬·库尔茨谈话时，薇姬哭倒在了他的怀里。当时情况确实棘手，但现在看来，薇姬·库尔茨似乎成功地克服了丧母的打击。当时他把薇姬·库尔茨带到沙发旁……不，不对，其实是薇姬自己走到沙发旁，径自坐了下来。"我为你的不幸感到难过。"话一出口，薇姬·库尔茨马上像一个吹得过大的气球突然爆裂一样号啕大哭。他把她拥入怀中，她哭了又哭，当天晚上，他就把西装送去干洗了。

　　但琳茜·萨蒙是个完全不同的女孩。她天资聪颖，学校选派了二十名天才生作为代表出席全州的"天才生研讨会"，琳茜就是其中之一。她档案中唯一的小问题是今年年初她带了本黄色小说《怕飞》[①]到课堂上，被老师训诫。

　　"想办法逗她开心吧，"我真想对校长说，"带她去看马克斯兄弟的喜剧电影，去坐会发出像放屁声音的椅垫，或者让她看看你那几条上面印着小魔鬼吃热狗图案的拳击短裤！"我能做的只是不停地说话，但活着的人却听不到我在说什么。

　　学校让每个学生接受测验，以此判定谁是天才生、谁不是。我常对琳茜说，虽然我确实有点不高兴自己不是天才生，但更让我恼火的其实是她的金发。我们姐妹生来都有一头金发，但我的发色却

---

① 《怕飞》(*Fear of Flying*)，作者是埃丽卡·容〔Erica Jong〕。这是一本著名的女性主义小说，探索当代女性折射于性欲望之中的自我迷失与寻找，以及对婚姻、家庭、教育、文化差异等议题的思考。该书于一九七三年出版，在第二波女权主义运动浪潮中颇具影响力。

越来越淡，到后来渐渐变成一头毫无个性的灰褐发；而琳茜的金发依然耀眼，还泛着神秘的光泽，她是家里唯一货真价实的金发女孩。

被评为天才生后，琳茜奋发图强，一心想做到名副其实。她闭门苦读，而且专攻大部头书。我看《神啊，你在吗？我是玛格丽特》之类的青少年读物，她则研读加缪的名著《抵抗、反叛与死亡》。虽然大部分内容她都看不懂，但她把书带在身边。同学们，甚至老师都对她敬畏三分。

"我的意思是，我们大家都想念苏茜。"凯登先生说。

琳茜默不作声。

"她是个非常聪明的女孩。"凯登先生试着安慰琳茜。

琳茜面无表情地回瞪他一眼。

"现在你得担起责任喽，"他不知道自己在说些什么，但琳茜始终保持沉默，让他觉得自己或许说中了什么，"你是萨蒙家唯一的女孩了。"

琳茜依然毫无反应。

"你知道今天上午谁来找我吗？"凯登先生一直保留着这个撒手锏，确信这件事一定能让琳茜有所反应，"迪威特先生早上来找我，说他想组建一支女子足球队。"凯登先生继续说，"你将是球队的核心人物。你的出色表现他看在眼里，和他队里的男选手不相上下，他觉得如果由你带头的话，其他女孩一定会踊跃参加，你觉得怎么样？"

妹妹的心房有如拳头般紧闭。她答道："据说我姐姐在离球场大约二十英尺的地方遭到谋杀，我想我恐怕很难在这里踢球。"

这话正中靶心！

凯登先生目瞪口呆地看着琳茜。

"还有什么事吗？"琳茜问道。

"没事了，我……"凯登先生再度伸出双手，他还抱着一丝希望，指望琳茜能理解他的苦心，"我希望你知道，大家都很难过。"

"我第一堂课快迟到了。"她说。

那一刻，她让我想起西部片中的一个角色。爸爸喜欢西部片，我们父女三人常一起看深夜播出的影片，片中总有一个男人，开枪射击之后把手枪举到唇边，吹一口气，将烟雾吹向空旷的荒野。

琳茜站起来，慢慢走出校长办公室，这是她唯一可以喘息的时刻。秘书们聚集在校长室外，老师们站在讲台前，学生们坐在各自的课桌后面，爸妈在家，警员上门拜访。她绝不能被击溃。我看着她，感觉在她脑海里，有句台词一次又一次地浮现：很好。一切都很好。没错，姐姐死了，但这种事情随时都会发生，人总是难逃一死，不是吗？那天她走过校长室外面的办公室，看起来好像在直视秘书们的双眼，其实她看的是他们那擦得整脚的口红，以及她们两件套的绉纱上衣。

当天晚上，她躺在自己房间的地上，双脚伸到衣柜下方，做了十下仰卧起坐。然后翻身继续做伏地挺身，她做的可不是女孩们常做的那种，而是迪威特先生教的海军陆战队的操式：仰头、单手撑地，或是每做一组击掌一次。做了十组伏地挺身之后，她走到书柜旁取下两本最重的书，一本是大辞典，另一本是世界年鉴。她一手拿一本练习举重，直到手臂发酸才停下来。她只专注于自己的呼吸：吸气、呼气、吸气、呼气……

我的邻居奥德怀尔家有个阳台，我从小就很羡慕。天堂的中心广场上也有个阳台似的大露台，此时，我就坐在露台上看着满怀怒气的妹妹。

我死前几个小时，妈妈在冰箱上贴了一张巴克利的蜡笔画，画里有条粗粗的蓝线，将天空与地面分隔开来。我死后的那些日子里，我看着家人在蜡笔画前走来走去，后来我相信，天堂和人间交接处真的有这么一条粗粗的蓝线，那就是所谓的阴阳界，天堂与人间的地平线在此处交叠。我多么希望置身其中，置身于那矢车菊般的浅蓝、瑰丽的宝蓝、绿松石般的青蓝，以及天空的湛蓝之中。

我发现，简单的梦想通常容易成真。比如我想要一些毛茸茸的小动物，我想要小狗。

于是，在我的天堂里，每天早上都会有大大小小各种各样的狗儿在我们门外的公园里奔跑。我一开门就看到这些小家伙，有的胖乎乎乐呵呵的，有的瘦小而多毛，有的精干却无毛。比特犬躺在地上打滚，乳头膨胀黝黑的母狗呼唤小狗过来吃奶，在阳光下快乐地嬉戏。巴萨特矮脚长耳犬被自己的耳朵弄得磕磕绊绊，小跑着穿梭在德国猎犬的尾巴、大灰狗的脚踝和京巴的脑袋之间。霍莉拿出高音萨克斯风，往门外一站，对着公园吹奏一曲蓝调，所有的大灰狗就都围过来坐在她脚边，随着乐声低嚎。邻居们纷纷打开大门，独居或合住的女人们陆续出来观望。我也走出大门，霍莉在大家一次又一次的安可声中，无止境地吹奏下去。夕阳渐渐西下，我们穿着小碎花、斑点、条纹或是花色素净的睡衣和小狗一起随着乐声起舞。我们追着小狗跑，小狗也反过来追我们，大家首尾相接，绕成了圈。当明月高挂天际时，乐声告一段落，我们也停下来，静静地站着。

每当这个时候，我的天堂里年纪最大的贝瑟尔·厄特迈尔太太就会拿出小提琴，霍莉则轻轻打着拍子，又吹起萨克斯风，两人开始二重奏。她们两人一个年长而沉默，一个还没有度过青春期，乐声你来我往，交织出极度矛盾却又慰藉人心的乐章。

　　随着音乐起舞的听众慢慢回到屋内，乐声继续在空中回荡。终于，霍莉向厄特迈尔太太示意——沉默、正直、历经沧桑的厄特迈尔太太以一曲快步舞曲，为这一切画上了休止符。

　　四下里一片沉寂。以上，就是我的晚祷。

三

从天堂俯瞰人间，无论什么东西看起来都怪怪的。你大概能想象得出，从这么高的地方向下看，就好比站在摩天大楼上俯视，地面上的东西看起来就像蚂蚁一般渺小。除此之外，我们还看得见世界各地正在离开肉体的灵魂。

霍莉和我经常审视人间，把目光停留在各个角落，目不转睛地盯上几秒钟，想看看在这个寻常的时刻，有没有什么不寻常的事情发生。有时灵魂会飘过活人身旁，轻触活人的肩膀或脸颊，然后继续飘向天堂。活人通常看不见死人，但有些活人似乎敏锐地感觉到周围发生了变化：有人会说忽然感到一阵寒气，还有一些死者的伴侣会从梦中惊醒，赫然发现一个模糊的身影站在床前、门口，或是幽灵般轻飘飘地搭上公交车。

我离开人间时，与一个名叫露丝的女孩擦肩而过，她和我同校，但我们不是很熟。在我的灵魂尖叫、哭泣着离开人间的那个晚上，她刚好站在我飘往天堂的路上，我没办法不碰到她。我刚刚失去了生命，还是在那样的暴行中失去的，根本控制不了自己的路径，也没时间多想，只希望尽快得到解脱。当你跨过生死线时，生命就像一艘驶离岸边的船，渐行渐远；死亡则像一条绳索，你紧紧抓着它，随着它晃动，只希望它把你带得远远的，离开眼下的这个地方。

就像在牢里获准打一通电话的犯人，我拿起电话却拨错了号码——我经过了露丝·康纳斯身旁。当时，她站在伯特先生锈迹斑斑的红色菲亚特汽车旁边，我飞快地飘过她身旁时，伸手碰了一下她的脸。我想在离开人间之前，最后一次触摸活人的脸，在这个非同寻常的少女的脸颊上，感受我与人间最后的联系。

十二月七日早晨，露丝跟她妈妈抱怨说她昨晚做了一个梦，梦境栩栩如生，感觉像真的一样。她妈妈问她这话是什么意思，露丝回答说："我正走过老师的停车场，忽然间，我看到一个苍白的鬼影从球场外面向我飞过来。"

康纳斯太太边听边搅拌锅里的硬麦片粥，她看着女儿挥舞着像她爸爸一样修长的手指，比手画脚地诉说着。

"我感觉得到那是个女鬼，"露丝说，"她从球场上飘起来，眼神空洞，身上披了一件像包干酪的布似的白纱。透过那层薄纱，我可以隐约看到她的面容，她的鼻子、眼睛、脸颊和头发。"

康纳斯太太从炉子上端下麦片粥，把炉火关小。"露丝，"她说，"你的想象力又开始作怪了。"

露丝明白她最好闭嘴。她再也没有提起这个不是梦的梦，即使十天之后，我的死讯传遍了学校，她也没有再说些什么。我的死讯像所有恐怖故事一样，被同学们添油加醋，讲得比真正的事实还要可怕。但细节却还是没人知道，比方说，凶杀案究竟怎么发生的？什么时候发生的？凶手是谁？大家众说纷纭，后来竟传出我的死和魔鬼祭祀有关，凶杀案发生在午夜，头号嫌犯则是雷·辛格。

虽然百般尝试，我仍然无法传达给露丝一个重要的信息，告诉她我的银手镯在哪里。迄今为止，还没有人找到银手镯，我觉得它说不定能帮助露丝解开内心的困惑。手镯原本就躺在田野中，等着被人捡起来，认出它来，想到：啊，这就是线索。但现在银手镯已不在玉米地里了。

　　露丝开始写诗。既然她妈妈以及和蔼可亲的老师都不愿意分享她这些黑暗的亲身经历，她只好借诗句来传达事实了。

　　我多么希望露丝能到我家里，和我的家人谈谈。但除了妹妹之外，家人从没有听过露丝这个名字。露丝是那种上体育课大家挑选队友时，倒数第二个才会被选中的女孩。上排球课时，每当球传向她所在的地方，她只会畏畏缩缩地站在原地，任凭球掉在地上，队友和体育老师费好大力气才能忍住抱怨，一声不吭。

　　妈妈坐在玄关的椅子上，静静地看着爸爸跑进跑出。爸爸精神紧张，尽职尽责，一刻也不放松地盯着他的妻子、儿子和他仅有的女儿的行踪。与此同时，露丝也确定她在梦里看到的是我，于是悄悄做了些事情。

　　她把以前的学校年刊从头到尾翻了一遍，用她妈妈做刺绣的天鹅形剪刀剪下了我在课堂上、化学社以及参加其他课外活动时的照片。我眼看着她愈陷愈深，却仍谨慎观察。直到圣诞节前一周，她在学校走廊上目击了一件事情。

　　事关我的朋友克拉丽莎和布莱恩·纳尔逊。布莱恩有着让女孩子目不转睛的厚实肩膀，但他的脸总让我想起装满稻草的粗麻布袋，因此我叫他"稻草人"。他总是戴一顶松松垮垮的嬉皮帽，在学生休息室里抽手卷的香烟。克拉丽莎喜欢用淡蓝色的眼影，这对我妈妈来说是个危险的预警信号，但正因如此，我一直相当欣赏克拉丽莎，她能做那些我爸妈不准我做的事，比方说，挑染一头长发，穿流行的厚底鞋，放学之后抽烟。

露丝走向他们，他们却没看到她。她抱了一大摞从社会学老师卡普兰太太那里借来的大部头书，都是些早期的女性主义著作，她把书脊面向自己，这样大家就看不到她抱的是什么书。露丝的爸爸是个建筑商，他帮露丝做了两条极其结实的弹性书带作为礼物，露丝用两条带子把怀里的书兜住，准备利用假期时间把这些书读完。

克拉丽莎和布莱恩正在咯咯地笑，他把手伸进她的衬衫里，手伸得愈高，她就笑得愈厉害。但她不停地扭动，还微微后移了一两英寸，以免他做得太过分。露丝原本打算像往常一样低下头，目光移向别处，假装什么也没看到似的跑开。对大多数事情，她一向置身事外。但大家都知道克拉丽莎是我的朋友，所以她决定站在那里看着。

"来吧，亲爱的，"布莱恩说，"爱我一点点嘛，一次就好。"

我看到露丝一脸厌恶地撇着嘴，我在天堂也是同样的表情。

"布莱恩，不行，不能在这里。"

"那么，我们到玉米地里去吧？"他对她耳语。

克拉丽莎紧张地傻笑起来，但仍轻轻地用鼻子轻触布莱恩的颈肩，但她最终还是拒绝了他。

在这之后，有人撬开了克拉丽莎的寄物柜。

剪贴本、胡乱塞在柜子里的照片、布莱恩背着克拉丽莎藏在她柜子里的大麻，全都不见了。

露丝从未体验过吸食大麻后神魂颠倒的滋味，当天晚上，她拿了她妈妈细长的"摩尔100"褐色淡烟，掏光里面的烟草，把大麻塞了进去。她拿着手电筒坐在工具间里，一边看着我的照片一边抽大麻，她抽得很凶，连学校的那些瘾君子也抽不了那么多。

康纳斯太太站在厨房的窗前洗盘子，她闻到工具间传来阵阵烟味。

"我觉得露丝在学校里交了几个朋友。"她对丈夫说。康纳斯先生正端着咖啡，坐在那里看晚报，工作了一天之后，他累得没精神多想。

"挺好。"他说。

"我们女儿或许还有点希望。"

"她向来有希望。"他说。

稍后，露丝摇摇晃晃地走进厨房，她在手电筒微弱的光线下待了太久，再加上抽了八支卷了大麻的香烟，眼前几乎一片模糊。她妈妈微笑地看着她走进来，告诉她餐桌上有个蓝莓派。过了好几天，当她不再把心思放在我身上之后，她才逐渐清醒过来，也才知道自己在神志不清的状态下，居然一口气吃完了整个蓝莓派。

我的天堂里经常弥漫着一股淡淡的臭鼬味，我在人间就一直喜欢这种气味。每当吸入这种气味时，我不仅能够闻到，还可以感受到这种气味的力量。臭鼬受到惊吓才会放出这种强烈、持久的臭气，其间混杂着恐惧，却也蕴藏着御敌的力量。弗兰妮的天堂里充满了纯净的上等烟草味，霍莉的天堂闻起来则像金橘的味道。

我不分白天黑夜地坐在广场的露台上观看：我看到克拉丽莎逐渐把我抛在脑后，在布莱恩身上寻求慰藉；我看到露丝在家政教室附近的角落，或是餐厅外面靠近护理站的一角，目不转睛地盯着克拉丽莎。刚开始发现自己能够随心所欲地看到学校发生的大小事情时，我像喝醉酒般兴奋。我看到足球队助理教练偷偷地送巧克力给已婚的自然老师，还看到啦啦队队长极力想引起某个坏男孩的注意——这个男孩不知道犯了几次校规，被几个学校开除过，次数多到他自己都记不清了。我还看到美术老师和他的女朋友在暖气间做爱，也注意到校长对足球队助理教练青睐有加。我的结论是这个助理教练是全校最阳刚的人物，但他那方方正正的下巴让我实在提不起兴趣。

每晚回公寓的路上，我都会经过一排老式的街灯，我曾在舞台剧《我们的小镇》里看到过这样的街灯——铁铸的灯杆顶端弯成一道弧形，上面悬挂着灯泡。和家人一起看戏时，我觉得这些灯泡就像是一个个又大又沉的发光浆果，所以一直都没有忘记。在天堂的街道上，我故意走到街灯底下，这样一来，就好像回家的路上我的影子在采摘浆果。

有天晚上，观察完露丝之后，我像往常一样踩着街灯的影子回家，半路上碰到了弗兰妮。广场上空无一人，前方吹起一阵旋风，落叶随风旋转，缓缓上扬。我停下来看着她，目光停驻在她眼角和嘴边的笑纹上。

"你为什么发抖？"弗兰妮问道。

虽然天气湿冷，我却不能说自己是因为天气而发抖。

"我还是忍不住想妈妈。"我说。

弗兰妮微笑着拉住我的左手，放在她双手之间。

我好想轻吻她的脸颊，或是让她抱抱我，但我什么也没做，只是眼睁睁看着她慢慢离开，蓝色的衣裙渐渐远去。我知道她不是妈妈，我不能这么欺骗自己。

我转身走回广场上的露台，濡湿的空气沿着我的大腿蔓延到手臂，无声无息地沾上我的发根。我想到晨间的蜘蛛网，网上沾满了有如珠宝般的露珠，可以前我总是不假思索，手轻轻一挥就毁了它们。

十一岁生日那天早上，我一大早就起了床，大家都还没起来，反正我是这么认为的。我偷偷摸摸地走下楼，朝饭厅看了又看，我猜爸妈肯定把礼物放在了饭厅，可那儿却什么也没有，餐桌还是像昨晚一样空空如也。而等我一转身，就看到客厅里妈妈的桌上摆了一样东西，妈妈的桌子相当别致，桌面永远一尘不染，我们管它叫"付账单的桌子"。此刻，桌上有一沓包装纸，中间摆了一个还没包好的相机。我一直想要一部相机，我已经苦苦哀求了好久，早已认定爸妈不会买给我。我走过去目不转睛地凝视着它，那是一部傻瓜相机，旁边还摆着三卷胶卷和一个方形闪光灯。这是我的第一部相机，有了它，我就可以实现成为野生动物摄影师的梦想了。

我四下观望，一个人影也没有，隔着半开半掩的百叶窗，我看到了格雷丝·塔金。（妈妈习惯把百叶窗拉得半开，她说这样房子看起来"又亲切又矜持"。）格雷丝住在街尾，在一所私立学校上课，我看到她脚踝上绑了东西在街上走来走去，赶快装上胶卷开始用镜头偷偷追踪，想象着自己长大后追踪野象和犀牛的情景。我现在躲在百叶窗后面，长大后说不定就藏身在高高的芦苇丛间。我用没有拿相机的那只手提起法兰绒睡衣的下摆，静悄悄地，甚至可以说是鬼鬼祟祟地跟着格雷丝移动，走过家里的客厅、前厅，一直跟到房子另一边的休息室。我看着她的身影越走越远，忽然想到要是跑到后院的话，就不会有东西阻挡我的视线了。

因此，我蹑手蹑脚地走到屋后，却发现早已有人打开了通往后院的小门，门大敞着。

一看到妈妈，我立马把格雷丝忘得一干二净。但愿我能够描述得更清楚——我从没见过妈妈坐得这么笔直，神情却又这么恍惚。她面向后院，坐在走廊外的一把铝质折叠椅上，手里拿着个浅浅的碟子，上面放着杯她常喝的咖啡。那天早晨妈妈还没涂口红，所以咖啡杯边缘没有口红印，或许她晚一点才会涂口红吧。但她是为了谁装扮自己呢？我从没想过这个问题。为爸爸？还是为我们？

"假日"坐在喂小鸟的水盆旁快乐地喘着气，它专注地看着妈妈，没有注意到我。妈妈直视前方，目光似乎延伸到了无穷的远方。在那一刻，她不像我的妈妈，而像一个和我完全不相干的人。我从未见过妈妈脸上呈现出这样的神情，她脸上的肌肤白皙，没有化妆依然柔嫩水润，睫毛与双眼完美地融为一体。妈妈在酒柜里藏了一些裹着巧克力的樱桃，这是她的私家珍藏，爸爸想吃的时候，总是缠着妈妈，叫她"海眼姑娘"。此时我终于知道爸爸为什么这样叫妈妈，我本来以为是因为妈妈的眼睛是蓝色的，现在我才知道是因为妈妈的眼神深邃，有如神秘莫测的大海，让我看了都有点害怕。我灵机一动，没有多想什么，只是凭直觉想这么做：我要趁着"假日"还没有看到我、闻到我的气味，趁着草地还笼罩在湿漉漉的薄雾之中，趁着清晨小草上的露珠尚未蒸发，趁着妈妈还没有完全清醒的时候，赶快拿起我的新相机，捕捉这一刻。

等到柯达公司把照片装在一个厚重的大信封里寄回来，我一眼就看出这张照片与众不同。只有在这张照片里，妈妈才是阿比盖尔。我拍照的那一刻，她全然不知。随着我"咔嚓"一声按下快门，她又变回三个孩子的妈妈、快乐小狗的主人、好好先生的太太、莳花弄草的女主人和笑容满面的邻居。妈妈的眼睛有如汪洋，里面埋藏着说不尽的失落，我以为我有一辈子的时间来了解她，但我只有在那一天才想到这个问题。我在世时就看到过这么一次，之后也就轻而易举地忘了妈妈内心深处的阿比盖尔。我只迷恋我所熟悉的妈妈，渴望永远在她的呵护之下。

我正在天堂的露台上想着那张照片，想着妈妈，却看见琳茜在半夜里悄悄起床，蹑手蹑脚地穿过了走廊。我像电影里探头探脑的小偷一样看着她，知道她想去我的房间，也知道她毫不费力就能打开我的房门，但她打算到我房里做什么呢？我的房间已成了家里的禁地，妈妈碰也不碰。出事当天我匆忙出门，来不及铺床，到现在我的床还是当时的样子。我的花斑河马宝宝依然躺在被子和枕头中间，那天早晨换上黄色的喇叭裤之前本来想穿的一套衣服，现在也还原样摆在床上。

琳茜走过房里柔软的小地毯，摸了摸床上被我一怒之下揉成一团的海军裙和红蓝相间的针织背心。琳茜有一件同样款式、同样质地的橙绿相间的背心。她拿起我的背心，把它摊平在床上，细细地抚平褶皱。背心实在不好看，却显得如此珍贵。她轻抚我的背心，我理解她此刻的心情。

琳茜的手指轻轻划过我床头柜上的金色托盘，盘里放了各式各样的徽章，都是参加选举或是学校活动得来的。我最喜欢的是一个粉红色徽章，上面写着"嬉皮傻子谈情说爱"，那是在学校停车场捡来的，妈妈说我可以留下来，但我必须保证不戴着它上学。我在托盘里摆了很多徽章，还把一些徽章别在爸爸母校印第安纳大学的巨幅旗帜上。我以为琳茜想拿一两枚徽章，但她没有，甚至连碰都没碰。她只是用手指轻轻地抚过托盘上的每样东西。过了一会儿，她看到托盘下有个东西露出白色的一角，便小心翼翼地把它拉了出来。

托盘下压的是那张照片。

她深深吸了一口气，张口结舌地坐到地上，手上仍握着照片。她好像被困在帐篷中，全身上下被绳索团团捆住，几乎喘不过气来。直到拍照的那天早晨，我才看到妈妈陌生的一面，琳茜和当时的我一样，也从未见过妈妈的这一面。她看过这卷底片中的其他照片，照片中的妈妈一脸倦容，但依然面带微笑；照片中妈妈和"假日"站在门前的茱萸树下，阳光透过树梢洒落在她的睡袍上，洒下点点光影。但我私藏了这张偷拍的照片，妈妈有她神秘的、我们都不知道的一面，只有我看到过这一面，我不愿与其他人分享。

我第一次跨过阴阳界纯属意外，那天是一九七三年十二月二十三日。

巴克利在睡觉，妈妈带琳茜去看牙医。那一周家里每个人都达成共识要努力照常过日子，爸爸给自己指派了一项任务，他要把楼上的客房整理干净，他向来把这里当书房用。

祖父曾教爸爸在空玻璃瓶里建造帆船，妈妈、妹妹和弟弟都觉得这没什么，我却非常感兴趣，爸爸的书房里到处都是装了帆船的玻璃瓶。

爸爸在查兹·福特保险公司上班，终日与数字为伍，工作勤勉、尽职尽责。晚上下班之后，他喜欢阅读南北战争之类的书籍，或是做瓶中船放松身心。每当准备扬帆时，他总是大声叫我过去帮忙。此时帆船已紧紧地粘在玻璃瓶底部，我跑进书房，爸爸叫我把门带上。通常我一关上门，妈妈就摇铃叫大家吃饭，妈妈对那些她没有参与的事情，似乎特别有第六感，但如果妈妈的第六感失灵，没有叫我们下去吃饭，我的任务就是帮爸爸扶好玻璃瓶。

"扶直，"爸爸说，"你是我的大副。"

瓶口留了一条棉线，爸爸轻轻一拉，哇！帆布缓缓升上桅杆，普通的帆船就成了快帆船，我们也大功告成。我每次都想拍手庆祝，但我扶着玻璃瓶，空不出手来鼓掌。接下来，爸爸用蜡烛烧热拉直了的衣架，把衣架伸进玻璃瓶里，迅速地把瓶里遗留的棉线头烧掉。他必须非常小心，稍有不慎，瓶里小小的纸帆就会起火，甚至"呼"的一声，把我手上握的瓶中船烧成大火球。

爸爸后来做了一个木架取代我，琳茜和巴克利不像我一样喜欢帆船，爸爸使尽招数想引起他们的兴趣，试了几次之后，他放弃了，自己一个人关进书房。对我们家其他人而言，每只玻璃瓶里的帆船看起来都一样。

那天爸爸一边整理房间，一边和我说话。

"苏茜，我的宝贝，我的小小水手女孩，"他说，"你总是喜欢这些比较小的帆船。"

瓶中船原本都在书架上，我看着爸爸把它们从上面取下来，在书桌上排成一列，然后拿起妈妈的一件撕成布条的旧衬衫开始擦拭书架。书桌下摆了一排又一排的空瓶，我们收集这些空瓶，准备做更多的帆船。壁橱里还有很多成品，有些是爸爸和祖父一起做的，有些是爸爸独立完成的，有些则是我们父女俩合作的结晶。有些帆船保存得很好，只有船帆稍微泛黄，有些帆船随着时光流逝船身已经歪斜，有的甚至已经倒塌。书架上还有一个在我出事前一周，在我手中忽然起火的瓶子。

他最先把这个瓶子摔得稀烂。

我心中一阵刺痛。他转头看看其他瓶中船，每个瓶子都留下了岁月的痕迹，每个瓶子都令他想起曾扶持瓶口的手：他过世父亲的手、他死去女儿的手。我看着爸爸砸烂剩下的玻璃瓶，他一面喃喃地说"苏茜死了"，一面把玻璃瓶砸向墙壁和木头椅子。砸完之后，爸爸站在书房里，四周都是绿色的玻璃碎片。所有的玻璃瓶都被摔在地上，船帆和帆船的碎片散落于破碎的玻璃瓶间，爸爸呆呆地站在一片狼藉之中。此时，也不知道怎么回事，我突然在爸爸面前现身：每片尖利的长条玻璃、每个闪闪发光的碎片上，都可以看到我的脸。爸爸低头观望，仔细搜寻房间的每个角落。太不可思议了！但只过了一秒钟，我就不见了。他静静地站了一会儿，然后开始放声大笑。那笑声发自丹田，有如野狼的哭嚎。他笑得低沉又洪亮，在天堂的我听了禁不住浑身战栗。

他走出书房，穿过两个房间，来到我的卧室。楼上的过道很窄，我的房门和其他房门一样单薄，一拳就可以轻易地击穿。他原本打算把我梳妆台的镜子砸烂，用指甲撕下墙上的壁纸，但他并没有这么做，而是颓然地跌坐在我的床边，低声啜泣着，淡紫色的床单被他捏得皱成一团。

"爸爸？"巴克利问道。我的弟弟站在门口，一只手握着我房间的门把手。

爸爸转头，却遏止不住眼中的泪水。他依旧紧抓着床单，缓缓地瘫倒在地。然后他张开手臂，叫巴克利过来。通常他一叫，巴克利就会跑过来，但这次他叫了两声，弟弟才扑向他怀里。

爸爸把弟弟裹在床单里，床单还残留着我的味道。他还记得我曾求他，允许我把房间漆成紫色，贴紫色的壁纸；他还记得他帮我把过期的《国家地理》移到书柜下层（我当时已立志钻研野生动物摄影术）；他还记得我曾是家中唯一的小孩，只是没过多久，琳茜就出生了。

"我的小男子汉，你对我来说是多么特别啊。"爸爸紧抱着巴克利说。

巴克利抽身出来，目不转睛地盯着爸爸满是皱纹的脸、泛着泪光的眼角，一脸严肃地点点头，亲吻了爸爸的脸颊，童稚的脸上充满保护的神情。孩子对大人的爱，这样的童稚之情是如此圣洁，连天堂里的人也做不到。

爸爸把床单围在巴克利肩上，他记得我有时睡着睡着，会从高大的四柱床上跌到小地毯上，却还能继续呼呼大睡。他坐在书房的绿椅子上看书，被我摔下床的声音吓了一跳，赶快起身跑到我房间看究竟出什么事了。他喜欢看我熟睡的模样，即使做了噩梦，甚至摔到硬邦邦的木地板上，我依然不会惊醒。在这样的时刻，他确信孩子们将来一定会当上总统、国王、艺术家、医生，或是野生动物摄影师，孩子们梦想成为什么样的人，他们就能成为什么样的人。

我死之前几个月，爸爸又看到我躺在床上呼呼大睡，只是这次被单下面挤进了巴克利。巴克利穿着睡衣，抱着小熊，背对着我缩成一团，半睡半醒地吮着大拇指。爸爸当时第一次有了一种奇怪的感觉，他想到做父亲的不可能长生不老，不由得有些难过。但转念一想他有三个小孩，这个数目让他稍感安慰了一些。他想将来不管自己或是阿比盖尔出了什么事，三姐弟至少还能彼此扶持。这样，他的血脉就会由此延续下去，就算他风烛残年，两鬓如霜，就算他有一天终于倒下，萨蒙家依然会像强韧的钢丝一样存续下去，直到永远。

　　他在小儿子身上找寻大女儿的身影。他在内心中大声告诉自己：把爱留给生者吧。但我飘忽的影像却像绳索一般，不停地把他往后拉，拉，拉。他看着怀中的小男孩，"你是谁？"他喃喃问道，"你从哪里来？"

　　我看着爸爸和弟弟，心想我们在学校所学和现实的差距真大。学校里说生死之间泾渭分明，而事实上，生者与死者之间常常是朦朦胧胧，难分难解的。

四

我遭到谋杀几小时后，妈妈忙着四处打电话，爸爸则在附近挨家挨户找我。这时哈维先生已经掩埋了玉米地里的地洞，拿着装有我尸块的布袋离开了现场。他经过距离我家两栋房子远的地方，爸爸正站在那里和塔金夫妇说话，他继续往前走，小心翼翼地穿过奥德怀尔家和史泰德家的分界树篱。奥德怀尔家的黄杨树和史泰德家的黄菊树几乎碰在了一起，哈维先生穿行于茂密的树叶之间，所经之处留下了我的气味。正是凭着这股味道，吉尔伯特家的小狗才找到了我的胳膊肘。但三天之后，雪水与冰霜冲淡了我的味道，连训练有素的警犬也找不出任何踪迹。哈维先生带着我的尸块回到家中，进门洗脸洗手，而我则在布袋里等着他。

这栋房子易手后，新屋主一直抱怨车库地面上的污点。房产中介带客户看房子时，总是告诉买主那是车子的油垢，其实那是我的血迹，血从哈维先生手上的袋子里渗透出来，滴在水泥地面上，这是向世人揭示我的下落的第一个线索。

你八成已经猜到我不是哈维先生手下的第一个牺牲者，但我是过了一阵子才醒悟过来的。他知道要把我的尸体移出玉米地，也知道要先看天气，选择雨雪转强之际下手，这样雨雪才会冲刷掉警方找寻的证据。但他也不像警方以为的那么滴水不漏，比方说，他忘了把我的一条胳膊肘装进布袋。除此之外，他还拿了一个布袋装血淋淋的尸块，如果当时有人看到他提着布袋，穿行在狭窄的树篱间，肯定会觉得很奇怪。奥德怀尔家和史泰德家用来保护家产的分界树篱距离非常近，连喜欢躲在这里玩耍的小孩都觉得有点窄，更不用说大人了。

他走进浴室去洗热水澡。郊区房子的浴室都大同小异，琳茜、巴克利和我共享的浴室与哈维家的浴室也差不多。他洗得很慢，一点儿都不着急，内心异常平静。他关掉浴室里的电灯，黑暗中的热水慢慢冲去了我的气息，但他突然又想起了我。他的耳际响起我沉闷的叫喊声，死亡的哀鸣真是动听。他也想到我如同婴儿般、从未受过阳光暴晒的细白肌肤，他的刀锋一划，多么完美的一刀。想到这里，他在热水中浑身颤抖，阵阵喜悦让他的手臂和大腿都起了鸡皮疙瘩。他把我装进一个上过蜡的布袋里，里面还有地洞架子上的刮胡膏、剃刀、十四行诗集和血迹斑斑的刀子。这些东西和我的膝盖、手指、脚趾混在一起，但他写了个便签提醒自己要在当天夜里血迹变黏之前，把这些东西拿出来，最起码要把诗集和刀子拿出来。

各种各样的小狗出现在晚祷时刻，有些小狗一闻到感兴趣的味道就抬头张望，这样的小狗最讨我欢心。有时候味道分明，它们一闻就知道是"一块浇汁牛排"，有时则很难马上分辨出来。反正，小狗一定会循着味道追踪，直到找到东西才停下来，然后再决定该怎么办。狗儿就是这样：它们不会因为味道不好或是目标太危险就放弃渴望，它们不断搜寻。我也是这样。

　　哈维先生把装有我尸块的橙色布袋塞进车里，开车前往离家八英里的落水洞。最近这一带人迹罕至，堆满了铁路车轨和附近一家摩托车修理厂的杂物。每到十二月，一些电台就会不停地循环播放圣诞颂歌，此刻哈维先生便转到了其中一个频道，在他那部巨大的厢型车里一边吹着口哨，一边为自己庆贺。他觉得心满意足，就好像享用了苹果派、芝士汉堡、冰激凌和咖啡一样。如今他作案越来越得心应手，技巧也越来越纯熟，每次都出新招，连自己也意想不到，每一次杀戮都像送给自己一个惊喜的礼物。

　　车内空气冷冽而稀薄，看到他呼出的热气，我真想压压自己已如石头般冷硬的肺部。

　　他抄近路，穿过了两个新工业区之间的狭小车道，厢型车摇摇晃晃地前进，忽地在一个深坑里重重颠簸了一下。装了尸块的布袋放在后座的一个保险箱里，此时保险箱受到震动，猛地撞向车内部的轮毂，刮下一小块塑胶皮。"该死的。"哈维先生骂了一声，但很快又开始吹起口哨，车子也没有停下来。

　　我记得曾和爸爸、巴克利来过这里。我和巴克利依偎在后座，两个人合系一条安全带。我们三个人是偷偷摸摸从家里开车出来兜风的。

　　爸爸问我们想不想看看电冰箱是怎样变没的。

　　"地球会把冰箱吞下去。"爸爸说，他边说边戴上我垂涎已久的深色皮手套，我知道大人都戴皮手套，小孩才戴连指手套，我想要副皮手套已经想了好久。（一九七三年的圣诞节，妈妈买了一副皮手套给我当圣诞礼物，琳茜最终得了这份礼物，但她知道手套原本是给我的。有一天从学校回家途中，她把手套留在了玉米地边。琳茜总是带东西给我，她向来如此。）

"地球有嘴巴吗？"巴克利问道。

"有啊，地球有张大圆嘴，但是没有嘴唇。"爸爸说。

"杰克，"妈妈笑着说，"别闹了，你知道我刚才发现这孩子在外面对着金鱼草喃喃自语吗？"

"我要去。"我说。爸爸曾告诉我附近有个废弃的矿坑，矿坑崩塌之后形成一个落水洞。我才管不了这么多呢，我和所有小孩一样，都想看看地球是怎么吞东西的。

因此，当我看着哈维先生把我的尸体带到落水洞时，我不得不承认他很聪明。他把布袋放进金属保险箱里，我的尸块就这样被厚重的金属包裹住了。

开到落水洞时已经很晚了，他把保险箱放在车里，向斐纳更家走去。斐纳更夫妇住在落水洞附近，这块地属于他们，所有把旧家电丢到落水洞的人都必须向他们付费，斐纳更夫妇就以此为生。

哈维先生敲敲白色小屋的门，一个女人应声开门，从屋里飘出迷迭香与羔羊肉的香味，一直飘上我的天堂，哈维先生也闻到了，他从门口看到有个男人站在厨房里。

"晚上好，先生，"斐纳更太太说，"有东西要丢吗？"

"是的，东西在我车子里。"哈维先生回答，他已经准备好了一张二十美元的纸钞。

"你车里装了什么？一具尸体吗？"斐纳更太太开玩笑说。

她绝想不到谋杀这回事。她家虽小，却很温暖，先生不用出去工作，所以家里东西坏了随时有人修。她先生对她很好，儿子也很听话——小孩年纪还小，依然以为母亲就是全世界。

哈维先生笑了笑。我目不转睛地盯着他的笑容。

"车里是我父亲的旧保险箱，我总算把它运到这里来啦。"他说，"这些年来我一直想把它丢掉，家里早就没有人记得它的密码了。"

"保险箱里有东西吗？"她问道。

"有的话，也只能是些陈腐的空气了。"

"那就把保险箱搬过来吧，你需要帮忙吗？"

"能帮一把就再好不过了。"他说。

接下来的几年里，斐纳更夫妇陆续在报上读到我的消息：少女失踪，疑似遭到谋杀；邻家小狗拾获失踪少女胳膊肘；警方推断十四岁少女在斯托弗兹玉米地遭到杀害；其他少女务必提高戒备；市政府同意重新划定高中附近区域；被害少女之妹琳茜·萨蒙代表全体学生致辞。他们绝对想不到那天晚上，一个孤独的中年人付了二十美元，请他们丢掉的灰色保险箱里，装的就是报上提到的这个女孩的尸体。

走回车子的路上，哈维先生把手插进口袋，里面装着我的银手镯。他不记得何时褪下了我手腕上的银镯子，也不记得是什么时候把镯子放进了新换上的长裤口袋里。他摸摸镯子，食指轻抚着平滑的宾州石、芭蕾舞鞋跟、迷你顶针，以及小自行车上转动的辐条。他径直驶上 202 号公路，开了一段之后停在路边，开始吃早先准备好的肝泥香肠三明治，吃完后继续开到城南边一处正在施工的工业区。那个时代郊区通常没有警卫，而工地里也四下无人，他把车停在一个流动厕所旁边。这样万一有人看到他，他就可以借口停车去上厕所了。

在此之后，我一想到哈维先生，此时的情景总是浮现在眼前。巨大的挖土机静静地停在工地上，庞大的身躯在黑暗中显得阴森可怕。哈维先生在泥泞的坑洞间走来走去，几乎在挖土机间迷失了方向。那天晚上，人间的夜空一片深蓝，他站在空旷的工地里远眺，几英里以外的景物都能看得一清二楚。我特意站在他旁边，想知道他看到了什么，也打算跟着去他想去的地方。雪停了，刮起了风。他根据自己建筑工人的直觉，走到一个他觉得将来可能会变成人工湖的地方。他站在那里，再一次摩挲我的银手镯，他喜欢爸爸帮我刻上了名字的那块宾州石，而我最喜欢的是手镯上的那辆小自行车。他扯下宾州石放进口袋里，然后把银手镯和手镯上剩下的小饰品丢进了未来的人工湖。

圣诞节前两天，我看到哈维先生在读一本有关非洲马里共和国的书。当他读到当地多贡人和班巴拉人用衣物和绳索盖房子时，我看到他眼睛一亮：他要像在玉米地中挖建地洞一样再做些新的尝试，这次他要盖一座像在书中读到的那种正儿八经的帐篷。打定主意之后他就出去买了一些基本建材，准备花几小时在后院里搭一座帐篷。

摔碎了所有的瓶中船之后，爸爸看到哈维先生站在后院。

外面相当冷，但哈维先生只穿了一件薄薄的棉衬衫。他刚满三十六岁，那一阵子正试着戴硬式隐形眼镜，眼睛里经常布满血丝，包括爸爸在内的许多邻居，都觉得哈维先生八成是酒喝多了。

"这是什么？"爸爸问道。

虽然萨蒙家的男人心脏都不太好，但爸爸身体结实，比哈维先生块头大，所以当爸爸绕到那栋绿色房子的后院，看见哈维先生正忙着竖起几根像足球门柱似的长棍时，他看起来颇威风，也颇能干。爸爸刚才在玻璃碎片中看到了我的身影，现在还有点儿头昏脑涨，我看着他穿过草坪，像高中生上学一样慢吞吞地走向后院，中途只在哈维先生家的接骨木树篱前停了一下，轻轻用手掌抚过树丛。

"这是什么？"爸爸又问了一次。

哈维先生停下来，瞪了爸爸好一会儿，然后转身继续工作。

"这是个席垫帐篷。"

"什么是席垫帐篷？"

"萨蒙先生，"哈维先生说，"你失去了女儿，我真为你感到难过。"

爸爸挺直身子，礼貌地回答："谢谢。"他语气僵硬，好像喉头塞了一块石头。

两人沉默片刻之后，哈维先生察觉到爸爸显然无意离开，于是问他愿不愿意帮忙。

就这样，我在天堂里看着爸爸和谋杀我的凶手一起搭建帐篷。

爸爸没学到多少东西。在哈维先生的指导下，他知道了要把拱片绑在顶端分叉的长棍上，然后用小木棍穿过拱片，向反方向弯成一个半弧形，他还知道了接下来要把小木棍的末端聚拢，绑在横杆上。此外他也了解到，哈维先生之所以想搭帐篷，是读了一本有关非洲部落的书，想搭一座书中提到的那种帐篷。爸爸站在后院，心想邻居们说得没错：这个人果然很奇怪。直到那时，爸爸只想到了这么多。

一小时之后，帐篷的基本构架已经完工，这时哈维先生忽然一声不吭地走进屋里，爸爸以为休息时间到了，哈维先生进屋去拿咖啡或是泡壶茶。

爸爸错了。哈维先生回去是为了上楼查看先前放在卧房里的餐刀，此刻它正放在床头柜上的素描本上。哈维先生经常半夜起来，把梦里所见的图形画在素描本上。他望向皱巴巴的杂货店纸袋里，刀锋上我的血迹已经变成黑色，这令他想起自己在地洞里做过的事。他记得曾读到过非洲某个部落的习俗，族人为新婚夫妇搭帐篷时，女人们会尽其所能地织出最漂亮的布，盖在新人的帐篷上。

外面开始下雪，这是我死后下的第一场雪，爸爸也注意到了这一点。

"我听得到你的声音，苏茜，"虽然听不到任何回答，但他仍然对我说，"你在说些什么呢？"

我拼命地盯着爸爸眼前枯萎的天竺葵，我想如果我能让天竺葵开花，爸爸就能得到答复。在我的天堂里，天竺葵开得非常茂盛，花瓣蜿蜒地长到我的腰际；人间的天竺葵却毫无动静。

在片片雪花中，我注意到爸爸用异样的眼光看着哈维先生的绿色小屋，他开始怀疑起来了。

哈维先生在屋内穿上了一件厚厚的法兰绒衬衫，但当他走出来时，爸爸最先注意到的是他手中的一沓白棉布。

"这些是拿来干吗的？"爸爸问道，忽然间，他满脑子都是我的面容。

"防水布，我们要把这些布盖在帐篷上。"哈维先生说。他递给爸爸一沓棉布，手背触碰到爸爸的手指，爸爸忽然感到一股电流。

"你知道些什么，对不对？"爸爸说。

哈维先生迎向爸爸注视的目光，他盯着爸爸，但一句话也没说。

他们继续工作，雪越下越大，雪花不停地飘落。爸爸在雪中来回走动，心情越来越激动。他知道警方已走访了左邻右舍，有条不紊、挨家挨户地问询过。但他不禁自问：有没有人问起我失踪时哈维先生在哪里？有没有人在玉米地里看到过他？

爸爸和哈维先生一起把棉布铺上了弧顶，再把它们固定在连接立柱的横杆上。然后他们把剩下的棉布搭在横杆上，棉布直直地垂下来，布边垂到了地面。

到他们完工时，帐篷顶已覆盖了一层薄薄的雪花。雪花也落在爸爸的衬衫上，在皮带上方留下一层薄雪。我内心一阵刺痛。我知道自己再也不能和"假日"在雪地里疯跑，再也不能推着坐在雪橇上的琳茜和她一起玩耍，再也不能教弟弟在手掌心团雪球——尽管之前我并不怎么情愿。我孤零零地站在明艳的天竺葵花海中，雪花轻柔地飘落人间，有如雪白的幕布从天而降。

哈维先生站在帐篷里，心里想着处女新娘将骑着骆驼来到部落。这时爸爸走上前去，他对着爸爸举起了双手。

"好了，这样就行了。"他说，"你是不是该回家了？"

这时轮到爸爸说话了，但他脑海中只有我的名字。他轻轻地说："苏茜。"尾音有如蛇行发出的咝咝声。

"我们刚一起搭了帐篷，"哈维先生说，"邻居都看见了，现在我们是朋友了。"

"你一定知道一些事情。"爸爸说。

"回家吧，我帮不了你。"

哈维先生没有笑，也没有往前迈步，他躲在"新娘帐篷"里，把最后一块绣了字母图案的棉布悬挂起来。

五

我有点希望报应马上到来。我们在电影里或小说中常看到主人公拿着一支枪或是一把刀追踪杀害家人的凶手，像查尔斯·布朗森一样解决掉凶手，观众们则齐声叫好。我真希望爸爸能够性情大变，像电影主角一样，在愤怒的驱使下把哈维先生干掉。

但现实是这样的——

爸爸每天照常起床。醒来之前，他还是以前那个杰克·萨蒙，但随着意识逐渐清醒，似乎有毒药慢慢地渗进他的体内。刚开始他几乎无法起床，觉得有东西压在身上，压得他动弹不得，但他一定得动，只有动起来才能拯救自己。于是他开始忙个不停，但再忙也无法浇灭心中的罪恶感，那像上帝的大手一样，压得他喘不过气来，不断地指责他说：女儿需要你时，你竟不在她身旁。

爸爸去哈维先生家之前，妈妈正坐在前厅，那里摆着她和爸爸一起在圣弗朗西斯岛买的雕像，她就坐在雕像旁。爸爸回家时，她已经不知去向，爸爸大声叫她，喊了三次她的名字，心里却希望她不要出现。接着，爸爸上楼来到书房，在活页笔记本里写道："他爱喝酒吗？把他灌醉，说不定他喝醉了就会说出真话。"接着又写，"我觉得苏茜在看着我。"我在天堂里喜不自胜，我拥抱霍莉和弗兰妮，以为爸爸终于知道了真相。

琳茜忽然用力摔门，摔得比以往都响，爸爸猛地回过神来，他有点庆幸被这噪声打断，不然他可能会继续胡思乱想，或是在笔记本上写下更多乱七八糟的想法。这个下午过得真是怪异，而摔门声把他拉回现实里，他必须强迫自己回到现实，不要沉溺于对我的思念。我理解，但还是多少有点失望，就像以前吃饭时琳茜告诉爸妈说她考得多好，或是历史老师打算推荐她为地区荣誉会成员，我听了心里总是有点不是滋味。但琳茜还活着，她也理应得到爸妈的关注。

她"咚咚咚"地走上楼，鞋子重重地踩在松木楼梯上，整栋房子都随之颤动。

尽管我忌妒她夺去了爸爸的关注，但我佩服她处理事情的方式。家里只有琳茜必须面对霍莉所谓的"行尸走肉症候群"：大家只想到死去的我，而忽略了活着的她。

大家一看到琳茜就想到我，连我们的爸妈也不例外。甚至琳茜自己也这么想。她尽量避开镜子，总是关着灯洗澡。

她在黑暗中离开浴池，摸索着走到放毛巾的架子旁，热腾腾的蒸汽依然附着在浴室瓷砖上，紧紧地包裹着她。四下里一片漆黑，她觉得非常安全。不管家里有没有人，不管她是否能听到楼下的低语，她知道躲在浴室就不会被打扰。在这里她才可以好好想我。有时她轻轻叫声"苏茜"，只唤出一个名字，泪水就夺眶而出。她任由泪水沿着已然潮湿的脸颊滑落，这里没人看得见她，更没人会发现她的悲伤。有时她想象我不停奔跑，逃得远远的，想象被捉走的是她而不是我，而她奋力挣扎，直到安全脱身为止。她不停地压抑着随时浮现在心头的问题：苏茜现在在哪儿？

爸爸侧耳倾听琳茜在她房里发出的各种声响。砰，她用力关上房门；啪，她把书丢在了地上；吱嘎，她躺倒在床上；啪——啪，她把鞋子踢到地上。几分钟之后，爸爸走过去敲琳茜的房门。

"琳茜。"他边敲门边说。

没有回答。

"琳茜，我能进来吗？"

"走开。"琳茜口气相当坚决。

"亲爱的，别这样。"爸爸低声恳求。

"走开！"

"琳茜，"爸爸压低嗓门说，"你为什么不让我进去？"他把额头轻轻抵着卧室房门，木板门冰凉的触感让他暂时忘却了太阳穴的抽痛。自从起了疑心之后，他脑中似乎一直萦绕着一个小小的声音：哈维、哈维、哈维……

琳茜穿上袜子，悄无声息地走到门口。她打开房门，爸爸稍稍后退，他希望自己的表情看起来像在说："不要走开。"

"怎么了？"琳茜板着面孔，一副挑衅的神情，"找我有什么事？"

"我想看看你好不好。"爸爸说。他想到哈维先生，想到刚才错失了动手的机会。而一想到家人仍住在这个街区，小孩上学还会经过哈维先生的绿色木瓦房，他不禁懊恼不已。为了重燃心中的斗志，他必须和自己的孩子谈谈。

"我想一个人待会儿，"琳茜说，"你看不出来吗？"

"如果你需要我的话，我就在这里。"他说。

"爸爸，"妹妹稍微让步，对爸爸说，"我要独自面对这件事。"

他还能怎么办呢？也许他可以大声宣布："可我不想这样，我没法一个人面对这件事，不要逼我。"可他只是静静地站在门口，轻声回答说："我理解。"说完就转身离去。

我曾在艺术史书上看到过一座雕像的图片，一男一女，女人把男人举在空中，意味着拯救。现在我真希望自己像那个女人一样把爸爸举起来，由我这个做女儿的来安慰他说："没事，没事，我不会让你受到任何伤害。"

但我什么也做不了，我只能眼睁睁看着他打电话给赖恩·费奈蒙。

出事之后的几星期内，警方几乎得到大家一致的崇敬。毕竟，失踪女孩的凶杀案件在这座小镇可是件非同寻常的大事。但日子一天天过去，警方依然缺乏线索，他们既找不到我的尸体，又找不到凶手，变得越来越焦虑。凶杀案发生后，证物通常在一段时间内就会浮现，而如果时间拖得越长，破案的希望也就越渺茫。

"我不想让你觉得我失去了理智，费奈蒙警探。"爸爸说。

"请叫我赖恩。"他桌上的记事簿里夹着一张我在学校的照片，是从妈妈那里拿到的。在消息得到证实之前，他就知道我很可能凶多吉少。

"我想有个邻居知道一些事情。"爸爸说，他站在二楼书房的窗口，看着远处的玉米地，那块地的主人之前对媒体表示，玉米地将暂时休耕。

"哪个邻居？你怎么知道的？"赖恩·费奈蒙问道，他边说边从抽屉里取出一支又短又秃、满是咬痕的铅笔。

爸爸告诉他哈维先生如何搭了一座帐篷，如何催他回家，又是如何提到我的名字；爸爸还说哈维先生没有固定工作，也没有小孩，邻居们都觉得他很古怪。

　　"我会调查看看。"赖恩·费奈蒙说，他不得不这样回答。这是他的差事——虽然爸爸几乎，或者说根本没有提供什么有用的线索。"别跟任何人提起此事，也不要再去找他。"赖恩警告说。

　　挂了电话之后，爸爸忽然感到一阵莫名的空虚，觉得心力交瘁。他打开书房的门，轻轻把门带上，在走道上呆站了几秒钟，然后再一次叫起妈妈的名字："阿比盖尔！"

　　妈妈正在楼下的浴室里偷吃杏仁饼干，每年圣诞节，爸爸的公司总会送员工一盒杏仁饼干。她贪婪地大口嚼着，饼干如阳光般在嘴里跳跃。怀着我的那年夏天，她不想多花钱买孕妇装，就每天都穿同一件方格纹的棉衫。那时的她想吃什么就吃什么，边吃边摸着肚子说："小宝宝，谢谢你。"吃得巧克力掉落在她胸前。

　　忽然有人轻轻敲门。

　　"妈妈？"她急忙把饼干盒塞回医药柜，并使劲咽下嘴里的饼干。

　　"妈妈？"巴克利又叫了一声，听起来像是困了。

　　"妈——妈！"

　　她真恨这个词。

　　妈妈一开门，弟弟马上抱住她的膝盖，把脸紧紧地贴在她的腿上。

　　爸爸也循着声音在厨房找到了妈妈，他们一起安慰巴克利，也借此安慰自己。

　　"苏茜去哪儿了？"巴克利问道。爸爸正把花生酱抹在全麦面包上，他做了三份，一份给妈妈，一份给自己，一份给他四岁大的儿子。

"你把玩具收起来了吗？"爸爸问巴克利。巴克利问得这么直截了当，他却不知道自己为什么始终回避这个问题。

"妈妈怎么了？"巴克利又问。父子两人一起看着妈妈，妈妈站在水槽边，望着空空的水槽发呆。

"这个星期想不想去动物园？"爸爸问道。他恨自己这么做，恨自己这样收买、哄骗小儿子。但他能告诉巴克利，姐姐可能被人切成一块块埋起来了吗？

一听到"动物园"三个字，巴克利马上想到了猴子，就好像已经踏上了湿漉漉的小路。这样一来，他至少一天内都不会再想到我。他还小，回忆的阴影还没有落在他身上。他知道我出门了，但每个出门的人终究都会回家，不是吗？

赖恩·费奈蒙挨家挨户地探访了左邻右舍，他觉得乔治·哈维没有特别异常的地方。哈维先生是个鳏夫，据说他本来打算和太太一起搬到这里，但搬家之前太太过世了。他帮礼品店做玩具屋，向来独来独往。邻居们只知道这么多，虽然没有人和他特别亲近，但邻居总是有点同情他。赖恩·费奈蒙觉得家家户户关起门来都有一段故事，只不过乔治·哈维家格外引人注目。

不，哈维先生说，他和萨蒙家不熟。他说他见过萨蒙家的小孩，每个人都知道谁家有小孩、谁家没有。他边说边低下头，头稍微向左歪着，"能看到他们院子里有玩具，有小孩的人家总是比较热闹。"说完他就沉默了。

"我知道你最近和萨蒙先生说过话。"赖恩二度造访那幢绿色房子时,对哈维先生说。

"没错,有什么问题吗?"哈维先生问道。他斜眼瞪着赖恩,但过了一会儿就不得不收回目光,"我得去拿眼镜,你来之前,我正在做'第二帝国'上的细活儿。"

"第二帝国?"赖恩问道。

"我已经交了圣诞节的订单,现在想做些新玩意儿。"哈维先生说,赖恩跟他走到屋后,只见餐桌已经被推到墙边,桌上高高地摆着十几张硬纸片,看起来像是微型护墙板之类的东西。

是有点奇怪,费奈蒙警探心想,但这不足以证明他是杀人凶手。

哈维先生拿起眼镜,立刻说道:"是的,我最近和萨蒙先生说过话,他出来散步,帮我搭了一顶'新娘帐篷'。"

"新娘帐篷?"

"每年我都会帮莉雅做点什么,"他说,"莉雅是我太太,几年前过世了,我是个鳏夫。"

赖恩觉得自己侵犯了眼前这个男人的隐私。"嗯,我知道了。"他说。

"那个女孩碰到这种事,我觉得很难受。"哈维先生说,"我想向萨蒙先生表达这样的意思,但我经历过类似的事情,知道这种时候说什么都没意义。"

"这么说,你每年这个时候都会搭这样的帐篷?"赖恩·费奈蒙问道,这点他可以向邻居查证。

"往年我都把帐篷搭在屋里,但今年我想试试把帐篷搭在外面,我们的结婚纪念日是在冬天。我本来以为行得通,可没想到雪越下越大。"

"你在屋里什么地方搭帐篷？"

"地下室，如果你想看看的话，我可以带你下去，我把莉雅的东西统统保存在地下室里。"

可赖恩没有追查下去。

"我打扰得够久了，"他说，"我只想重新探访一遍街坊们。"

"调查工作进展如何？"哈维先生问道，"找到什么线索了吗？"

赖恩向来不喜欢别人问这个问题，但他想自己贸然来访难免侵犯了人家的隐私，大家有权这样问。

"有时我想线索该出现的时候，自然会出现，"他说，"如果它们想被警方发现，我们自然找得到。"这样的回答未免有点含糊其词，但几乎每个平头百姓听了都点头称是。

"你有没有讯问过艾里斯家的男孩？"哈维先生问道。

"我们和艾里斯家谈过了。"

"我听说他虐待这一带的小动物。"

"你说得没错，他听起来确实像是个坏孩子，"赖恩说，"但出事当天，他正在购物中心打工。"

"有证人吗？"

"有。"

"我只想到这么多，"哈维先生说，"我真希望能多帮点忙。"

赖恩觉得他相当诚恳。

"从某个角度来看，他确实有点古怪，"赖恩在电话里对我爸爸说，"但我找不出任何破绽。"

"那顶帐篷呢？他怎么说？"

"他说那是为他太太莉雅盖的。"

"我记得史泰德太太告诉阿比盖尔，他太太名叫索菲。"爸爸说。

赖恩查了一下笔记本，然后说："不，他太太叫莉雅，我把名字抄下来了。"

爸爸纳闷，到底在哪里听过"索菲"这个名字？他确定自己听到过，有可能是在一年前的社区聚餐上。但是餐会上大家都在礼貌性地闲聊，小孩和太太的姓名像碎纸片一样抛来撒去，其间夹杂着对陌生人和婴儿的介绍，隔天也就淡忘了。

但他记得很清楚，哈维先生没有参加餐会。哈维先生从不参加社区里的任何活动，很多邻居都觉得很奇怪，但爸爸不这么认为。他自己也不喜欢这些不得不去的社交活动，在这些场合他总觉得不太自在。

爸爸在笔记本上写下"莉雅？"，然后又写下"索菲？"。不知不觉中，他已经列出了其他受害者的名字。

圣诞节那天，家人们若是在我的天堂里，说不定会好过一点儿。在我的天堂，大家不太在乎圣诞节，只有个别人穿了一身白衣，假装自己是雪花，除此之外，一点儿动静也没有。

那年的圣诞节，塞缪尔·汉克尔意外地拜访我家。他的穿着打扮完全不像雪花，相反，他穿着他哥哥的黑色皮夹克和一套不太合身的军队工作服。

弟弟拿着玩具在前屋玩，妈妈暗自庆幸早就帮他买了圣诞礼物，琳茜得到一副手套和一支樱桃味的护唇膏，爸爸的礼物则是五条白手帕。早在几个月前，她就帮爸爸邮购了这份礼物。其实除了巴克利之外，没有人想要任何礼物。圣诞节前的几天，没有人点亮圣诞树上的小灯泡，只有爸爸放在书房窗口的蜡烛闪烁着微弱的光芒。爸爸天黑之后才点燃蜡烛，而妈妈、妹妹和弟弟四点之后就不出门了，因此只有我看得见烛光。

"有人在外面！"弟弟大喊，他正忙着用积木盖摩天大楼，积木垒得老高，但摩天大楼还没有塌，"他还拿着一个皮箱。"

妈妈把蛋奶酒留在厨房里，走进前厅。琳茜正不情愿地和爸爸在客厅里玩"大富翁"游戏。她和爸爸彼此放水，完全无视什么奢侈品税，抽到不好的"机会"也刻意通融。每逢假日一家人就必须一起聚在客厅里，但对琳茜来说，这是一种折磨。

妈妈站在前厅，双手理了理裙角，然后叫巴克利站在她前面，她用手臂圈住弟弟的肩膀。

"我们等那个人敲门。"她说。

"说不定是史垂克牧师。"爸爸一边对琳茜说，一边从"银行"里拿走选美比赛第二名的十五元奖金。

"看在苏茜的分儿上，可千万不要是牧师。"琳茜大胆地说。

爸爸顿了一下，意识到琳茜终于说出了我的名字。琳茜掷出了手上的骰子，前进到"马文花园"。

"现在你欠我二十四块钱，"爸爸说，"但我拿十块钱就好。"

"琳茜，"妈妈大喊，"有人找你。"

爸爸看着妹妹起身离开客厅，我也看着，然后在爸爸身边坐下。我的身影在游戏板上晃动，爸爸看着盒子里那枚鞋子状的棋子。唉，如果我能拿起棋子，把它从"海边宽木板道"移到"波罗的海"就好了。我始终宣称波罗的海的人生活比较高尚。"那是因为你很奇怪，才会这样认为。"琳茜反驳。可爸爸听了却说:"还好我养的女儿不是势利鬼,我很骄傲。"

"铁路,苏茜,"他说,"你总是喜欢买铁路。"

为了突显额前的 V 形发尖和垂在前面的蓬乱鬈发,塞缪尔·汉克尔刻意把头发往后梳,这种发型再加上身上的黑色皮夹克,让十三岁的他看起来像个年轻的吸血鬼。

"圣诞快乐,琳茜。"他对我妹妹说,同时递给她一个蓝色包装纸包着的小盒子。

我看得出琳茜心中的悸动。这些天来,她尽全力把所有人挡在心门外,但她觉得塞缪尔很可爱,一颗心也像烹调中的作料一样慢慢融化。虽然姐姐死了,但她毕竟是个十三岁的小女孩。这个男孩看起来挺顺眼的,而且他还在圣诞节时特意来看她。

"我听说你被选作天才生,"他先开口,借此打破没人说话的僵局,"我也是。"

妈妈此时才回过神来,开始下意识地表达女主人的殷勤:"你要不要进来坐坐?"她勉强招呼说,"我在厨房里准备了一些蛋奶酒。"

"那太好了。"塞缪尔·汉克尔说,然后伸出手臂示意琳茜挽住他,琳茜和我都觉得十分惊讶。

"那是什么?"巴克利躲在妈妈身后,指着他先前以为是皮箱的东西问塞缪尔。

"那是一把中音萨克斯风。"

"什么?"巴克利继续追问。

这时琳茜开口了:"塞缪尔会吹中音萨克斯风。"

"我只会一点点。"塞缪尔说。

弟弟没有再问萨克斯风是什么，他知道琳茜已摆出了我所谓的那种"使性子"的架势，每次琳茜一摆出这副德行，我就告诉巴克利："别担心，琳茜只是使性子。"我一边说，一边搔他痒，有时还用头顶他的小肚子，嘴里不停喊着"使性子"，喊到他的笑声盖过我的笑声为止。

巴克利跟着他们三人走进厨房，再一次提出他每天至少问一次的问题："苏茜去哪儿了？"

大家都沉默不语，塞缪尔看了看琳茜。

"巴克利，"爸爸在厨房旁边的客厅里喊道，"过来和我玩'大富翁'。"

从来没有人叫巴克利玩"大富翁"，大家都说他年纪太小，不知道怎么玩。但圣诞节总有奇迹发生。他赶忙跑到客厅，爸爸一把抱起他，让他坐在自己的大腿上。

"看到这个像鞋子一样的棋子了吗？"爸爸问道。

巴克利点点头。

"我要告诉你一件事，你要仔细听，好吗？"

"是关于苏茜的吗？"弟弟问道，他已不自觉地把我和爸爸要说的话联系在一起了。

"是的，我要告诉你苏茜在哪里。"

我在天堂忍不住热泪盈眶，除此之外，我还能怎么办？

"苏茜每次玩'大富翁'时都选这个像鞋子的棋子，"爸爸说，"我选汽车或是手推车，琳茜选熨斗，有时妈妈也一起玩，她喜欢用大炮。"

"那是一只小狗吗？"

"是的，那是一只牧羊犬。"

"我要这个！"

"好。"爸爸说。他很有耐心，已经想好了该如何向小儿子解释这件事。弟弟坐在他的大腿上，他说话时可以感觉到巴克利小小的身体，他是如此温暖，充满了生气，让爸爸觉得很安心。"好，牧羊犬就是你的。来，再告诉我一次，哪一个棋子是苏茜的？"

"鞋子。"巴克利说。

"好，汽车是我的，熨斗是琳茜的，大炮是妈妈的。"

弟弟全神贯注地听着。

"我们现在把所有棋子放在棋盘上，好吗？你先来，帮我把棋子放在棋盘上。"

巴克利抓起一把棋子，再抓一把，直到把所有棋子都摆在"机会"和"社区服务"两沓纸牌之间。

"好，假设其他这些棋子是我们的朋友。"

"比方说奈特吗？"

"没错，我们把帽子给奈特。好，游戏板就像个小世界，如果我告诉你，我掷了骰子之后，有一个棋子被拿走了，你觉得这是什么意思？"

"这个人不能再玩了？"

"没错。"

"为什么？"巴克利问道。

弟弟抬头看着爸爸，爸爸突然间畏缩了。

"为什么？"弟弟穷追不舍。

爸爸不想说"因为这个世界不公平"或是"事情就是如此"，他想说得简明扼要，让他年仅四岁的儿子明白死是怎么一回事。他把手放在小巴克利的背上。

"苏茜死了。"爸爸说，他无法用任何游戏规则来解释这件事，"你知道这是什么意思吗？"

巴克利伸出小手盖住棋盘上的鞋子，然后抬头看看爸爸，似乎在问他这样做对不对。

爸爸点头说："小宝贝，你再也看不到苏茜了，我们也都再也看不到她了。"爸爸说完就开始低声啜泣，巴克利抬头看着爸爸泪汪汪的双眼，还是不太清楚究竟是怎么回事。

巴克利把鞋子收进了他的衣橱里，可是有一天，鞋子不见了，无论他怎么找，鞋子依然不知去向，再无踪迹。

妈妈在厨房调好蛋奶酒之后就借故离开了。她走到餐厅仔细检查银质餐具，有条不紊地把三种叉子、餐刀和汤匙"像爬楼梯一样"摆在一起。我出生以前，妈妈曾在一家新娘用品商店工作过，她在那里学到了这种排列方式。此时她很想抽烟，也希望还活着的两个小孩暂时不要出现在眼前。

"你要拆开来看看礼物是什么吗？"塞缪尔问道。

他和琳茜站在厨台前，倚着洗碗机和放餐巾的抽屉，爸爸和弟弟坐在厨房右边的客厅里，妈妈则坐在厨房另一边的餐厅里，想着钴蓝色的韦奇伍德骨瓷、宝蓝色镶金边的英国皇家伍斯特名瓷和纯白色镶金边的雷那克斯瓷器。

琳茜笑着拉开盒子上的白色缎带。

"缎带是妈妈帮我系的。"塞缪尔说。

她撕开蓝色的包装纸，里面是个黑色天鹅绒的盒子。扯下包装纸之后，她小心翼翼地把盒子放在手上。我在天堂看到这一幕非常兴奋。以前我和琳茜一起玩芭比娃娃时，芭比和肯尼十六岁就结婚了，我们都觉得一个人一生只有一次真爱，我们对"妥协"二字毫无概念，也不愿意再做尝试。

"打开看看吧。"塞缪尔说。

"我怕。"

"别怕。"

他把手放在她的胳膊上，我简直要控制不住内心的声音——哇！有个可爱的男孩来找琳茜，我才不管他看起来像不像吸血鬼呢！这真是天大的消息，值得贴在公告栏上昭告天下。我忽然体会到知晓一切的快乐。我活着的时候，琳茜绝不会告诉我这种事情。

你可以说盒子里的东西很有特色，或令人失望，或者你也可以说它令人惊奇，全看你怎么想。说这个礼物很有特色，是因为塞缪尔毕竟只是一个十三岁的男孩；说这个礼物令人失望，是因为摆在盒子里的不是一枚结婚戒指；又或者正因为盒子里不是一枚戒指，所以这份礼物才令人惊奇。盒子里摆着半枚金心，塞缪尔从自己的衬衫里拿出另一半金心，金心吊在皮绳上，挂在塞缪尔的脖子上。

琳茜满脸通红，我在天堂也满脸通红。

我忘了坐在客厅里的爸爸，也忘了正在数银器的妈妈，我看着琳茜走过去，抬起头来吻了塞缪尔·汉克尔，这幅景象太美好了，我几乎觉得自己又活了过来。

六

离开人间前两星期的那天，我比平常出门晚，等我赶到学校时，校车通常停靠的那条环形柏油马路上已经空无一人。

第一节上课铃声一响，如果你还想从学校大门走进来，校长室派来的监察人员就会记下你的名字，我可不想上课上到一半被叫出去，坐在彼特福德先生办公室外的硬板凳上等着挨揍。大家都知道，彼特福德先生会把你叫进他的办公室，叫你弯下身子，然后拿厚木板打你屁股。他还请学校车间的老师在木板上钻洞，这样挥动板子时阻力较小，板子落在牛仔裤上也更疼。

我从来不曾迟到得太久，或是犯错严重到挨打的地步，但我和其他学生一样害怕，我们都想象得出木板落在屁股上那种火辣辣的感觉。克拉丽莎曾告诉我，"低龄嗑药族"（在学校里，我们把吸大麻的初中生叫作"低龄嗑药族"）经常从后门溜进学校礼堂的舞台，因为工友克里欧通常把后门开着，他自己上学时就是个经验老到的"嗑药族"，最终高中都没念完。

我蹑手蹑脚地走到舞台后方。那里到处都是电线和绳索，我小心翼翼地前进，以免被它们绊倒。走了一会儿，我停在一座脚手架旁，放下书包，开始整理头发。早上出门时我戴了一顶缀着铃铛的帽子，等到走过奥德怀尔家，爸妈看不到我之后，我立即换上了爸爸的黑色棒球帽。一摘一戴弄得我满头静电，因此到学校之后，我通常直接跑到洗手间梳理一头乱发。

"你很漂亮，苏茜·萨蒙。"

我听到声音，但一时不知道它来自何方。我看了看四周。

"我在这里。"那人说。

我抬头一看，只见雷·辛格靠在我上方的支架上。

"嗨。"他打了声招呼。

我知道雷·辛格喜欢我。他去年从英国搬来这里，但克拉丽莎说他其实出生在印度。长着印度人的面孔，操着英国人的口音，长大后又搬到第三个国家，这样的成长背景实在太酷了，对我而言简直不可思议。更何况雷似乎比我们聪明八百倍，还偷偷地喜欢我呢。刚开始，他的穿着打扮，还有他带到学校里的外国香烟，都让人觉得有点做作，但后来我才知道那些香烟其实是他妈妈的，先前我以为他装模作样，现在却觉得这些举止正显出他出身高贵，见多识广。那天早上，他站在高高的支架上和我说话，我的一颗心突然直坠到地面。

"你没听到第一堂课的钟声吗？"我问道。

"我的第一节课是墨顿先生的自习课。"他说。这下我就明白了，墨顿先生经常宿醉，在第一堂自习课时还未清醒，因此也从不点名。

"你在上面干吗？"

"爬上来看看。"他边说边移动身子，头和肩移到了我的视线之外。

我犹豫了一下。

"上来看看嘛，苏茜。"

有生以来，我第一次当坏孩子（最起码我是这么认为），我把脚跨上支架的底端，伸长手臂去抓第一道横木。

"把你的东西一起带上来。"雷建议道。

于是我走回去拿了书包，然后歪歪斜斜地往上爬。

"我来帮你。"他边说边把双手伸到我腋下，即使穿着厚厚的夹克，我依然觉得不好意思。爬上去之后，我坐在支架上，双脚在空中晃动。

"把脚收起来，"他说，"这样我们就不会被发现。"

我听他的话把脚收起来，然后静静地看了他一会儿。我突然觉得这样有点愚蠢，不知道自己为什么要坐在这里。

"你打算在这上面待一整天吗？"我问道。

"等到下了英文课，我就下去。"

"你居然翘英文课！"我显得有些大惊小怪，就好像听说他抢了银行似的。

"我看过皇家莎士比亚剧团演过的每一出莎士比亚剧作，"雷说，"那个巫婆教不了我什么。"

我为迪威特太太感到不平，如果当个坏小孩就得骂迪威特太太，那我宁愿不当坏孩子。

"我喜欢《奥赛罗》。"我鼓起勇气说。

"她总说些自以为是的废话，生生把《奥赛罗》讲成了《假如我是黑人》[①] 的摩尔人版本。"

---

① 《假如我是黑人》是美国记者约翰·霍华德·格里芬的名著。格里芬化妆成黑人到美国南方各州旅行，亲身体验身为黑人所受的不公平待遇。这本出版于二十世纪五十年代的作品被视为关于种族歧视的经典之作。

雷真是聪明，他是印度人，又来自英国，这样的组合让他在我们这个小镇上有如火星人一样罕见。

"电影里那个装扮成黑人的演员，看起来的确蠢透了。"我说。

"你是说劳伦斯·奥利弗爵士吧？"雷说。

之后我俩都没说话，四下里寂静无声，我们听到自习课下课的钟声，这意味着再过五分钟，我们必须赶到一楼教室去上迪威特太太的英文课。时间一秒一秒地流逝，我的身体越来越烫，雷凝视着我，目不转睛地看着我身上的宝蓝色大衣、鲜黄绿色的短裙和同色系的紧身长袜。我把平常穿的鞋子放在身旁的书包里，脚上穿的是一双假羊皮靴子，靴子的前端和接缝处缝了一圈脏兮兮的人造皮。如果早知道今天会发生一些我生命中仅有的暖昧情事，我事先一定会好好打扮一番，最起码进门之前，我会重新涂上一层草莓香蕉味的亮色唇膏。

我感到雷慢慢靠过来，我们脚下的支架随着他的移动吱吱作响。我心想：他来自英国呢！他的双唇越靠越近，支架微微倾向一侧，我觉得天旋地转，准备迎接初吻的震撼。就在此时，我们忽然听到声音，两人都吓得一动不敢动。

雷和我并肩躺下，眼睛盯着上方的灯光和电线。过了一会儿，有人推开舞台旁边的门，从说话的声音，我们听出走进来的是彼特福德先生和教美术的莱恩小姐，除了他们之外，还有第三个人。

"我们这次不会处罚你，但如果你下次再犯同样的错误，我们绝不纵容。"彼特福德先生说，"莱恩小姐，你把东西带来了吗？"

"带来了。"莱恩小姐是从一个天主教学校调来的，她从两位以前是嬉皮士的老师手中接管了美术课。那两位老师在课堂上把窑炉弄得爆炸起火，结果被学校开除。我们的美术课也就从摔熟黏土、熔制金属等实验艺术，变成了中规中矩的素描。莱恩小姐一上课就把木头塑像立在教室前方，我们则乖乖地照着画。

"我只是在做作业。"说话的人是露丝·康纳斯，我听出了她的声音，雷也听出来了，我们一起上迪威特太太的初级英文课。

"这个东西，"彼特福德先生说，"不是作业。"

雷捏捏我的手，我们都知道彼特福德先生说的是什么。有人复印了露丝的画作，大家在图书馆里传阅，传来传去传到了一个站在卡片目录柜旁边的男孩手里，结果，复印的画作被图书馆员没收了。

"如果我没记错的话，"莱恩小姐说，"我们临摹的人像可没有乳房。"

画中的女人双腿交叉，斜斜地站着，四肢被绳索捆在一起，美术课上可没有这样造型的木头人像。画中是个真正的女人，不知道是有意还是无心，她的双眼被炭笔描得黑黑的，感觉像在暗送秋波，有些学生看了很不舒服，有些学生则大呼过瘾。

"木头人像也没有鼻子、嘴巴，"露丝说，"但你还不是鼓励我们画出了五官。"

雷又捏了捏我的手。

"够了，年轻的小姐，"彼特福德先生说，"有问题的是画中人物的姿态。这幅画显然有问题，所以纳尔逊家的男孩才会把它拿去复印。"

"难道这是我的错吗？"

"如果没有这幅画，就不会引起这些问题。"

"这么说，整件事情是我的错喽？"

"请你站在学校的立场，想想这幅画惹来了多少麻烦。我也请你帮帮忙，以后遵照莱恩小姐的指示，不要随意在画上添枝加叶。"

"达·芬奇还画过尸体呢。"露丝低声嘟囔。

"知道了吗？"

"知道了。"露丝说。

舞台旁边的门开了又关，过了一会儿，雷和我听到露丝·康纳斯的低声啜泣。雷用嘴形示意说"我们走吧"，我悄悄移到支架的另一端，双脚悬空试探着找地方爬下来。

那星期稍后的一天，雷在寄物柜旁边吻了我。他本想在支架上吻我，却没能如愿。我们的唯一一次亲吻纯属意外，就像汽油油膜上呈现的彩虹光环一样美丽。

我背对着露丝爬下支架，她没有走开，也无意躲藏，我转身时，她只是静静地看着我。她坐在舞台后方的木箱上，陈旧的幕帘垂挂在她身旁，她看着我走向她，却没有去擦脸上的泪水。

"苏茜·萨蒙？"她只想确定是不是我，她没想到我居然会旷第一堂课。那天之前，我逃课躲在礼堂后台的概率，就像班上最聪明的女孩被训导员大声责骂一样微乎其微。

我站在她面前，手上还拿着帽子。

"这顶帽子真幼稚。"她说。

我举起缀着铃铛的帽子，看了一眼："我知道，这是我妈妈做的。"

"嗯，你都听到了？"

"我能看看吗？"

露丝把这张众人传阅的画摊平，我目不转睛地看着这幅画。

布莱恩·纳尔逊用蓝色原子笔在女人的双腿交叉处画了一个不

雅的洞，我觉得有点不好意思，她则一直看着我。我看到她目光一闪，思索了一下，然后弯下身子，从背包里拿出一本黑色皮面的素描簿。

素描簿里每一页上都是美丽的画作，大部分是女人，也有些男人和动物的素描。我从未见过这么生动的作品，每一页都是她精心绘制的杰作。那时我才意识到露丝是多么具有颠覆性。倒不是因为她画了被同学传看的裸体女人，而是因为她比老师更有天赋。她天生就是那种最安静的反叛分子，真的，她不想被误解也不行。

"你真的很棒，露丝。"我说。

"谢谢。"她说。我不停地翻阅她的素描簿，深深地沉醉其中。看到画中女人肚脐下的黑色线条，也就是妈妈所说的"生小宝宝的地方"，我觉得既兴奋又害怕。

我曾告诉琳茜我决不生小孩，十岁那年我还花了大半年时间告诉任何愿意听我说话的大人，长大以后我打算做输卵管结扎。虽然那时我还不太明白这具体是什么意思，但我知道它非同小可，要动手术，而每次爸爸听了都大笑不已。

从那以后，我不再视露丝为异类，反而认为她相当特别。她的素描实在太棒了，在那一刻，她的作品让我忘记了校规、上课钟声以及听到钟声应该有的反应。

警方在玉米地里拉起警戒线进行搜寻，找了好久都徒劳无功。警方放弃搜寻之后，露丝穿着她父亲破旧的双排扣厚呢布外套，披上她祖母的大大的羊毛围巾，一个人在玉米地里散步。她很快就发现除了体育老师之外，其他老师对她的旷课都不予追究。她太聪明，老师们都应付不了她，因此他们觉得课堂上少了她反而轻松。有她在的话，老师们必须多费精神，还得加快讲课的进度。

她开始早上搭她父亲的便车上学，这样就不必坐校车。康纳斯先生总是很早就出门，常年带着一个盖子有些倾斜的红色铁制午餐盒，露丝小时候把它当作芭比娃娃的家，康纳斯先生也由着她这么做。现在，他在午餐盒里摆了一瓶波本威士忌。女儿在空荡荡的停车场下车前，他会暂时把车停下来，但依旧开着暖气。

"今天没问题吧？"他总是这么问。

露丝点点头。

"喝一口再走吧。"

露丝这次不点头，而是直接把午餐盒递给父亲。康纳斯先生打开午餐盒，扭开威士忌酒瓶，喝了一大口，然后把酒瓶递到女儿手上。露丝夸张地把头往后仰，表示自己也在痛快畅饮，但其实她只把舌头顶在瓶口舔一下，如果父亲盯着她看，她也会小心翼翼地喝上一小口。

她侧身跳下车。太阳升起之前，天气依然非常寒冷，她忽然想起老师说活动一下比较容易保暖，于是决定到玉米地走走。她慢慢走着，边走边自言自语，有时也会想到我。她通常在隔开足球场和跑道的铁栏杆旁停步，然后倚着栏杆，看周围的世界渐渐苏醒。

就这样，事发之后的几个月，露丝和我每天早晨都在这里碰面。旭日缓缓地爬到玉米地上方，爸爸一早便把"假日"放出来，它在高耸的干枯玉米秆之间穿梭，跑进跑出追赶田里的野兔。兔子喜欢运动场上修剪整齐的草地。露丝有时会慢慢接近它们，看着它们灰黑的身影聚集在草地一端的白色边线旁，就像是一队小小的运动员。她喜欢这么想象，我也是。她相信在人们入睡之后，毛茸茸的动物会起来四处活动，也相信她爸爸的午餐盒里藏着小小的牛羊，一有机会，它们就会跑出来在威士忌和熏肠上奔跑。

圣诞节过后，琳茜把妈妈给我的手套放在了足球场和玉米地之间。有天早上，我看到野兔围在手套旁，好奇地轻轻嗅着手套边缘的兔毛。然后我看到露丝在"假日"找到手套之前，从地上拾起它们，把一只手套的里子翻过来，露出里面的兔毛，然后把手套贴近自己的脸颊，抬头望着天空说："谢谢你。"我觉得她是在对我说话，我希望是这样。

在这些晨间的时光里，我渐渐喜欢上了露丝，虽然在阴阳两端的我们都不知道是怎么回事，但我们似乎注定与彼此相伴。我飘过她的身旁，她打了一个寒颤，就这样，两个特立独行的女孩找到了同伴。

雷和我一样喜欢走路，社区的房子围绕在学校四周，而他家在社区的最外围，他已经注意到露丝·康纳斯时常一个人在球场边踱步。圣诞节之后，他上下学都急匆匆的，尽量不在学校多停留，他希望杀害我的凶手可以早日落网，那心情几乎和我的父母一样急切。真凶落网之后，他才可以证明自己的清白，否则即使有不在场证明，他依然摆脱不了嫌疑。

有天早上，他父亲没有课，不必去学校，雷便趁机在他父亲的保温壶里装满母亲的甜茶，一早就带着保温壶到学校等露丝。他把水泥铅球投掷圈当成一个小小的营地，一个人坐在金属抵趾板上等着。

他看到露丝在铁网围栏的另一端走来走去，那个围栏隔开了学校和备受大家重视的足球场。他搓着双手，想着要跟露丝说些什么。虽然之前他花了一年的时间才算如愿地吻了我，但他之所以鼓起勇气找露丝说话，倒不是因为他吻了我，而是因为十四岁的他实在太寂寞了。

我看着露丝走向足球场，她以为这里只有她一个人。康纳斯先生最近整修了一栋老房子，在里面找到了一本诗集，而恰好露丝最近迷上了写诗，她手上紧抱着的就是这本诗集。

她远远地就看到雷站了起来。

"嗨，露丝·康纳斯！"他一面大叫，一面挥舞着手臂。

露丝看着他，脑海中马上蹦出他的名字：雷·辛格。但除此之外，她并不了解这个男孩。虽然她听说警员曾找过他，但她相信爸爸说过的话："没有哪个小孩会做出这种事。"因此，她朝着雷走了过去。

"我准备了一些热茶，放在保温壶里。"雷说。我在天堂里替他脸红，他讲起《奥赛罗》来头头是道，现在却表现得像个蠢蛋。

"不了，谢谢你。"露丝说，她站到他旁边，但显然比正常的距离远了几英尺。她的指尖紧压着诗集破旧的封面。

"那天你和苏茜在礼堂后台说话时，我也在场。"雷说，他把保温壶递给她，她没有靠过去，也没有做出任何回应。

"苏茜·萨蒙。"他说得更明确了一点。

"我知道你说的是谁。"她说。

"你要参加她的悼念仪式吗？"

"我还不知道要举行悼念仪式。"

"我想我不会去。"

我目不转睛地盯着他的双唇，天气太冷，他的唇色比平常要红，露丝向前走了一步。

"你要护唇膏吗？"露丝问道。

雷把羊毛手套举到唇边，手套轻轻拂过我曾吻过的双唇。露丝把手伸进双排扣外套口袋里，摸出一支护唇膏，"拿去，"她说，"我有很多支护唇膏，这支给你。"

"你人真好，"他说，"你能陪我一起等校车来吗？"

他们一起坐在铅球投掷圈里，我又一次看到了以前认为不可能发生的事。雷和露丝坐在一起，我觉得他比往常更迷人了，我在天堂凝视着他深灰色的双眼，情不自禁地沉醉其中。

清晨见面逐渐成了他们的习惯。雷的父亲有课要去上时，露丝就用她爸爸的热水瓶装一点威士忌带到学校；雷的父亲没课时，他们就喝辛格太太准备的甜茶。早晨很冷，他们都冻得受不了，但两个人似乎都不在乎。

他们谈到他作为外国人在这个小镇上的感受，两人一起朗诵露丝诗集里的诗句，还谈到未来的志愿：雷想当医生，露丝则希望成为诗人和画家。他们讨论班上哪些同学比较奇怪，偷偷地为这些怪人编组。有些人一看就知道是怪人，比方说麦克·贝尔斯，他嗑药嗑得厉害，大家都不明白为什么学校还没把他开除；还有从路易斯安那州来的杰里迈亚，大家都误以为他和雷一样是个外国人。还有些同学怪得不那么明显，比方说一讲到甲醛就兴高采烈的亚提，还有腼腆的、把运动短裤穿在牛仔裤外面的哈利·奥兰德。薇姬·库尔茨也有点奇怪，虽然大家都认为她在母亲过世后表现得还算正常，但露丝曾看到过她躺在学校后面的松树林里睡觉。有时，他们也会谈起我。

"真的很奇怪,"露丝说,"我的意思是,我和苏茜从幼儿园起就是同班同学,但直到在礼堂后台偶遇后,我们才开始注意到对方。"

"她人真的很好。"雷说,他想到那天我们站在寄物柜旁,他的双唇轻触着我的双唇,我闭着眼睛微笑,几乎想要逃开。"你觉得他们能捉到凶手吗?"

"我觉得能。你知道吗,我们离案发现场只有一百码。"

"我知道。"他说。

他们坐在金属抵趾板的边缘,两个人都戴着手套,各自捧着一杯热茶。如今的玉米地已经成为无人进出的禁地,球场的球若是滚进玉米地,只有胆子大的男孩才敢进去捡。那天早晨,阳光投射在干枯的玉米秆间,却没有一丝暖意。

"我在地里找到这个。"露丝指指皮手套。

"你有没有想过她?"雷问道。

他们又一次陷入了沉默。

"我无时无刻不在想她,"露丝说,我觉得一股寒气直逼脊背,"有时我觉得她很幸运,你知道吗,我恨这个地方。"

"我也是,"雷说,"但我住过其他地方,这里只是暂时受罪的地狱,不会是永远的落脚地。"

"难道你是说……"

"她上了天堂——当然,如果你相信有天堂的话。"

"你不相信吗?"

"不,我不相信。"

"我相信,"露丝说,"我指的不是相信无忧无虑的小天使在其间飞翔这样的废话，但我的确相信有天堂。"

"她快乐吗？"

"她上了天堂，不是吗？"

"但这代表什么呢？"

甜茶早已变冷，第一节课的上课铃声也已响起，露丝对着茶杯笑笑说："嗯，就像爸爸说的，这表示她已经离开了这个鬼地方。"

爸爸敲响雷·辛格家的大门，当雷的妈妈卢安娜出来开门时，爸爸不由得有些发蒙。这倒不是因为她没有马上表示欢迎，也不是因为她那阴郁的表情，而是她深色的皮肤和灰色的双眸，以及她开门之后稍微往后退一步的怪异姿态，让爸爸一时间有些不知所措。

他曾听警员谈起过她，他们觉得她冷漠、势利、傲慢又古怪，因此，在爸爸的想象里她就该是如此。

"请进，请坐。"他一报上姓名，她马上请他进门。一听到"萨蒙"二字，她马上张开微合的双眼，他望着她深邃的眼睛，真想探究一下她隐秘的内心世界。

她带着他走进狭小的客厅，他差点绊了一跤——客厅地上到处都是倒扣着的摊开的书，靠墙还立着三排深层的书柜。她穿着黄色的印度纱丽，下身是金色丝织的七分裤，赤着脚。她小心地在书堆之间穿行，最后停在沙发旁，问道："喝点什么吗？"他点了点头。

"热的还是冷的？"

"热的。"

她转身走进一个他看不到的房间，他在褐色格子布的沙发上坐了下来，沙发对面有好几扇窗户，上面垂挂着长长的棉布窗帘，外面耀眼的阳光很难透进来。他忽然觉得周身温暖，几乎忘了当天早上为何要再三查找辛格家的地址。

过了一会儿，正当爸爸想着他好累，等一下还要去干洗店帮妈妈拿几件早就该拿的衣服时，辛格太太端着茶盘回到客厅，把它摆在爸爸面前的地毯上。

"对不起，我们没有太多家具，辛格博士还在争取终身教职。"

她走到隔壁房间，给自己拿了一个紫色的坐垫，放在地板上，和他面对面坐了下来。

"辛格博士是位教授？"他已经了解到不少情况，但依然明知故问。这个美丽的女子和她摆设极简的家，都令他感到惬意。

"是的。"她边说边倒茶，客厅里安静无声。她拿起茶杯递给他，他伸手接过来，她接着说："您女儿遭到谋杀的那一天，雷和他爸爸在一起。"

他真想一头倒进她的怀里。

"您一定是为了此事而来。"她继续说。

"是的，"他说，"我想和雷谈谈。"

"他还在学校，你知道的。"她缩起双腿斜坐在地上，她的脚指甲很长，没有涂指甲油，脚底的皮肤因常年跳舞而变得粗糙。

"我只想过来告诉你们，我绝对无意伤害他。"爸爸说。我从来没见过他像现在这样，小心翼翼地吐出每一句话，好像每个词语都曾是压在他心头的负担。与此同时，他紧盯着她蜷曲在暗褐色地毯上的双腿，一抹微弱的阳光透过窗帘洒落在她的右颊。

"他没做错什么，不过是喜欢上了您的女儿。说来也算是情窦初开。不过整件事情依然让人难过。"

雷的母亲有许多年轻的仰慕者，送报的少年经常骑着自行车停在辛格家附近，希望辛格太太听到《费城问询报》重重落在门前的声音后会走出来看看，说不定会探个头，甚至挥挥手。她不笑也没关系，她在外面本来就极少露出笑容。最令人着迷的是她的双眸和舞者的身姿，她每一个微小的动作似乎都经过了仔细的思量。

警方上门询问案情时，一行人走进光线昏暗的客厅，以为凶手就在屋内。但雷还没有出现，卢安娜已让众人晕头转向，大家甚至一起坐在丝绸坐垫上喝起了茶。他们以为她会和其他美丽女子一样喋喋不休，说些言不及义的废话，但她一派从容优雅，反而是警方越来越坐立难安。警方询问雷时，她挺直身子，安静地站在窗户旁。

"我很高兴苏茜有个像雷这样的好男孩喜欢她，"爸爸说，"谢谢您儿子对我女儿的青睐。"

她抿嘴微微一笑。

"他写了一封情书给她。"他说。

"我知道。"

"如果早知道会发生这种事，我也会写封信给苏茜，"他说，"最起码我可以在苏茜在世的最后一天，告诉她我爱她。"

"是啊。"

"我做不到，但您儿子做到了。"

"没错。"

他们沉默地凝视了对方片刻。

"您一定把警员们逼疯了。"他笑笑——不是对着她笑，而有点像是对着自己苦笑。

"他们来这里指控我儿子是凶手，"她说，"我可不在乎他们对我是什么感觉。"

"我想雷这阵子一定不好过。"爸爸说。

"请不要说这种话，"她一脸严肃，边说边把杯子放回茶盘上，"您没有必要同情雷，或是我们。"

爸爸想说些什么辩解一下。

她挥挥手说："您失去了女儿，来找我们一定有您的理由，这点我能谅解。除此之外，请您什么也别说，要是您出于好奇，想知道我们怎么过日子的，也请打住。"

"我无意冒犯您，"他说，"我只想——"

她再次挥挥手。

"雷再过二十分钟到家。我会先和他谈谈，让他有些心理准备，然后您可以和他聊聊苏茜的事。"

"我说错什么了吗？"

"我们没有太多家具，我觉得这样挺好，万一哪天我们想离开，马上就可以打包上路。"

"我希望你们留下来。"爸爸这么说部分是出于礼貌。他从小就是个有礼貌的小孩，他也用同样的方式教育我们。但除了礼貌之外，他也希望有机会多了解这个女人，她看似冷若冰霜，但或许这只是表相，说不定她不像看上去的这么铁石心肠。

"您太客气了，"她说，"我们都还不熟。我们一起等雷吧。"

爸爸离家时，妈妈和琳茜正吵得不可开交。妈妈叫琳茜和她一起到青年女子会馆游泳，琳茜想都没想就大喊："我情愿死也不要去！"爸爸看到妈妈先是面无血色地站在原地，然后泪流满面地跑回卧室，关起门来放声痛哭。他悄悄地把笔记本放进夹克口袋，拿起挂在后门边的车钥匙，溜出了家门。

出事后的两个月里，我的父母似乎都在刻意避开对方，一个待在家里，另一个就出去。爸爸经常在书房的绿色椅子上打瞌睡，醒来之后才蹑手蹑脚地走进卧室，悄悄地侧身躺在床的一边。如果妈妈拉了大半个被子盖在身上，他就不盖被子，缩成一团躺在床上。这副姿态好像在表示只要一出事，他可以马上采取行动。

"我知道是谁杀了她。"他听到自己对卢安娜·辛格说。

"您告诉警方了吗？"

"我告诉他们了。"

"他们怎么说？"

"他们说目前为止这只是我的臆测，还找不到什么直接证据。"

"父亲的疑心……"她开口说话。

"就像母亲的直觉一样有分量。"

这次她听了微微一笑。

"他就住在附近。"

"您有什么打算？"

"我正在调查所有线索。"爸爸说，他很清楚这话听起来是什么意思。

"这么说，我的儿子……"

"他是线索之一。"

"说不定您是被那个所谓的凶手吓坏了。"

"但我一定得做些什么。"他抗议道。

"我们又说不通了，萨蒙先生，"她说，"您误解了我的意思，我不是说您来找我们有什么不对，从某个角度而言，您自有您的道理，您希望得到一些支持与慰藉，这无可厚非，对您也有好处，更何况这样对我儿子也好，我只在乎这一点。"

"我说过我无意伤害任何人。"

"那个人叫什么？"

"乔治·哈维。"除了告诉赖恩·费奈蒙之外，这是爸爸第一次说出这个名字。

她没说什么，过了一会儿才站起来，转身背对着他，走到窗前把窗帘拉开。她喜欢放学时刻的阳光。此刻她看到儿子正一步步走向家门。

"雷快到家了，我出去等他，对不起，失陪一下，我得穿上大衣和靴子。"她顿了顿又说，"萨蒙先生，如果我是你，我也会采取同样的行动。我会和所有我觉得有必要的人聊聊，但我不会把他的名字告诉太多人。等到确定的时候，我会不动声色，悄悄地把他杀了。"

他听到她在前厅穿上大衣，金属衣架发出叮叮当当的声响。几分钟之后，大门开了又关，一阵寒风从屋外吹进来，他看到她站在外面迎接儿子，母子两人都没有笑，只是低着头，双唇翕动。从母亲那里，雷知道我爸爸正在里面等着他。

妈妈和我从一开始就觉得赖恩·费奈蒙与众不同，和他一起到我家的警员都相当魁梧，相形之下，费奈蒙警探显得很瘦小。除此之外，他还有一些不易被人察觉的特点。比方说，虽然他经常若有所思，谈到我或是案子的进展时神情严肃，从来不开玩笑，但和妈妈说话时，他会表现出乐观的一面，坚信谋杀我的凶手一定会落网。

"或许不是这一两天，"他对妈妈说，"但有朝一日，他一定会露出马脚。这种人向来控制不了自己。"

爸爸去了辛格家，留妈妈一个人在家。赖恩·费奈蒙来家里找爸爸，她只好陪他聊天。客厅桌上摆了一些图画纸，巴克利的蜡笔散落在上面。他和奈特本来在桌上画画，画到后来两个小男孩开始打瞌睡，头像花朵一样沉沉地垂下来，妈妈只好把他们挨个儿抱到沙发上。两人各睡在沙发一边，双脚几乎在沙发中间碰着了。

为此赖恩·费奈蒙压低了声音，但妈妈知道他不怎么在意小孩。他看着她抱起两个男孩却没有站起来帮忙，也不像其他警员一样会和她聊小孩子的事。不管孩子是生是死，在其他警员眼中，她是个母亲，费奈蒙却不是这样看待她的。

"杰克想跟你谈谈，"妈妈说，"但我想你很忙，一定没时间等他回来。"

"还好，不太忙。"

妈妈别到耳后的一缕头发滑落到脸颊，她的表情顿时柔和了不少，我想赖恩一定也注意到了。

"他去找可怜的雷·辛格了。"她边说边把头发别回耳后。

"真抱歉我们必须讯问他。"赖恩说。

"是啊，"她说，"没有任何小男孩能做出……"她说不下去了，他也没有逼她把话说完。

"他有充分的不在场证明。"

妈妈从图画纸上拿起一支蜡笔。

赖恩·费奈蒙看着妈妈画起呆头呆脑的小人和小狗，而巴克利和奈特在沙发上发出轻微的鼾声。巴克利弯起身子，蜷曲得像小婴儿一样，还把拇指放到嘴里吮吸。妈妈曾说我们一定要帮他改掉这个习惯，可现在她却羡慕弟弟睡得如此香甜。

"你让我想起了我太太。"在沉默了好一会儿之后赖恩开口说道。其间，妈妈已经画了一只橙色的狮子狗和一匹看来像是遭到电击的蓝色小马。

"她画画也很糟吗？"

"以前我们没什么可聊的时候，她也是这么静静地坐着。"

几分钟之后，画纸上多了一个橙黄的太阳和一栋褐色的小屋，屋外种满了粉红、湛蓝和紫色的花朵。

"以前？"

他们同时听到车库门打开的声音，"她在我们结婚之后不久就过世了。"赖恩说。

"爸爸！"巴克利从沙发上跳起来大叫，完全忘了奈特和其他人的存在。

"我很抱歉。"她对赖恩说。

"我也是，"他说，"我是说关于苏茜这件事，真的，我很难过。"

巴克利和奈特跑到后门迎接爸爸，爸爸兴高采烈地大喊："我需要氧气！"以前，爸爸上了一天班之后回到家，我们都会团团围住他，他也总是像这样大声喊叫。而如今为了弟弟强颜欢笑的这一刻，已成为他一天中最喜爱的时刻。

爸爸从后门走进客厅时，妈妈正凝视着赖恩·费奈蒙。我真想大声告诉妈妈：快去落水洞吧！向洞穴的最深处看，我的身体在那里等着你们，而我的灵魂，则在高处看着你们。

在警方还抱有一线希望时，赖恩·费奈蒙向妈妈要了一张我在学校里的照片。他把我的照片和其他一些照片摆在皮夹里，照片中的小孩和陌生人都已不在人间，其中也包括他的太太。如果案子破了，他就把破案日期写在照片背面；如果案子没破——不管是他无法释怀还是案子仍在警察局的档案里——照片背后都是空白。我的照片背后就是一片空白，他太太的照片背后也看不到任何字迹。

"赖恩，你好吗？"爸爸打声招呼，"假日"在爸爸身旁跳来跳去，希望主人拍拍它。

"我听说你去找雷·辛格了。"赖恩说。

"巴克利、奈特，你们上楼去巴克利的房间里玩好吗？"妈妈说，"费奈蒙警探和爸爸有事要谈。"

七

"你看到她了吗？"巴克利边上楼边问奈特，"假日"紧随在他们身后，"那是我姐姐。"

"没有。"奈特说。

"她出去了一阵子，但现在回家了。来，我们比赛看谁跑得快！"

两个小男孩和一只小狗争先恐后，快步冲上了曲折的楼梯。

我不准自己多想巴克利，生怕他会在镜子或玻璃瓶盖上看到我的身影。我像家里每个人一样，一心只想保护他。"他年纪还小。"我对弗兰妮说。弗兰妮听了反问道："年纪小就看不到我们吗？你以为小孩子想象中的朋友是从哪里来的？"

两个小男孩跑到爸妈的卧室旁，在一幅裱好的墓碑拓片下坐了下来。拓片的真迹来自伦敦一座墓园。妈妈曾告诉琳茜和我，她和爸爸到伦敦度蜜月时遇见一位老妇人，她和爸爸想在家里墙上挂些特别的东西，这位老妇人就教他们拓印墓碑。到我十岁出头时，家里大部分的拓片都被收到了地下室里，墙上改挂了色彩鲜艳的绘画图案——据说这些图画能刺激孩童学习。但是琳茜和我依然非常喜欢墓碑拓片，挂在巴克利和奈特头顶上的这幅更是我们的最爱。

琳茜和我时常躺在这幅拓片下的地板上，我假装自己是画中的骑士，"假日"是蜷缩在我脚边的忠犬，琳茜则是我遗留在世的爱妻。不管刚开始气氛多么庄严肃穆，到后来我们一定会笑成一团。琳茜对躺在地上装死的我说，做妻子的日子还是要过下去，她下半辈子不能守在一个冰冷的死人身旁。我听了假装勃然大怒，但每次都持续不了多久。说着说着，琳茜一定会提起她的新爱人，不是给她一块上好猪肉的屠夫，就是帮她做挂钩的铁匠。"你死都死了，骑士，"她说，"我还得活下去呢。"

"昨天晚上苏茜来看我，还亲了我一下。"巴克利说。

"她没有！"

"她有！"

"真的吗？"

"真的。"

"你有没有告诉你妈？"

"这是秘密，"巴克利说，"苏茜说她暂时还不想和其他人说话。你想不想看看别的东西？"

"好啊。"奈特说。

他们站起来跑到屋子另一边，把"假日"留在拓片下方打瞌睡。

"来，进来看看。"巴克利说。

他们走进我的卧室，我帮妈妈拍的照片被琳茜拿走了，后来她考虑再三，又回来拿走了"嬉皮傻子谈情说爱"的徽章。

"这是苏茜的房间。"奈特说。

巴克利把手指举到唇边，妈妈每次要我们安静时，都会做出这个手势，弟弟现在也示意奈特不要说话。他弯下身子，把小肚子贴在地面上，叫奈特也跟着做。他们像"假日"一样在地上匍匐前进，慢慢地爬过垂挂在我床边的床裙，来到我藏东西的秘密地点。

弹簧床垫下面的木板上有个小洞，里面藏着那些我不想让别人看到的东西。我得时刻提防"假日"跑进我房间到处乱抓，不然东西一定会被叼出来。而我失踪一天之后，果然就发生了这种事。爸妈到我房里仔细搜寻，希望能找到一些线索，他们离开之后忘了关门，"假日"跑进来，叼出了我藏起来的甘草枝。其他东西也都散落在床下，其中有一样只有巴克利和奈特才认得出是什么。巴克利解开爸爸的旧手帕，里面是一截沾了血迹的小树枝。

一年前，三岁的巴克利不小心吞下了这截小树枝，当时他和奈特在后院玩，两个人把石块堆到鼻尖那么高。院子里有棵老橡树，妈妈把晒衣绳的一端绑在橡树上，巴克利在树下找到一截小树枝，他把树枝当作香烟一样放到嘴里。我坐在自己房间窗户外面的屋顶上，一面往脚上涂着克拉丽莎给我的指甲油，一面翻阅时装杂志《十七岁》，眼睛时不时地盯着巴克利。

我总是被指派照顾弟弟。爸妈认为琳茜还小，她的智力发展也正在萌芽期，应该尽可能自由发展。因此，那天下午，她在屋里用一百三十色的蜡笔在画纸上画着苍蝇的眼睛。

虽然是盛夏时节，但那天并不太热，我决定好好在家里做美容保养。一大早我就开始洗头洗澡，弄得全身上下热气腾腾。于是我坐在屋顶上，一边吹风，一边慢条斯理地涂指甲油。

我刚涂了两层指甲油，一只苍蝇就停在了涂指甲油的小刷子上。我一面听着小奈特出言挑衅，一面眯起眼睛观察停在面前的苍蝇。琳茜在屋里帮苍蝇眼睛上色，我也想看看自己是否能从它的眼睛中辨识出不同的色彩。微风轻轻吹拂，毛边裤管轻擦过我的腿。

"苏茜！苏茜！"奈特大喊。

我往下一看，只见巴克利倒在地上。

时至今日，每次我和霍莉谈到救人的话题时，我总是以那天发生的事情为例。我相信救人能够成功，霍莉则认为不可能。

我连忙起身，从打开的窗户跳进卧室，一只脚踏在窗边的缝纫机凳上，另一只则顺势跨上地毯。双脚着地之后，我马上像运动员踢开起跑木一样起身，先是飞奔着跑向大厅，然后从楼梯的扶手上滑了下去。这在平时，是爸妈严令禁止的。我大声叫着琳茜，然后径直冲到后院。穿过纱门，跳过狗屋的栅栏，一路冲到橡树下。

巴克利喘不过气来，全身不停颤抖，我把他抱进车库，奈特紧跟在后面。车库里停着爸爸的爱车"福特野马"。我看过爸妈开车，妈妈还示范过如何发动引擎、如何刹车。我把巴克利放在后座上，从爸爸藏钥匙的陶罐里抓起钥匙，一路疾驰到医院。虽然车子的手刹都被我烧坏了，但事后好像没人在意这件事。

"要不是她，"医生后来告诉妈妈，"你就没有小儿子啦。"

因为救了弟弟一命，外婆说我会长命百岁。但和往常一样，她的预测总是错的。

"哇！"奈特拿着小树枝，惊讶地发现随着时间的推移，鲜红的血迹竟然变成了黑色。

"是啊。"巴克利说。回想起那时的情景，他仍然觉得浑身不舒服。当时他痛极了，大家在病床旁围成一圈，每个人都神情凝重。那种严肃的表情他最近又看到一次。不同的是，在医院里，他们起初异常焦虑，但不久便没事了，大人眼中闪烁着轻松的光芒，温暖和煦的目光包裹着他。而现在，爸妈目光暗淡，眼中的神采消失无踪。

那天，我在天堂里觉得头晕目眩，跟跄着走回眺台。天色已晚，我抬眼望去，忽然看到一栋我从未见过的巨大建筑物矗立在眼前。

我小时候读过《詹姆斯与大仙桃》，眼前这栋建筑活像是书中詹姆斯姨妈的房子：维多利亚风格、庞大、阴森，屋顶还有瞭望台——通常被称作"寡妇通道"。有那么一瞬间，我以为瞭望台上站了一排女人，对着我指指点点，但等我慢慢熟悉黑暗之后，才发现瞭望台上站的不是女人，而是成排的乌鸦。每只乌鸦嘴里都衔着一根小树枝。我转身走回家，乌鸦扑扇着翅膀紧跟在我身后。弟弟真的看到我了吗？又或者，这只是一个小男孩的美丽谎言？

八

三个月来，哈维先生一直梦到房屋。他梦见南斯拉夫的一隅，茅草为顶的小屋架在高脚柱上，天际一片蔚蓝，忽然间，洪水来势汹汹地涌上来，小屋也随之不见了。在挪威峡湾边以及隐秘的山谷间，他看到原木搭建的教堂，教堂的木头是造船的维京人运来的，当地英雄和恶龙的雕像也都是木头刻的。但他最常梦见的是莫斯科东北部沃洛格达的"基督变容教堂"。谋杀我的那天晚上，这座他最喜欢的教堂就出现在梦中。此后每天晚上，他都梦见那座教堂，直到梦中出现了女人和小孩。

回望过去时，我能看见哈维先生躺在他妈妈怀里，目光越过摆满彩色玻璃片的桌子，一直凝视着前方。他爸爸把玻璃片按照形状大小及厚度重量分类堆放，还像珠宝商一样仔细地检查每一片玻璃，看看有无裂缝或瑕疵。乔治·哈维把注意力转移到挂在母亲颈上的琥珀，椭圆形的琥珀镶着银边，里面有只形状完好的苍蝇。

"他是建筑商。"有人问起父亲的职业时，年幼的哈维先生总是这么说。后来他不再回答这个问题，他怎能回答说他父亲在沙漠里工作，用碎玻璃和旧木头盖些简陋的小屋子呢？但他的确从父亲那里学到一些建筑常识，比如什么才算是一栋好房子，怎么盖房子才会经久耐用。

　　因此，当那些令人不安的梦境反复出现时，哈维先生总是拿出他父亲的素描簿，使自己沉溺于这些他不喜欢的异国图像中，试图忘记梦中恼人的影像。看着看着，他的母亲就会来到梦中。母亲在公路旁的田野上奔跑，一身素净——上身是白色紧身船形领衬衫，下身是白色的七分裤，和他最后一次看到她时一模一样。哈维先生最后一次见到母亲，是在新墨西哥州郊外的一个小镇，当时他的父母在闷热的车里起了争执，父亲把她强推出车外。乔治·哈维像石头一样呆坐在后座，他睁大眼睛，心里没有一丝恐惧。在他的眼中，周围的事物如慢动作般发生。母亲一直往前跑，瘦弱苍白的身影越来越远。哈维紧握着母亲从颈上扯下来交给他的琥珀，而父亲望着公路说："儿子，她走了，永远不会回来了。"

九

　　外婆在悼念仪式前一晚抵达家中，她像往常一样叫了豪华加长礼车，从机场一路喝着香槟到了我家。她身上披着所谓的"厚重漂亮的动物皮毛"，其实就是一件在教堂拍卖会上买到的二手貂皮大衣。爸妈没有刻意问她要不要参加，不过她来了也好。一月底，凯登校长建议举行悼念仪式，他主动提出在我们教会里进行。"这对你的小孩和学校的学生都好。"他对爸妈说。于是，爸妈像梦游一样点头答应，麻木地处理着该订什么花、该请谁来讲话之类的事情。妈妈和外婆打电话时提到此事，外婆立刻说："我要参加"。

　　妈妈听了有点讶异："妈，你不见得一定要来。"

　　外婆沉默了一会儿。"阿比盖尔，"她说，"这可是苏茜的葬礼啊。"

❧

　　外婆坚持穿着二手貂皮大衣在邻里间走动，让妈妈觉得很不好意思。之前还有一次，外婆化着浓妆参加我们社区里的聚会，拉着妈妈问东问西，比如有没有去过这个人家里、她先生从事什么行业、开什么车，等等。外婆总想弄清楚邻居是谁，而到现在我才明白，她是试图用这种方式来了解妈妈。只可惜，这成了一次失误的环中马术，一场没有舞伴的忧伤之舞。

"杰——克，"外婆走进大门，夸张地喊道，"我们得好好喝一杯！"她注意到琳茜想要偷偷跑上楼——反正等一下外婆一定会找她，她想趁现在安静几分钟。"孩子们讨厌我。"外婆感叹道，她的笑容僵住了，露出一口洁白完好的牙齿。

"妈，"妈妈打声招呼——我真想一头栽进她那悲伤的、深邃海洋般的蓝色眼睛里，"你别多心，琳茜只是想把自己打扮得漂亮一点儿。"

"在这个家想打扮得漂漂亮亮，简直不可能！"外婆说。

"妈，"爸爸说，"这个家和你上次来时不一样了。我帮你倒杯酒，也请你体谅一下。"

"杰克，你还是一样英俊得要命。"外婆说。

妈妈接过外婆的大衣。巴克利从二楼窗口大喊"外婆来了"的时候，"假日"就被关到爸爸的书房里。我弟弟对奈特，或是任何愿意听他说话的人吹牛说，他外婆有一辆全世界最大的车子。

"妈，你看着气色不错。"妈妈说。

"嗯，"爸爸一走远，外婆马上问道，"他还好吗？"

"我们都在硬撑着，但实在很难。"

"他还念叨着那个人是凶手吗？"

"没错，他还是那么想。"

"你们会吃上官司的。"她说。

"除了警方之外，他没有对任何人提起过。"

她们都没看到，琳茜正坐在上方的楼梯口。

"他不该告诉任何人，我知道他想找个人来怪罪，可是——"

"妈，要威士忌还是马提尼？"爸爸走回客厅问道。

"你喝什么？"

"说真的，这阵子我都没喝酒。"爸爸说。

"啊，这就是你的问题了。我自己来吧，你们不必告诉我酒放在哪里！"

少了那件"厚重漂亮的动物皮毛"，外婆显得相当瘦小。"节食要趁早，"她在我十一岁时就告诫我，"小宝贝，你现在就得开始节食，以免肥肉在身上堆积太久减不掉。说什么'婴儿肥'，其实只是变相地说一个人丑。"她和妈妈时常为我年纪够不够大，可不可以吃抑制食欲的药而争吵，她说这些药是她的"救命丸"，还对妈妈说："我把我的救命丸给你女儿，你居然剥夺她的权利？"

我还活着时，外婆做的每一件事似乎都是错的，但那天她坐着租来的加长礼车来到家门口，推开大门大摇大摆地走进来，奇怪的事也随之发生：虽然趾高气扬，穿着讨人厌的衣服，但她给家中重新注入了生气。

"阿比盖尔，你需要人帮你。"晚饭之后，外婆对妈妈说。自从我失踪之后，这是妈妈第一次下厨做晚饭。她听了这话吓了一跳。当时她刚戴上洗碗的蓝色手套，在水槽里放满肥皂水，琳茜会帮忙擦碗。而妈妈以为外婆会叫爸爸帮她倒一杯餐后酒。

"妈，你能帮忙最好。"

"别客气，"外婆说，"我到前厅去拿我的魔法袋。"

"哦，可别。"我听到妈妈轻声咕哝着。

"耶，魔法袋，好啊。"琳茜说，她整顿饭都没开口说话。

"妈，拜托！"外婆从大门口走回来时妈妈抗议道。

"孩子们，把桌子清干净，把你们的妈妈架到这里，我要让她改头换面。"

"妈，别闹了，我还有碗碟要洗。"

"阿比盖尔。"爸爸轻声说。

"哦，不，她可以让你喝醉酒，但她可别想拿那些折磨人的玩意儿靠近我。"

"我没醉。"

"你还笑。"妈妈说。

"那你告他啊。"外婆说，"巴克利，抓住你妈妈的手，把她拖到这里。"弟弟听了立马照做，他看到妈妈被管着听任吩咐，觉得非常有趣。

"外婆？"琳茜试探着问道。

巴克利把妈妈拉到厨房的一张椅子旁，外婆早已把椅子摆好面对着自己。

"什么事？"

"你能教我化妆吗？"

"谢天谢地，当然可以！"

妈妈坐下来，巴克利爬到她腿上说："妈咪，怎么了？"

"艾比，你在笑吗？"爸爸笑着说。

妈妈的确在笑，她一边微笑一边哭泣。

"亲爱的，苏茜是个好女孩，"外婆说，"就像你一样。"她紧接着又说，"好，把下巴抬高，让我看看你的眼袋。"

巴克利爬下来，坐到另一张椅子上。"这是睫毛夹，琳茜，"外婆边说边示范，"这些我全都教过你妈。"

"克拉丽莎也用这个。"琳茜说。

外婆把橡皮卷夹在了妈妈的一对睫毛上，妈妈熟悉这个程序，眼睛一直向上看着。

"你和克拉丽莎说过话吗？"爸爸问道。

"没有，"琳茜说，"她常和布莱恩·纳尔逊在一起，他们逃课的次数多到可以停学三天了。"

"没想到克拉丽莎也会这样，"爸爸说，"她的资质虽然不是最好的，但从来没惹过麻烦。"

"我上次看到她时，她浑身都是大麻味儿。"

"我希望你不要惹上这些麻烦。"外婆说着喝下了最后一口威士忌，然后把酒杯重重地放到桌上，"好，琳茜，过来看看，你瞧，睫毛一卷上来，你妈妈的眼睛是不是变得更有神采了呢？"

琳茜试着想象自己眼睫毛卷起来的模样，但脑海中浮现的却是塞缪尔·汉克尔的双眼，她想到塞缪尔吻她时，点点繁星在他的睫毛边闪耀。想到这里，她的瞳孔大张，像微风中的橄榄一样轻轻颤动。

"想不到哦。"外婆说，她一只手握着睫毛夹奇形怪状的把手，一只手叉在腰间。

"想不到什么？"

"琳茜·萨蒙，你交了男朋友。"外婆对大家宣布。

爸爸笑了，他忽然变得很喜欢外婆，我也是。

"我没有。"琳茜说。

外婆正要开口，妈妈轻声说："你有。"

"上帝保佑你，亲爱的，"外婆说，"你应该交个男朋友。等帮你妈化好妆之后，外婆再好好打造你。杰克，给我一杯开胃酒吧。"

"开胃酒是饭前喝的——"妈妈又开始说教。

"别纠正我，阿比盖尔。"

结果外婆喝醉了，她把琳茜画得像个小丑，她自己也说琳茜看起来像个"红牌妓女"。爸爸喝得像外婆所谓的"醉得恰到好处"。最令人惊奇的是，妈妈把脏碗碟留在水槽里，没洗就上楼睡觉了。

大家睡着之后，琳茜站在卧室的镜子前打量自己。她抹去了一些腮红，擦擦嘴唇，又用手指轻轻抚摩着眉毛——她刚拔了些眉毛，原本浓密的眉头稍显红肿。她在镜中看到了不同的自己，我也看到了：镜中的她，是个能够照顾自己的成年人。化妆品下是她熟悉的脸孔，但最近每个人一看到她，总是不自觉地想到我。涂了口红和眼影后，她脸部的轮廓变得鲜明，焕发出异域珠宝般的神奇光彩，家里没有任何一样东西能呈现出如此耀眼的光泽。外婆说得没错，化了妆之后，她的双眼显得更加湛蓝，脸型也因为修眉而发生了改变，腮红更突显了她的颧骨（"这里的轮廓还可以再加强"，外婆强调说）。嘴唇看起来也不一样了，她对着镜子做出各种表情：噘嘴、亲吻、假装像喝了鸡尾酒一样大笑。她低下头，一面像好女孩一样祷告，一面偷瞄自己这副好看的模样。上床睡觉时，她仰面躺着，以免弄乱自己全新的容貌。

贝瑟尔·厄特迈尔太太是我和琳茜唯一见过的死人。我六岁、琳茜五岁时，她和她儿子搬到了我们这个社区。

妈妈说她有一部分的脑子不见了，因此有时她一离开儿子家就不知道自己身在何处。她经常走到我家前院，站在树下凝视着街道，像是站在那里等公交车。妈妈常把她带到厨房坐下来，两人一起喝茶，安抚了她之后再打电话通知她儿子。有时她儿子家没人接电话，厄特迈尔太太就坐在我家厨房里，一言不发地盯着餐桌中间的摆饰，一坐就是好几个小时，等到我们放学回家时，她还没回去。她坐在厨房里对我们微笑，还经常摸着琳茜的头发，叫她"娜塔莉"。

厄特迈尔太太过世时，她儿子请妈妈带我和琳茜参加葬礼。"我母亲似乎特别喜欢您的小孩。"她儿子说道。

"妈，她根本不知道我叫什么。"琳茜低声抱怨。妈妈一面帮琳茜扣上外套上无数的圆形纽扣，一面心想：这又是一件外婆送的华而不实的礼物。

"最起码她还管你叫了一个名字。"我说。

复活节一过，春天正式到来，那一周气温攀升，大部分的冰雪已经融化，地面上只有少数残雪。在厄特迈尔家教堂的墓园中，冰雪附着在墓石的底部，不远处，金凤花已经开始抽芽。

教堂相当华丽。"他们是显贵派的天主教徒。"爸爸在车上说。琳茜和我觉得这说法非常有趣。爸爸本不想参加葬礼，但妈妈怀着孕，根本没办法开车——妈妈怀巴克利到最后几个月时，肚子大到连驾驶座都坐不进去。她大部分时间都很不舒服，我们尽量离她远一点，省得给自己找麻烦。

因为怀着巴克利，妈妈回避了瞻仰遗体的仪式，我和琳茜则看到了遗容。葬礼之后我们忍不住一再讨论，过了好久之后，我还不断梦见厄特迈尔太太躺在棺材里的模样。我知道爸妈不希望让我们看到遗体，但大家列队走过棺材时，厄特迈尔先生直奔琳茜走了过来。"哪一位是我母亲说的娜塔莉？"他问道。我们盯着他，我指了指琳茜。

"我希望你过来说声再见。"他说。他身上有股刺鼻的古龙水味儿，比妈妈用的香水还浓，再加上觉得自己被排挤在外，我几乎忍不住想哭。"你也可以过来。"好在厄特迈尔先生也注意到了我，然后挥挥手，把我们召唤到他旁边的通道上。

躺在棺材里的人看起来一点都不像厄特迈尔太太，但又的确是她。我试着把注意力集中在她手上闪闪发光的戒指上。

"妈，"厄特迈尔先生说，"这就是你把她叫成娜塔莉的小女孩。"

琳茜和我后来对彼此坦承，我们当时都以为厄特迈尔太太会开口说话，也都想好要是她真的开口，我们会一把拉住对方没命地逃。

过了痛苦难耐的一两秒钟之后，瞻仰仪式结束，我们也回到爸妈身旁。

第一次在天堂里看到厄特迈尔太太时，我并不觉得十分惊讶。霍莉和我看到她牵着一个金发小女孩走过来，她向我们介绍说这是她的女儿娜塔莉，我听了也一点儿都不吃惊。

悼念仪式那天早晨，琳茜想尽可能在她房里待久一些，她不想让妈妈看到自己脸上还化着妆，而如果时间拖得足够久，就算妈妈看到她，也来不及叫她把妆洗掉。她还告诉自己说，从我衣柜里拿件衣服穿没关系，我不会介意的。

但我的感觉还是怪怪的。

她打开我的房门，到了二月，大家都越来越频繁地闯入这个禁地，尽管如此，爸爸、妈妈、巴克利和琳茜都不承认进过我房间。

大家不承认从我房里拿了东西，拿了也无意归还。每个人显然都到过我房间，但大家对所有迹象视而不见，房里东西一有异动，即使不可能是"假日"的错，大家还是责怪它。

琳茜想为塞缪尔好好打扮，她打开我的衣橱，仔细地检视里面乱七八糟的衣物。我不是一个利索的人，每次妈妈叫我清理房间，我总是把地上或是床上的衣服胡乱塞进衣柜。

琳茜总是觊觎我的新衣服，但她只能穿我穿过的旧衣服。

"天啊。"她看着阴暗的衣橱轻叹。她意识到眼前所有的衣服都是她的了，觉得有点高兴，也有点罪恶感。

"哈啰？有人在里面吗？"外婆问道。

琳茜吓得跳了起来。

"对不起，亲爱的，把你吓了一跳，"她说，"我听到了你在里面的动静。"

外婆站在门口，身上穿着一件妈妈所谓的"杰奎琳·肯尼迪式样"的连衣裙。妈妈始终不明白为什么外婆的身材和我们不一样。外婆的臀部平坦，穿上直筒连衣裙显得妥帖合体，即使已经六十二岁，外婆依然是个"衣架子"。

"你来这里干吗？"琳茜问道。

"我要找人帮我拉拉链。"外婆边说边转身，琳茜看到外婆的黑色内衣扣环和半截短衬裙，她从未看见妈妈穿这样的衣服。她走向外婆，小心翼翼地避免碰到拉链之外的任何东西，然后谨慎地帮外婆拉上了拉链。

"看到胸衣的搭扣和扣眼了吗？"外婆说，"你能扣住吗？"

外婆的脖颈处满是香粉和香奈儿五号的香水味。

"你自己可没办法做这样的事情，所以我们才需要有一个男人在身边。"

琳茜已经和外婆一样高，而且个头还在往上蹿。她一手捏着搭扣，一手捏着扣眼，看到几缕挑染的金发紧贴着外婆的后脑勺，还看到柔软的灰发散落在外婆的颈背。她帮外婆扣好扣子，然后站在原地不动。

"我已经忘了她的模样了。"琳茜说。

"你说什么？"外婆转身说。

"我记不得了，"琳茜说，"我是说，我忘了她的脖子是什么样子。外婆，我是不是都没留意过她的脖子呢？"

"噢，亲爱的，"外婆说，"过来。"她伸出双臂，但琳茜转身面对衣柜。

"我要打扮得漂漂亮亮的。"

"你已经很漂亮了。"外婆说。

琳茜听了几乎无法呼吸。外婆从不赞美任何人，当她赞美你时，你会觉得那就像天上掉下来的黄金一样珍贵。

"来，我们一定能帮你找到漂亮的衣服。"外婆边说边走向衣柜。她比谁都会挑衣服，以前她偶尔会在开学之前来看我们，带我们去买衣服。我们会惊叹地看着她修长的手指飞快地在衣架间穿梭，就好像在琴键上跳舞。忽然间，她停了下来，不到一秒钟就从成堆的衣服中拉出一件连衣裙或衬衫给我们看，"你们觉得如何？"而她手上的那件衣服永远完美极了。

她打量着我的衣服，一面翻检，一面把衣服贴在琳茜身上比画。

"你妈妈的情况很糟，琳茜，我从没见过她这个样子。"

"外婆……"

"嘘，让我想想。"她拿起一件我上教堂穿的连衣裙，这件深色方格配小圆领的连衣裙有很大的裙摆，穿上之后我可以盘腿坐在教堂的椅子上，还能让下摆垂到地上，因此我特别喜欢穿着它去教堂。"她在哪里买到的这件布袋？"外婆接着又说，"你爸爸的情况也很糟，但他最起码有股怒气。"

"你和妈妈说的那个人是谁？"

外婆愣了一下："什么人？"

"你问妈妈，爸爸是不是还认为那个人是凶手。那个人是谁？"

"就是这件！"①外婆举起一件琳茜从没见过的深蓝色迷你连衣裙，那是克拉丽莎的衣服。

"太短了吧。"琳茜说。

"你妈妈太让我惊讶了，"外婆说，"她居然会允许你们买这么时尚的衣服！"

爸爸在楼下叫大家赶紧准备，再过十分钟就要出门。

外婆马上大显身手，她帮琳茜套上这件深蓝色的裙子，然后两个人跑回琳茜的房间找鞋子。装扮整齐之后，外婆在走廊里借着头顶的灯光，重新帮琳茜描了描糊掉的眼线，涂了一层睫毛膏，然后帮琳茜紧紧地上了一层粉——她拿起粉饼，轻轻地沿着琳茜的双颊向上扑打。外婆跟着琳茜走下楼，妈妈一看就说琳茜的裙子太短，接着，琳茜和我看到妈妈一脸狐疑地瞪着外婆。直到此时，我们才发现外婆自己居然没有化妆。在车上，巴克利坐在琳茜和外婆中间，

---

① 原文为法语。

快到教堂时，他看看外婆，好奇地问她在做什么。

"没空上妆的时候，这样做会让两颊显得比较有精神。"她说。巴克利立刻有样学样，和外婆一样捏起自己的脸蛋。

塞缪尔·汉克尔站在教堂大门边的石柱旁，穿着一身黑衣。哥哥霍尔站在他身旁，身上披着圣诞节那天塞缪尔穿的破旧皮夹克。

霍尔简直就是肤色稍深的塞缪尔，他经常骑着摩托车驰骋于乡间小路，皮肤晒得很黑，脸上依稀可见风吹日晒的痕迹。我们全家一走近，霍尔马上掉头走开了。

"这位一定是塞缪尔，"外婆说，"我就是那个邪恶的外婆。"

"我们进去吧？"爸爸说，"塞缪尔，很高兴见到你。"

琳茜和塞缪尔走在前面，外婆退后几步走在妈妈身边，全家人一起走进教堂。

费奈蒙警探穿着一套看起来有点滑稽的西装站在门口，他对我爸妈点点头，目光似乎停留在妈妈身上。"跟我们一起进去吗？"爸爸问道。

"谢谢，"他说，"我站在这附近就好了。"

"谢谢你来参加。"

家人们走进教堂拥挤的前厅，我真想偷偷跑到爸爸的身后，环抱住他的脖子，在他耳畔低语。但其实那也是多余的，我已经存在于他的每个毛孔里了。

早晨一醒来，他仍有些宿醉，他转身看着熟睡中的妈妈，妈妈的脸贴着枕头，发出浅浅的呼吸声。他可爱的妻子，心爱的女人，他真想轻抚她的脸颊，理顺她的头发，亲吻她，但她睡得那么安详，只有在睡梦中，她才能得到平静。自从得知我的死讯后，他每天都承受着巨大的煎熬。但老实说，悼念仪式算不上是最糟的，最起码今天大家都会坦然面对我的死亡。今天，大家终于不必再对我的离去讳莫如深；今天，他也终于不必再假装自己已经恢复正常——不管什么样才称得上"正常"。他可以理直气壮地表露悲伤，阿比盖尔也不必刻意伪装。但他知道，她一旦醒来，他就无法再见到现在这个样子的她了。从知道我死讯的那一天起，他所认识的阿比盖尔就消失了，他再也看不到以前的她。我过世已将近两个月，众人逐渐淡忘了这个悲剧，只有我的家人和露丝还对我念念不忘。

露丝是和她爸爸一起来的，他们站在教堂角落摆着圣餐杯的玻璃柜旁。圣餐杯是独立战争时留下来的古物，战争期间教堂曾经是医院。迪威特夫妇正和露丝父女闲聊。迪威特太太家里的书桌上摆着一首露丝写的诗，她打算星期一把这首诗拿给学校的辅导人员看看，诗的内容是关于我的。

"我太太似乎同意凯登校长的说法，"露丝的父亲说，"她认为悼念仪式能帮助学生正视这件事。"

"你怎么看？"迪威特先生问道。

"我觉得事情过去就算了，我们最好不要再打扰人家，但露丝说她想来。"

露丝看着我的家人和众人打招呼，也惊恐地注意到了琳茜的新造型。她不认可化妆，认为化妆贬低了女性。她看到塞缪尔·汉克尔握着琳茜的手，脑海中忽然冒出女性主义书籍上提到的"压制"一词。但我注意到她隔着窗户偷偷观察着霍尔·汉克尔，而霍尔正站在教堂外古老的坟墓前抽烟。

"露丝，"她爸爸问道，"怎么了？"

她赶紧收回注意力，看着她爸爸："什么怎么了？"

"你刚才望着远方发呆。"他说。

"我喜欢教堂的墓园。"

"啊，孩子，你真是我的小天使，"他说，"趁位子还没被人占满，我们赶快找个好位子吧。"

克拉丽莎也参加了悼念仪式，布莱恩·纳尔逊穿着他爸爸的西装，腼腆地陪着克拉丽莎一起来了。她挤过人群，向我家人走去，凯登校长和伯特先生马上让出了路。

她先和爸爸握手。

"嗨，克拉丽莎，"爸爸说，"你好吗？"

"还好，"她说，"您和萨蒙太太好吗？"

"我们很好，克拉丽莎。"他说。多奇怪的谎言啊，我心想。"你要不要和我们一起坐在家属区？"

"嗯……"她低头看着双手，"我跟我男朋友一起来的。"

妈妈有点神情恍惚，她盯着克拉丽莎，心想她还活着，苏茜却死了。克拉丽莎感觉到妈妈的注视，那道目光似乎烙印在她的肌肤上，让她只想赶快逃开。但这时她看到了那件连衣裙。

"喂。"她说着，向琳茜伸出了手。

"怎么了，克拉丽莎？"妈妈的情绪忽然失控。

"呃，没事。"她说。她再看一眼连衣裙，心里清楚她永远不可能要回这件衣服了。

"阿比盖尔？"爸爸听得出妈妈异样的语气以及她的怒气，察觉到有些不对。

站在妈妈身后的外婆对克拉丽莎眨眨眼。

"我只想说琳茜今天好漂亮。"克拉丽莎说。

我妹妹脸红了。

站在前厅的人群中起了一阵骚动，大家自动分开站在两边。史垂克牧师穿着祭服走向爸妈。

克拉丽莎悄悄走到后面去找布莱恩，之后两人一起向外面的墓园走去。

雷·辛格躲得远远的，他要用自己的方式向我道别。秋天时我曾给过他一张照片，此刻他正看着我的照片，默默地对我说再见。

他凝视着照片中我的双眼，盯着背景中那块大理石花纹的绒布。每个孩子拍照时都以这样的绒布为背景，坐在炽热的灯光下。雷不知道死亡到底意味着什么，是失去、一去不返，还是时间永远定格？但他知道，照片和本人一定不一样，他自己就不像照片中那么狂野或是羞怯。他凝视着我的照片，心里渐渐明白照片中的那个人不是我。我存在于空气中，环绕在他周围。我出现在他与露丝共度的寒冷清晨，以及两堂课间他独处的时刻，在这些时刻出现的我，才是那个他想亲吻的女孩。他想放手让我走。他不想烧掉或是丢掉我的照片，但也不想再看到它。我看着他把照片夹在一本厚重的印度诗集中，他和他母亲曾经在书里夹了好多娇嫩的花朵，时间一久，花瓣已慢慢地化为尘埃。

大家在悼念仪式上对我赞美有加，史垂克牧师、凯登校长和迪威特太太都说了很多好话，但爸妈只是麻木地坐在一旁。塞缪尔不断地捏琳茜的手，但她似乎完全没有注意到，眼睛一眨不眨。巴克利穿着奈特借给他的西装，这套衣服还是奈特年初参加婚礼时用过的。他坐立难安，一直盯着爸爸。是琳恩外婆，做出了这一整天中最重要的一件事。

唱到最后一首赞美诗时，我的家人站了起来，这时外婆靠近琳茜，悄悄对她耳语："在门边的就是那个人。"

琳茜转头看去。

赖恩·费奈蒙站在门口，正跟着大家一起唱赞美诗。他身后站着我们的一个邻居，那人穿着厚厚的法兰绒衬衫和卡其布长裤，穿得比悼念仪式上的任何人都要随便。片刻间，琳茜已经认出他是谁，他们紧盯着对方，然后琳茜突然昏倒了。

大家赶紧围过去照顾她，一片混乱中，乔治·哈维悄悄地穿过教堂后面的墓园，无声无息地消失在独立战争时代的墓碑之间，谁也没有注意到他。

十

在每年夏天举办的天才生夏令营中，来自全州各地的七到九年级的资优生齐聚一堂。我经常想象在为期四星期的夏令营中，这些天资聪颖的学生坐在大树下互相请教的情景，也想象在篝火晚会上，他们唱着圣歌而非民谣。女孩们一起淋浴时，大家兴高采烈地讨论着芭蕾舞者雅克·丹波伊斯的优美身段或是经济学家约翰·肯尼斯·加尔布雷思的大脑构造。

但即使是天才生也有自己的小圈子。在所有的小集团中，"科学怪胎"和"数学狂人"的地位最高，这些人不善于社交，但最受尊重。接下来是"历史学霸"，这些人知道冷僻历史人物的生辰忌日，走过其他学员身边时，他们总是低声说些"一七六九到一八二一年""一七七〇到一八三一年"之类看似无意义的生卒年月。琳茜走过他们身边时则暗自念出"拿破仑""黑格尔"之类的答案。

还有一些学员属于"巧手大师"，大家对于这些孩子进入天才生之列颇有微词。这些孩子能拆装机件，不需要借助任何说明书或是图纸。他们从实践而非理论层面来了解世界，也不太在乎成绩。

塞缪尔便是"巧手大师"的一员，他最崇拜的英雄是物理学家理查德·费曼博士和他哥哥霍尔。霍尔自高中辍学后便在落水洞附近开了一家修车厂，老主顾包括成群结队的飙车族和骑着电动车在养老院停车场闲晃的老先生。霍尔抽烟，住在家里车库上方的房间里，还时常带不同的女友到修车厂后面去。

每当有人问霍尔什么时候才会长大，霍尔总是回答说："永远不会。"塞缪尔受到哥哥的启发，每次老师问他未来的志向时，他总是回答说："不知道，我才刚满十四岁。"

而露丝·康纳斯知道自己快满十五岁了。她时常坐在家里后院的铝皮工具室里冥想，被各式各样的门把手和旧五金件包围着，这些都是她爸爸从快被拆掉的老房子里搜集来的。她总是一直冥想到头痛才离开。她爸爸坐在客厅里看书，她穿过客厅，径直跑回自己房间，情绪高昂地写诗，诗作的标题包括《身为苏茜》《死亡之后》《粉身碎骨》《在她之旁》以及《坟墓之唇》。其中《坟墓之唇》是她最得意的作品，参加天才生夏令营时，她也随身带着这首诗。她读了又读，纸的折痕处都快被磨破了。

天才生夏令营开始的那天早上，露丝得了急性胃炎，错过了接送学生的巴士，结果只好请爸妈开车送她到营区。她这一阵子在尝试新的蔬果养生法，前一天晚上吃了一整颗白菜当晚餐。我过世之后露丝就开始吃素，康纳斯太太对此颇不以为然。

"老天爷啊，这又不是苏茜！"康纳斯太太指着面前一英寸厚的牛排对露丝说。

康纳斯先生凌晨三点把女儿送到急诊室，之后再开车送她到营区。去营区之前，他们先回家拿行李，康纳斯太太已经帮露丝打好了包，行李放在车道的尽头。

车子缓缓驶入营区，露丝瞄了一眼正在排队领名牌的学员，看到琳茜和全是男孩的"巧手大师"们在一起。琳茜没把名字写在名牌上，只在上面画了一只鱼。她并非刻意撒谎，只是希望交几个来自其他学校的新朋友，说不定他们从未听过我的事情，或者最起码，他们不会把她和我联系在一起。

她整个春天都戴着那件半颗心形的金饰，塞缪尔则戴着另外半颗心。他们不好意思在大家面前表露爱意，在学校里不敢牵手，也没有互递情书。他们只是一起吃午餐，塞缪尔每天下课陪她走路回家。她十四岁生日那天，他送给她一个插了一支蜡烛的蛋糕。除此之外，他们大部分时间依然和自己的同性朋友在一起。

第二天早晨，露丝很早就起床了，她和琳茜一样，两个人在营区向来独来独往，不属于任何小团体。她一个人散步，边走边采集自己想命名的植物。她不喜欢"科学怪胎"们所标示的植物名称，决定自己为花草命名。她在日记里画出树叶、花朵的形状，标示出她认为的性别，然后为它们取名字，枝叶简单的叫作"吉姆"，花朵繁茂的则叫作"帕莎"。

琳茜漫步到餐厅时，露丝已经在排队拿第二份炒蛋和香肠。她在家里信誓旦旦地说她不吃肉，说了就得算数，可是营区里没人知道这回事。

我过世之前，露丝从没和琳茜说过话，我过世之后，两人也只在学校的走道上擦肩而过几次。但露丝看见过琳茜和塞缪尔一起走路回家，也看见过琳茜和塞缪尔有说有笑。她看着琳茜只点了一些薄饼，其他什么都没要。有时她把自己想象成我，也曾想象自己是琳茜。

琳茜对此毫不知情，浑然不觉地走到露丝旁边。露丝拦住她，"这条鱼代表什么？"露丝指着琳茜的名牌问道，"你信教吗？"①

"不，你仔细看看鱼头的方向就知道了。"琳茜一面随口说着，一面心想要是早餐有香草布丁就好了，香草布丁配薄饼最好吃。

"我叫露丝·康纳斯，是个诗人。"露丝自我介绍。

"我叫琳茜。"琳茜说。

"琳茜·萨蒙，是吗？"

"拜托，别说出来。"琳茜说。在那短暂的一刻，露丝直观地感受到提到我名字所引发的反应。周围的人看着琳茜，脑海中清晰地浮现出一个女孩倒在血泊中的模样。

即使是自认为与众不同的天才生，也在短短几天内组成了小团体。一般都是男孩一组、女孩一组，十四岁的青少年很少认真地谈感情，那年唯一的例外是琳茜和塞缪尔。

"亲——嘴！"不管他们走到哪里，都会听到这样的起哄。父母不在身旁，又时值盛夏，他们的激情有如野草般滋生。那是一种欲望。我从未在自己认识的人身上感受过如此单纯又疾速增长的欲望，更别说从和我分享同一个基因库的亲妹妹身上了。

他们谨慎地交往，也遵守营区的规定。辅导员晚上拿着手电筒照到男孩营区附近比较浓密的树丛时，从没看到过琳茜和塞缪尔躲在里面亲热。他们在餐厅后门外私会，或是偷偷在一株刻了他们姓

---

① 鱼形图案是基督教的象征。

名缩写字母的大树旁见面。他们已经接了吻，之后想要更进一步，却办不到。塞缪尔希望他们的第一次能够很特别、很完美，琳茜只想做了就好。她想赶快有个经验，然后就可以真正变成大人。她觉得性爱就像是搭乘电影《星际迷航》中的运输机，在人间蒸发一两秒后重新现形，发现自己已然置身于另一个星球。

"他们就快做了。"露丝在她的日记里写道。我衷心希望露丝能把所有事情写在日记里。她写到那天晚上，我在停车场从她身边飘过，她感觉到我伸手碰了她一下，那感觉绝对真实，并非她的想象。她描述我当时的模样，以及我如何进入她的梦中。她觉得鬼魂会紧贴在活人身上，就像人的第二层肌肤。而如果她专心致志地写下去，说不定就能释放我的鬼魂，她自己也因此重获自由。我站在她身后看着她写日记，心想将来是否有人会相信她的这些妄想。

一想到我，她就觉得不那么孤单了，好像冥冥之中多了点联系。在梦里，她看到了玉米地，看到一个崭新的世界在面前敞开；说不定在这个新世界里，她能找到自己的立足之处。

"露丝，你真是一个杰出的诗人。"她想象我对她说。她在日记中幻想自己成为了一名出色的诗人，而她的诗句能让我起死回生。

我能够看到露丝三岁时的一个下午，那天露丝的表姐受托照顾她，正值青春期的表姐把她放在浴室的地毯上，随手锁上门。露丝看着表姐脱衣洗澡，她多想摸摸表姐的皮肤和头发，多想让她抱抱自己。我不知道是否出于这个原因，三岁的露丝才会在日后萌生某种情愫。到八岁时，露丝隐约觉得自己与其他女孩不同，小女孩都会恋上身旁的某些异性，而露丝觉得她对表姐或是女老师的感情更为真实。她不仅希望得到她们的注意，更对她们有种强烈的渴求。

随着岁月增长，原本青绿的嫩芽似的情愫，在青春期绽放为鲜艳的番红花般的情欲。但诚如她在日记中所言，她并不想和女人发生性关系，而是想永远消失在她们怀里，她只想有个藏身之地。

天才夏令营的最后一星期，学员们通常都忙着最后一项活动。每个学校的学生都必须在结业的前一天晚上，也就是父母来营区接小孩之前展示活动成果，然后由裁判评出胜负。虽然要到最后一周的星期六早晨才宣布活动主题，但学员们早已开始准备。活动主题向来都是设计更好的捕鼠器，由于没有人愿意重复过去的设计，活动的难度也就逐年增大。

塞缪尔四处去找戴牙套的小孩，他需要牙套上的小橡皮圈来加强捕鼠器导向臂的弹性，而琳茜向退休的厨师要来了干净的锡箔纸，它反射出的光线会让老鼠晕头转向。

"万一它们喜欢上自己的倒影，那该怎么办？"琳茜问塞缪尔。

"它们不可能看得那么清楚。"塞缪尔回答，他找到一些捆绑营区垃圾袋用的铁丝，边说边忙着刮下铁丝上的碎纸片。在这段时间里，你如果看到哪个小孩莫名其妙地盯着营区内一样毫不起眼的东西，这孩子八成在想着怎样利用它做一个最棒的捕鼠器。

"它们其实挺可爱的。"有天下午琳茜说。

前一天晚上，琳茜花了大半夜时间在田里抓老鼠，她把抓来的老鼠放在一个空兔笼里。

塞缪尔若有所思地看着老鼠说："其实，当个兽医也不错，但我想我绝不会喜欢上解剖老鼠。"

"我们得杀了它们吗？"琳茜问，"竞赛内容是谁能设计出最好的捕鼠器，而不是比赛谁最会杀老鼠。"

"亚提说他要用木头做副小棺材。"塞缪尔笑着说。

"太恶心了。"

"亚提就是这样。"

"据说他喜欢苏茜。"琳茜说。

"我知道。"

"他提起过她吗？"琳茜拿起一根细木棍伸进兔笼上的铁网。

"事实上，他问起过你。"塞缪尔说。

"你怎么说？"

"我说你还好，你会好好过下去的。"

笼子里的老鼠躲开木棍，纷纷挤到角落叠在一起，徒劳地试图逃跑。"我们设计一个摆着紫色天鹅绒沙发的捕鼠器吧，还可以装个门闩，老鼠坐在小沙发上，门一打开就有小小的芝士球掉下来。我们可以把这个捕鼠器命名为'野鼠的国度'。"

塞缪尔不像大人们一样逼琳茜说话，他只是陪她一起絮叨着要用什么布料帮小老鼠做沙发。

那年夏天，我已经无论走到哪里都可以看到人间，因此，我去广场眺台的次数也越来越少。一到晚上，我天堂里的标枪及铅球选手都不见了，他们去了其他人的天堂，而像我这样的女孩是进不去的。其他人的天堂可怕吗？他们也像我一样看着人间的亲友，越看越觉得孤单？还是说其他人的天堂里充满了我梦想的东西？说不定其他人的天堂永远都像诺曼·洛克威尔的画一样，画中全家人聚在一起，餐桌上永远有只大火鸡，切火鸡的则是个做着鬼脸、双眼炯炯有神的叔叔或伯伯。

如果走得太远或是想得太多，我的天堂的景象就会起变化。往下看，我看得到玉米地，也听得到茎叶发出的低鸣，朦胧的声响略带悲戚，仿佛警告我不要越界。我头痛欲裂，天色也开始变暗。忽然间，我又回到了遇害的那天晚上，往事再度涌上心头，灵魂也越来越僵硬、越来越沉重。好多次我都这样回到遇害现场，却什么也干不了，只能凝神注视。

我开始怀疑天堂这个词到底是什么意思，如果这里真是天堂，我的祖父母应该也在这里才对，特别是我最喜欢的祖父。他会把我托起来，带我一起跳舞，我每一天都过得非常开心，根本不会想起玉米地和坟墓之类的往事。

"你可以这样，"弗兰妮说，"很多人都做到了。"

"可是怎样才能达到那种境界？"

"这或许不像你想象中那么容易，你必须放弃寻求某些答案。"

"我不明白。"

"如果你不再追问为什么遇害的是你而不是别人，不再去想少了你大家该怎么办，也不再理会人间亲友的感受，"她说，"你就自由了。简而言之，你必须将人间的一切抛到脑后。"

对我而言，这似乎是不可能的事。

露丝晚上偷偷溜进琳茜的宿舍。

"我梦见她了。"她轻声对我妹妹说。

琳茜睡眼惺忪地看着露丝："你梦见苏茜了？"

"关于早上在餐厅的那件事，对不起。"露丝说。

琳茜睡在三层铝制行军床的最下层，她正上方的室友翻了个身。

"我可以到你床上去吗？"露丝问道。

琳茜点点头。

露丝悄悄地爬到狭窄的床上，躺在琳茜旁边。

"你梦见什么了？"琳茜低声问道。

露丝边说边翻了个身，这样琳茜就能看见她的鼻子、嘴唇和前额了。"我在地底下，"露丝说，"苏茜走在我上面的玉米地里，我可以感觉到她在我上面走，我想叫她，但我嘴里塞满了泥土，无论我叫得多大声，她都听不到我的声音，然后我就醒了。"

"我没有梦见过她，"琳茜说，"我做过噩梦，梦见老鼠咬我的发根。"

露丝觉得躺在我妹妹旁边很舒服，两人靠在一起感觉很温暖。

"你是不是爱上了塞缪尔？"

"没错。"

"你想苏茜吗？"

四下里一片黑暗，她只看得到露丝的侧脸，而露丝又几乎是个陌生人，因此，琳茜老老实实地说出了心里话："我比谁都想她。"

迪文初中的校长家里有事离开了营区，因此，今年轮到新上任的契斯特泉高中的副校长来规划活动主题。她突然接下这个任务，决心规划出一个有别于设计捕鼠器的活动。

她匆匆地贴出了活动海报：如何逃脱刑责？怎样实施完美谋杀？

学员们大喜过望。音乐天才、诗人、历史天才和小小艺术家们兴致勃勃地开始讨论，他们狼吞虎咽地吃着早餐的培根和煎蛋，边吃边比较过去的无头公案，以及哪些平常的器物最能致命，甚至开始讨论要谋杀谁。七点十五分，我妹妹走进了餐厅。

亚提看着她走过去排队，她感受到弥漫在空气中的兴奋，但还不知道大家为什么那么激动，她以为辅导人员刚刚宣布了捕鼠器竞赛。

亚提目不转睛地盯着琳茜，他看到自助餐桌的尽头、摆餐具的桌子上方贴了一张海报，与此同时，和他同桌的一个孩子正口沫横飞地讲着"开膛手杰克"①的故事，他听了听，然后站起来去还餐盘。

他走到我妹妹身旁，清了清喉咙。我把全部希望都投注在这个犹豫的男孩身上，"帮帮她吧。"我喃喃着，真祈愿人间能接收到我的祷告。

"琳茜。"亚提说。

琳茜看着他说："什么事？"

站在自助餐桌后面的厨师，舀起一大勺炒蛋放在琳茜盘里。

"我叫亚提，和你姐姐同年级。"

"我知道，我不需要棺材。"琳茜边说边移动餐盘，朝着放橙汁和苹果汁的塑料大瓶移动。

"你说什么？"

"塞缪尔告诉我你正在帮小老鼠做木头棺材，我不需要。"

"他们改变了竞赛主题。"

那天早上，琳茜已经决定拆下那件属于克拉丽莎的连衣裙的下

_____

① 英国历史上最恶名昭彰的连环杀人犯，于一八八八年以残忍手段杀害了至少五名妓女，一度引发社会恐慌。

半身部分，用它来包裹捕鼠器里的沙发——再完美不过了。

"改成什么了？"

"你要出去一下吗？"亚提挡在琳茜前面，不让她走到放餐具的地方，"琳茜，"他脱口而出，"今年的主题是谋杀。"

琳茜紧抓着餐盘，目光停驻在亚提身上。

"我想在你看到海报之前告诉你。"他说。

塞缪尔冲进了餐厅。

"怎么了？"琳茜无助地看着塞缪尔。

"今年的主题是如何实施完美谋杀。"塞缪尔说。

塞缪尔和我目睹了琳茜受到的震撼，她的心似乎裂成了碎片。她本来隐藏得那么好，内心的伤口也越来越小，只要再过一阵子，她就能像变魔术一样瞒过所有人。她将整个世界拒在心门之外，甚至不愿意面对自己。

"我没事。"她说。

但是塞缪尔知道这不是真话。

他和亚提看着她转身离开。

"我已经试着警告她了。"亚提有气无力地说。

亚提回到他的座位上，画了一个又一个长长的针管，他给针管里的液体上色，下笔越来越重，最后他在针管外面画了三颗水滴，整幅画才大功告成。

寂寞啊，我心想，不论在天堂，还是在人间。

"用刀杀人、把人大卸八块、枪杀，"露丝说，"真是变态。"

"我同意。"亚提说。

塞缪尔把我妹妹带到外面说话，而亚提看到露丝拿着一本空白的笔记本，坐在户外的野餐桌旁。

"但是谋杀的理由倒是相当充分的。"露丝说。

"你认为凶手是谁？"亚提问道，他坐到野餐桌旁的长椅上，双脚踩在桌下的横杠上。

露丝坐着，上身几乎纹丝不动，她把右腿搭在左腿上，一条腿不停地晃动着。

"你是怎么听说的？"她问。

"我爸爸告诉我的，"亚提说，"他把我和我妹妹叫进客厅，叫我们坐下。"

"他说什么？"

"他先说发生了一件可怕的事，我妹妹听了马上说'越南'，他便停下话头没说什么，因为每次一提到越南，他和我妹妹就忍不住吵架。过了一会儿他说：'不，亲爱的，我们家附近发生了一件可怕的事，我们都认识这个人。'她以为我们的朋友出了事。"

露丝感到天上落下一滴雨水。

"然后爸爸就崩溃了，他说有个小女孩被谋杀了，我问是哪个小孩子。我的意思是，他说'小女孩'，我以为很小，你知道的，年纪比我们小。"

真的下雨了，雨滴落在红木桌面上。

"你想进去吗？"亚提问道。

"其他人都在里面。"露丝说。

"我知道。"

"我们淋雨吧。"

他们僵直地坐了一会儿，看着雨点落在他们四周，听着雨滴拍打在头顶的树叶上。

"我很早就知道她死了，我能感觉得到，"露丝说，"后来我在爸爸看的报纸上瞄到她的名字，才确定她真的已经死了。报上刚开始没提到她的姓名，只说是个'十四岁的女孩'，我跟爸爸要报纸，他却不肯给我。你想想，她们姐妹整整一个星期都没来上学，还能是谁？"

"不知道是谁告诉琳茜的。"亚提说。雨下大了，他躲到桌下，大声喊道，"我们会被淋透的。"

大雨来得急也去得快。雨忽然停了，阳光透过树枝的缝隙洒落下来，露丝也抬头看着阳光。"我想她在听我们说话。"她悄悄地说，声音小得没人听得见。

天才生夏令营的每个人都知道琳茜是谁，以及我是怎么死的。

"你能想象被刺杀的感觉吗？"有人问。

"谢了，我还是不要知道比较好。"

"我觉得那一定很酷。"

"想想看，至少她现在出名了。"

"这算什么出名？我宁愿因为得了诺贝尔奖而出名。"

"有人知道她的理想是什么吗？"

"我打赌你不敢问琳茜。"

说完学员们就拿起笔列下他们所认识的、已经过世的人。

祖父母、外公外婆、叔叔婶婶，有些人失去了爸爸或妈妈，只有极少数学员失去了兄弟姐妹，而且都是因为疾病——心脏病、白血病，或是其他叫不上名字的绝症，大家认识的人当中，从来没有人遭到谋杀，但现在他们的名单上多了我。

琳茜和塞缪尔躺在一艘倒扣着的破旧小船下，船身已经老旧到在水面上浮不起来了，塞缪尔将琳茜抱在怀里。

"你知道我没事的，"她说，眼中已不再有泪水，"我知道亚提是想帮我。"她试探性地动了动。

"琳茜，别这样，"他说，"我们静静地躺在这里就好了，等事情平静之后再说。"

塞缪尔的背紧贴着地面，刚下了大雨，地面很湿，他把琳茜搂得紧紧的，这样她才不会被弄湿。他们躺在船下狭小的空间里，两人的呼吸越来越急促，他牛仔裤里的阴茎变硬了，想控制都控制不住。

琳茜把手伸过去。

"对不起……"他先开口。

"我准备好了。"我妹妹说。

十四岁的琳茜离开了我，飘向一个我从未到过的世界。我失去童贞的那一刻，四周充满了惊恐与鲜血；而琳茜初尝云雨的那一刻，四周开着一扇扇明亮的窗。

"怎样实施完美谋杀"是天堂里的老游戏，我总选冰柱当凶器，因为冰柱一融化，凶器就消失了。

十一

爸爸凌晨四点醒来，家里寂静无声，妈妈躺在他身旁，发出轻微的鼾声。琳茜去参加天才生夏令营，家里只剩下巴克利一个小孩。弟弟把被单盖在头上，睡得像块石头一样，一动也不动。爸爸总是惊叹于巴克利怎么这么能睡，就跟我一样。我还活着的时候，琳茜和我时常拿巴克利开玩笑，我们拍手，故意把书掉在地上，甚至大敲锅盖，就为了看看巴克利会不会醒过来。

出门前，爸爸进房间看了看巴克利，他只想确定小儿子没事，感受一下抵着自己手掌心的温暖鼻息。他穿上薄底慢跑鞋和轻便的运动服，然后帮"假日"戴上项圈。

天色尚早，他几乎可以看到自己呼出的湿气。在清晨时分，他可以假装现在仍是冬季，告诉自己季节还未改变。

他也可以趁着早上遛狗经过哈维先生家。他稍微放慢脚步，除了我和哈维先生（假如他醒了的话）之外，不会有人注意到他。爸爸相信只要观察得够仔细、看得时间足够长，他一定能在窗扉之间、房屋的绿漆表面，或是摆了两个漆成白色的大石头的车道旁边，找到他所需要的线索。

一九七四年的夏天已经接近尾声，我的案子依然胶着无果。警方找不到尸体，也抓不到凶手，案情几乎毫无进展。

爸爸想到卢安娜·辛格说的："等到确定的时候，我会不动声色，悄悄地把他杀了。"他没有把这话告诉妈妈，因为话里的决绝意味会让她惊慌失措，惊慌之余，她一定会把这件事情告诉别人，而爸爸猜想她八成会告诉赖恩·费奈蒙。

那天他造访卢安娜·辛格，回家后发现赖恩在等他，从那天起，他就觉得妈妈越来越依赖警方。每次爸爸提出与警方推测相左的观点，或是指出警方的漏洞，妈妈总是立刻为警方辩解，以"赖恩说这不代表什么"或者"我相信警方会查出真相"之类的话搪塞爸爸。

爸爸心想，为什么大家都这么相信警方呢？为什么不相信自己的直觉？他知道凶手一定是哈维先生。但他想到卢安娜说的"等到确定"，这表示他必须等到证据确凿之后才可以动手，更何况，虽然爸爸在心底里清楚地知道凶手是谁，但从法律的角度而言，所谓的"知道"还需要无可辩驳的铁证。

我在同一栋房子里出生、长大，我家像哈维先生的房子一样四四方方，像个大盒子，正因为如此，每次我到别人家做客时，心中总是升起一股无名的忌妒。我梦想家里有扇大窗户、挑高的圆屋顶、露天阳台，卧室里还有个斜斜的阁楼。我希望院子里种着挺拔的大树，楼梯下方有个小储藏室，屋外有道高大繁茂的树篱，树篱中有干枯枝叶围成的小洞，可以让人爬进去坐在里面。在我的天堂里，我有了阳台和回旋阶梯，窗外有铁铸的栏杆，钟塔一到整点就传出钟声。

我熟知哈维先生家的平面图。我的血迹沾在他的衣服和皮肤上，被他带回了家，灵魂也跟着他进到屋内，他车库的地上留有我温暖的血印，到后来才变黑变干。我也熟知浴室的摆设。在我家的浴室里，妈妈为了迎接迟来的巴克利，在粉红色的墙沿补刷上了战舰的图案；哈维先生家的浴室和厨房则一尘不染，墙上贴着黄色的瓷砖，地上铺着绿色的地砖，室内温度调得很低。我家楼上是巴克利、琳茜和我的房间，哈维先生家的楼上则几乎没有任何东西。他在二楼摆了一张直靠背椅，有时他上楼坐在椅子上，隔着窗户盯着远处的高中，聆听从玉米地另一端飘来的乐队练习声。他最常待在一楼后面的几个房间里，不是在厨房糊玩具屋，就是在客厅听收音机。性欲浮上心头时，他就画些地洞、帐篷之类的怪异建筑物的草图。

几个月来，没有人再为了我的事情上门叨扰。到了那年夏天，他偶尔才能看到一部警车在他家门前减速缓行。他非常聪明，没有因此改变正常作息，白天走去车库或到外面信箱拿信时，他也装出若无其事的样子。

他定了好几个闹钟，一个提醒他拉开窗帘，一个提醒他把它们拉上，他还根据闹钟的指示打开或关掉家里的电灯。偶尔有孩子为参加学校的比赛上门推销巧克力棒，或是问他想不想订阅晚报时，他总是态度和善，语气公事公办，不会让大家起疑。

他仔细清点每样东西，这样他才觉得安心。这些小东西包括一个结婚戒指、一封装在信封里的信、一个鞋后跟、一副眼镜、一个有卡通人物图案的橡皮擦、一小瓶香水、一个塑胶手环、我的宾州石以及他妈妈的琥珀坠子。等到夜深人静，确定不会有报童或邻居来敲门之后，他才拿出这些东西。他像数念珠一样盘点每样东西，已经忘了有些东西属于谁，而我却知道每个物主的姓名。鞋后跟属于一个名叫克莱尔的女孩，她来自新泽西州纳特利市，个子比我小，当时哈维先生把她骗进了厢型车的后座。（我觉得我不会跟人上到车子的后座，我只是好奇哈维先生是如何在地下挖出一个不会倒塌的地洞，才跟他走的。）他没怎么欺负克莱尔，只是在放她走之前一把扯下了她的鞋后跟。他把她骗到车后座，脱下她的鞋子，她放声大哭，哭声让他头痛欲裂，他叫她不要哭，说如果她不哭，他就放她走。小女孩光脚走出车子，刚开始还默不作声，后来又开始号啕大哭，他便把她抓回来，同时拿起小刀弄松鞋后跟，过了一会儿，有人用力地拍打后车门，他听到男人们说话的声音，一个女人大喊说要叫警察，他只好打开车门。

"你到底把这个孩子怎么了？"一个男人大声质问。小女孩一面号啕大哭，一面从后座钻出来，男人的朋友赶紧扶住她。

"我在帮她修鞋子。"

小女孩哭得歇斯底里，哈维先生却神态自若。但克莱尔已看到他那怪异的眼神，我也看过同样的眼神在我全身上下游移。他有股难以启齿的欲望，满足欲望的代价则是我们的性命。

男人们和那个女人困惑地站在车旁，克莱尔和我看得很清楚，他们却看不出是怎么回事。哈维先生把鞋子交给其中一个男人，然后匆忙离开。他留下了一只鞋后跟，时常拿起这个小小的皮鞋后跟，慢条斯理地用食指和拇指摩挲——这是他最喜欢的一只"安神念珠"。

❧

我知道我们这种房子里哪个角落最阴暗，我告诉克拉丽莎我曾在那里躲了一整天，但其实我才在里面待了四十五分钟。地下室屋顶和一楼地板中间有个大约两英尺的通道，里面有许多管道和电线，拿着手电筒朝里照，可以看到里面布满了灰尘，这就是房子里最阴暗的地方。这里没有虫子，因为妈妈就像外婆一样，会因为看到一只小蚂蚁，隔天就打电话找驱虫公司。

哈维先生家的闹钟响了，提醒他拉上窗帘，下一次闹钟声则提醒他邻居们都睡了，他也该把家里的灯关掉。关灯之后，他就会走进没有一丝缝隙，也没有光透进来的地下室，邻居们看不出异样，也就不会指指点点说他很奇怪。有一段时间，他很喜欢爬到地下室和一楼地板之间的狭窄通道，杀害我之后，他对通道已不感兴趣，但他依然喜欢待在地下室里，坐在舒适的椅子上，盯着这个直通厨房地面的狭窄通道，看着看着就睡着了。凌晨四点四十分，爸爸经过哈维家的绿色小屋时，哈维先生就睡在地下室里。

乔·艾里斯是个丑陋的小霸王，他常在水底偷拍琳茜和我，我们非常讨厌他。因为他，我们甚至不参加游泳课的聚会。乔有只小狗，不管小狗愿不愿意，乔成天拉着它跑来跑去。小狗个子小，跑不快，但乔根本不管，他不是出手打它，就是拉着尾巴把小狗拎起来，让它受罪。有一天小狗忽然不见了，经常受乔折磨的小猫也不见踪影。自此之后，附近街区经常传出宠物失踪的消息。

我顺着哈维先生的目光向天花板的通道望去，赫然发现一年来失踪动物的遗骨。后来乔被送去上军校，从那之后，大家早上把宠物放出去，晚上它们都会平安回家，因此邻居们都认为之前的动物失踪必然和这男孩脱不了干系，没有人知道这栋绿色房子的屋主才是真凶。大家也无法想象哈维先生居然如此变态，他把生石灰撒在猫狗的尸体上，好让它们尽快化为白骨。他数着白骨，强迫自己不去看那封装在信封里的信、那只婚戒或是那瓶香水，只有这样，他才能遏制住内心的欲望。其实他最想摸黑上楼，坐在直背椅上，眺望远处的高中。秋天，足球啦啦队的欢呼声响彻云霄，他喜欢听着欢呼声想象啦啦队队长的娇小身体；他也喜欢看着文法学校的校车停在与他相隔两栋房子的地方，邻居家的小学生蹦蹦跳跳地下车。有一次他还偷看了琳茜好久，他知道琳茜是男子足球队里唯一的女生，傍晚时经常在家附近慢跑。

我不得不承认的是，每次一有冲动，他都试图控制自己。他杀害小动物，为的就是牺牲一些价值较小的生命，借此阻止自己出手残害孩童。

到了八月，为了他自己也为了我爸爸好，赖恩决定和爸爸保持距离。爸爸这一阵子经常打电话到警察局，辖区警员都觉得不堪其扰。爸爸的举动不但帮不了警方破案，而且让整个警察局都对他产生反感。

七月的第一个星期，爸爸又打电话到警察局，这一次彻底惹火了警方。杰克·萨蒙对着总机小姐不厌其烦地描述，当天早上他带狗散步经过哈维先生家时，狗狂吠不止，无论他如何喝止，狗还是不停地咆哮。警察局里的每个人都把这件事情当作笑话：大家都说"三文鱼"先生和他的"大笨狗"又出巡了。

赖恩站在我家门口的阶梯上，打算先抽完他的香烟。虽然天色尚早，但前一天就开始弥漫的湿气又加重了。这一带的夏天经常有雷雨，这一星期以来，天气预报更是每天都说会下雨，但到目前为止都只是非常闷热而已。赖恩明显地感觉到了周遭的湿气，浑身上下黏糊糊的。他这次来访可不像以往那么轻松。

屋里有女孩子低声唱着歌，他在树篱旁边的水泥地上把烟头踩熄，然后拉了拉上沉重的铜门环，他还没松手，门就开了。

"我闻到了你的香烟味。"琳茜说。

"是你在唱歌吗？"

"那玩意儿会害死你的。"

"你爸爸在家吗？"

琳茜站到一旁让他进去。

"爸！"琳茜对着屋内大喊，"赖恩找你！"

"你前一阵子不在家，是吗？"赖恩问道。

"我刚回来。"

我妹妹穿着塞缪尔的垒球衬衫和一条款式奇怪的运动裤，妈妈还责怪说琳茜从营区回来，全身上下没有一件衣服是她自己的。

"你爸妈一定很想你。"

"那可难说，"琳茜说，"我不在家里烦他们，他们没准很高兴呢。"

赖恩心想她说得没错，最起码这一阵子他来家里时，妈妈似乎不那么紧张了。

琳茜说："巴克利在他床底下盖了一个小镇，把你任命为镇上的警长。"

"那么我升职喽。"

他们同时听到爸爸在楼上走动的声音，然后传来巴克利的哀求声。琳茜听得出来，只要巴克利用这种声音说话，不管他要求什么，爸爸都会答应。

爸爸和巴克利从楼上走下来，两人都笑容满面。

"赖恩。"爸爸打声招呼，上前与他握了握手。

"杰克，早。"赖恩说，"巴克利，今天早上还好吗？"

爸爸拉着巴克利的手，把他推到赖恩面前，赖恩郑重其事地向我弟弟弯下了腰。

"听说你任命我为警长。"

"是的，先生。"

"我觉得我还不够格。"

"你比谁都有资格。"爸爸神情愉悦地说。他喜欢赖恩·费奈蒙到家里坐坐，每次赖恩一来，爸爸就觉得自己和警方达成了共识，他背后有一群人在帮他，他不是孤军奋战。

"孩子们，我有事和你们的父亲谈。"

琳茜带着巴克利走进厨房，她答应帮弟弟弄些麦片，自己则想喝杯叫作"水母"的饮料。塞缪尔曾示范给她看，他把经甜酒浸制的樱桃放在杯底，然后加上杜松子酒和糖，之前那次他们吸干了樱桃上的糖汁和酒，直到双唇被樱桃汁染得通红，头也开始发晕。

"要叫阿比盖尔过来吗？要不要来杯咖啡或其他饮料？"

"杰克，"赖恩说，"我这次来没什么大消息，事实上，我什么消息也没有。我们能坐下来谈吗？"

我看着爸爸和赖恩走向客厅，客厅里冷冷清清，像是没人来过似的。赖恩坐在一把椅子的边缘，等着爸爸坐下来。

"听着，杰克，"他说，"我今天来是想谈谈乔治·哈维。"

爸爸脸色一亮："我以为你说你什么消息也没有。"

"我的确没有任何消息。站在警方和我自己的立场上，有件事情我必须对你说。"

"请说。"

"请你不要再打电话来告诉我们任何有关乔治·哈维的事情了。"

"但是——"

"我必须请你就此打住，无论你怎么说，我们依然无法把他和苏茜的死扯上关系。狗在他家门前狂吠和他后院的新娘帐篷都不是证据。"

"可我知道凶手是他。"爸爸说。

"我同意他是个怪人，但据我们所知，他并不是杀人犯。"

"你怎么知道他不是杀人犯？"

赖恩·费奈蒙继续说着话，但爸爸脑子里只想着卢安娜·辛格说过的话，以及自己站在哈维家门口的感觉。他觉得屋内散发出一股寒气，不消说，那一定源自乔治·哈维。哈维先生神秘诡异，是唯一可能杀害我的嫌犯。赖恩越是否认，爸爸越相信自己是对的。

"你们决定停止对他的调查了？"爸爸语气平淡地说。

琳茜悄悄地站在门边，那天赖恩和另一名警员拿着缀有铃铛的帽子上门时，她也是这样站在门边。琳茜有顶一模一样的帽子，那天之后，她悄悄地把那顶帽子塞进衣橱深处摆着旧洋娃娃的盒子里，她绝不能让妈妈再听到同样的铃声。

我们的爸爸就站在那里，我们都知道他心里只有我们，爱得很深沉、很绝望。他的心房开开合合，就像乐器上跳动的音栓，仿佛有一双无形的手在弹奏，一遍又一遍，奏出和谐、规律而温暖的乐章。琳茜从门边走向爸爸。

"嗨，琳茜，我们又见面了。"赖恩说。

"费奈蒙警探。"琳茜开口。

"我刚告诉你爸爸——"

"你告诉爸爸警方准备放弃了。"

"如果有任何充分的理由怀疑这个人——"

"你说完了吗？"琳茜问道，她忽然扮演起女主人的角色，也成了最负责任的长女。

"我只想告诉你们，警方已经调查了每个可能的线索。"

爸爸和琳茜听到妈妈下楼的声音，我也看到她了。巴克利从厨房冲出来，一把抱住爸爸的腿。

"赖恩，"妈妈看到赖恩·费奈蒙，伸手把睡袍拉紧一点，"杰克有没有帮你倒杯咖啡？"

爸爸看着他的太太和赖恩·费奈蒙。

"警方撒手不管了。"琳茜把手轻轻放在巴克利肩上，把他拉向自己。

"撒手不管？"巴克利问道，他总是把尾音拉长，好像含着水果糖一样，一定要尝出滋味才肯停下来。

"什么？"

"费奈蒙警探到家里来，叫爸爸不要再烦他们了。"

"琳茜，"赖恩说，"我没有这么说。"

"随便你怎么说。"我妹妹现在只想离开这里，她真希望天才生夏令营永远不要结束，她、塞缪尔，甚至是以冰柱作为凶器，最终赢得"如何实施完美谋杀"竞赛头奖的亚提，都可以一起待在她的世界里。

"我们走吧，爸爸。"她说。爸爸慢慢地拼凑出了一些事情，此事无关乔治·哈维，也无关于我，他是从妈妈的眼神里看出了蹊跷。

爸爸最近越来越常一个人在书房待到很晚，那天深夜，他又把自己关在书房。他不敢相信周围的世界几乎崩塌，我的死带给他极大的打击，自此之后的发展更超乎他的想象。"我觉得自己站在即将爆发的火山口，"他在笔记本里写道，"赖恩·费奈蒙说哈维没有嫌疑，阿比盖尔竟认为他是对的。"

他在笔记本上写东西时，窗口的蜡烛不停地闪烁，虽然桌上亮着台灯，闪烁的烛光依然让他分心。他坐在大学时代留下来的旧木椅上，椅子发出"嘎吱"的声响，熟悉的声音让他稍觉心安。最近在公司里，他连最基本的事情都做不好。每天看着一栏栏数字，明知必须做成公司要求的表格，他却觉得这些数字毫无意义。上班时也经常出错，频率高到连自己都害怕。更糟的是，他害怕自己没办法照顾好身边的两个孩子，比起我刚失踪的那一阵子，他的这种忧虑愈发严重了。

他站起来伸了个懒腰，试着做些家庭医生建议他做的运动。我看着他伸展筋骨，身体弯曲到令人惊叹的地步。他本可以是个舞者，不必当会计师；他可以在百老汇的舞台上与卢安娜·辛格一起跳舞。

他"啪"的一声关掉台灯，只留下窗口的烛光。

他坐在低矮的绿色安乐椅上，这已成为他最舒适的角落。我常看到他睡在这里，书房像个密室，安乐椅有如温暖的子宫，我则静静地站在一旁守候。他盯着烛光，心里想着自己该怎么办，也想到每次想碰妈妈的身体时，她总是躲开，悄悄地移到床的另一边。但警探来访时，她似乎就恢复了生气。

烛光投射在窗口，闪闪烁烁有如鬼影，他早已习惯了这样的烛光，真实的火光与幢幢鬼影交叠，他盯着两束光影，想着今天发生的种种事情，几乎要沉入梦乡。

快要睡着时，他和我都看到窗外闪过一道灯光。

那像是来自远处的手电筒，白色的灯光慢慢地扫过附近人家的草坪，朝学校的方向照过去。爸爸看到灯光时，时间已经过了十二点，当天又不是满月，家附近和往常一样漆黑，树木和房屋的轮廓在暗淡的月光下模糊难辨。史泰德先生有时会深夜出来骑车，脚踩踏板发出一闪一闪的灯光，人们从远处就可以看到，但是史泰德先生不会骑车糟蹋邻居的草坪，更何况他也不会这么晚出来。

爸爸在安乐椅上稍微前倾，从书房里看着灯光逐渐移向休耕的玉米地。

"浑蛋，"他轻声说，"你这个杀人的混账东西。"

他迅速从书房的衣橱里抓了一件打猎穿的夹克，自从十年前他的打猎旅程运气不佳之后，他就再也没有穿过这件夹克。此时，他匆匆套上夹克，下楼从大门旁的柜子里找出一支垒球棒，那是琳茜迷上足球之前，他帮她买的。

自从我失踪之后，爸妈就一直在门口帮我留着一盏灯。虽然警方八个月前就告诉他们我不会回来了，爸妈依然不忍心把灯关掉，整晚都让它亮着。此时，爸爸先把灯关掉，然后深深吸了一口气，伸手握住大门把手。

他扭动门把，走出大门，发现外面一片漆黑。他关上大门，手里拿着球棒站在院子里，"我会不动声色，悄悄地……"卢安娜的话再度浮上心头。

他穿过前院，过马路，走向他最先看到灯光的奥德怀尔家。他经过奥德怀尔家昏暗的游泳池和生锈的秋千架，心跳得飞快，但他只有一个念头：乔治·哈维杀了我的心肝宝贝。

他逐渐接近球场，在球场右边的玉米地深处，他看到一道微弱的灯光。他记得警方把这一带的玉米地围了起来，地里清理得干干净净，还用挖土机铲平了土地。爸爸握紧手中的球棒，几乎不敢相信自己即将出手伤人，但他很快就不再犹豫，他很清楚哈维就是凶手，也知道自己该怎么做。

风势助了他一臂之力，大风由球场吹向玉米地，把他的裤管吹得贴在腿上，催着他不由自主地往前走，所有事情都被抛在脑后。他一走进玉米地深处，立刻把焦点投注在前面的灯光上，大风刮过荒芜的田野，呼啸的风声盖过了他踏过玉米梗的脚步声。

各种无意义的思绪在他脑海中涌动：小孩子穿着溜冰鞋在人行道上发出刺耳的摩擦声，他父亲身上的烟草味以及阿比盖尔的笑脸——他俩初次相逢时，她的笑容就像光束一样刺穿了他迷惘的心。手电筒的灯光忽然熄灭，玉米地里一片漆黑。

他向前走了几步，然后停了下来。

"我知道你在那里。"他说。

我想要水淹玉米地，要燃起大火照亮整个玉米地，要撒出阵阵冰雹与花雨，可爸爸根本收不到我给他的预警。我被放逐在天堂，只能在一旁看着。

"我来报仇了。"爸爸声音颤抖着说。他心跳越来越快，热血涌进胸膛，怒气如大火般在心中翻滚，他吸气、呼气，心情越来越激动。妈妈的笑脸已经不见了，取而代之的是我的笑容。

"这里没有别人，"爸爸说，"我来这里把事情做个了断。"

他听到了啜泣声。我真希望能像学校礼堂打开聚光灯一样，直直地把灯打下来。每次举办活动时，打灯的人总是笨手笨脚地把灯光打在舞台右侧。如果此刻我能打灯的话，爸爸会看到在他面前的是一个颤抖哭泣的女孩，虽然她涂了蓝色眼影，穿着帅气的皮靴，此时她却吓得尿湿了裤子，毕竟，她还是个孩子。

爸爸的语气中充满仇恨，她没能听出是他的声音。"布莱恩？"克莱丽沙颤抖着问道，"布莱恩，是你吗？"此刻，希望是她唯一的屏障。

爸爸一松手，手上的球棒掉在地上。

"谁？谁在那里？"

听着耳边呼号的风声，稻草人般瘦削的布莱恩·纳尔逊把他哥哥的雪佛兰敞篷车停在了学校停车场。他最近老是迟到，上课或吃饭时也经常打瞌睡，但如果哪个男孩有一本《花花公子》杂志，或者有漂亮女孩走过时，他精神总是好得很。还有一种情况也会让他精神大振，那就是有女孩在玉米地里等他。即便如此，他还是慢条斯理地向前走，大风吹过他的耳际，刚好为他打算做的事情提供了最佳掩护。

布莱恩从他妈妈放在水槽下的急救箱里找到了一支大手电筒，他拿着手电筒走向玉米地。事后他对大家说，走着走着，他就听到了克拉丽莎哭喊着求救的声音。

爸爸毅然决然地摸索着走向啜泣的女孩。他的母亲正帮他织手套，苏茜也想要一副手套，冬天的玉米地里好冷。啊，克拉丽莎，苏茜傻乎乎的朋友！精致的妆容，小小的果酱三明治，还有一身古铜色的皮肤。

他踉跄着，在黑暗中把她撞倒在地。他满脑子都是她的尖叫，叫声回荡在空旷的田野中，声声触动他的心房。"苏茜！"他尖叫地回应。

一听到我的名字，布莱恩拔腿就奋力往前冲，彻底清醒了。手电筒的光在田间闪烁，有那么一瞬间，灯光照到了哈维先生，但除了我之外，没有人看到他。他藏身于高高的玉米秆间，匍匐前进时刚好被灯光照到后背，他悄悄地躲在暗处，再次聆听着年轻女孩的啜泣声。

接着，手电筒照到了爸爸，布莱恩以为自己找到了目标，一把把爸爸从克拉丽莎身上抓起来，他用手电筒拼命打爸爸的头、脸和背，爸爸大声喊叫，连声哀号。

布莱恩忽然瞥到了一边的球棒。

我拼命推着天堂与人间的界线，但它牢不可破。我多么想伸手把爸爸扶起来，让他远离这一切，把他带到我身旁。

克拉丽莎拔腿就跑，布莱恩则摇摇晃晃，爸爸的目光和布莱恩的目光相遇，爸爸几乎喘不过气来。

"你这个浑蛋！"布莱恩显然已经认定爸爸居心不良。

地里传出啜嚅低语，我听得到我的名字，也似乎尝到了爸爸脸上鲜血的味道。我真想伸手抚摩他破裂的双唇，和他一起躺在我送命的玉米地里。

但在天堂的我只能转身离去。我被困在完美的天堂里，尝到的鲜血又苦又涩，却什么也做不了。我当然希望爸爸能彻夜守候，直到永远；但我也希望他放手，让我就此成为过去。书房中的绿色安乐椅上仍留有爸爸身体的余温，我吹熄了窗口那支摇曳着微弱火光的、孤独的蜡烛。这也是我所得到的，唯一一个小小的恩典。

十二

我站在爸爸身旁，看着他昏睡不醒。当晚就传出了消息，警方推断萨蒙先生伤心过度发了疯，半夜跑到玉米地里找人报仇。这倒符合警方对他的了解——不停打电话到警局，一口咬定他的邻居有重大嫌疑，再加上费奈蒙警探当天早上告诉萨蒙先生，警方虽然有意破案，但案情已陷入胶着，没有任何线索可供追查，我的尸体也依然无影无踪，因此，警方打算放弃侦查——这些事情都让警方相信他们的推断没错。

爸爸的膝盖骨破裂，影响到部分关节的功能，医生必须进行手术。我看着缝合的全过程，心想这看起来真像针线活。我希望执刀医生的手能比我巧一点，爸爸要是送到我手上，那就完了，我在家政课上总是笨手笨脚，老搞不清楚拉链的正反面。

而这个医生相当有耐心，他一面仔细地洗手，一面听护士向他说明事情始末。他记得曾在报上读过我的事情，他年纪和爸爸相仿，自己也有小孩。他拉了拉手上的手套，心里不禁打了个寒颤。他和眼前这个男人有许多相似之处，境遇却有天壤之别。

病房中一片漆黑，只有爸爸病床上方的日光灯发出微光。直到天亮琳茜走进病房之前，都只有这点微弱的光芒。

　　妈妈、妹妹和弟弟被警笛声吵醒，迷迷糊糊地从卧房走到楼下漆黑的厨房。

　　"去把你爸爸叫醒，"妈妈对琳茜说，"这么吵他还睡得着，我真是不敢相信。"

　　于是妹妹上楼找爸爸，家里每个人都知道在哪里找得到他，短短六个月之内，书房里那张绿色的安乐椅已经变成了他的床。

　　"爸不在书房里！"琳茜一发现爸爸不在，马上大喊，"爸爸不见了，妈！妈！爸爸不见了！"琳茜的语气中带着少有的恐惧，她可一向不是胆小的孩子。

　　"该死！"妈妈说。

　　"妈咪？"巴克利说。

　　琳茜冲到厨房，妈妈站在炉前准备烧水泡茶，背影看起来充满了焦虑。

　　"妈？"琳茜说，"我们不能干坐着，得做点什么。"

　　"你难道看不出来吗？"妈妈茶泡到一半，手上还拿着茶包。

　　"什么？"

　　妈妈放下茶包，扭开炉火，转过身来，她看见巴克利已经依偎在琳茜身旁，神情紧张地吮着拇指。

　　"他跑去找那个男人，给自己惹了一身麻烦。"

　　"我们应该出去看看，妈，"琳茜说，"我们应该去帮帮他。"

　　"不。"

　　"妈，我们一定得帮爸爸。"

"巴克利，不要吸手指！"

弟弟吓得放声大哭，琳茜一面伸手把巴克利抱得更紧，一面看着我们的母亲。

"我要出去找他。"琳茜说。

"不行。"妈妈说，"时间一到，他自然就会回来，我们什么都不要管。"

"妈，"琳茜说，"如果他受伤了怎么办？"

巴克利不哭了，他看看琳茜，又看看妈妈，他知道"受伤"是什么意思，也知道家里谁不见了。

妈妈意味深长地看着琳茜说："我们不要再说了，你可以上楼等，或是和我一起等，随你便。"

琳茜哑然失声，她盯着我们的妈妈，一心只想跑到玉米地里找爸爸，爸爸和我都在那里。忽然间，她觉得家里的主心骨转移到了玉米地中。她想跑开，但巴克利温暖的身体紧紧地贴着她。

"巴克利，"她说，"我们回楼上吧，你可以和我一起睡。"

弟弟渐渐开始明白：每次他一得到特殊待遇，过一会儿大人一定会告诉他坏消息。

接完警方打来的电话后，妈妈马上跑到前厅的壁橱旁，"他被我们自己的球棒打伤了！"她边说边抓了一件外套、钥匙和口红。琳茜从来不曾感到如此孤单寂寞，但责任感也变得更强了。巴克利不能一个人待在家里，她自己也还不会开车。况且，大家不都认为太太应该陪在先生身旁吗？

玉米地里的骚动吵醒了邻居，琳茜知道她该怎么做，她先打电话给奈特的母亲，然后马上联络了塞缪尔。不到一小时，奈特的母亲来家里接走了巴克利，霍尔·汉克尔也骑着摩托车停在了我家门口。琳茜紧贴着塞缪尔英俊的哥哥，又是第一次坐上摩托车，本应该高兴才是，但她满脑子只想着我们的爸爸。

琳茜走进病房时没看到妈妈，房里只有爸爸和我。她走到病床的另一边，静静地抽泣。

"爸？"她说，"爸，你还好吗？"

房门被推开了一条缝，门口站着高大英挺的霍尔·汉克尔。

"琳茜，"他说，"我在亲友等候区等你，如果你需要我送你回家，我就在外面。"

她转过头，霍尔看到了她脸上的泪水。"霍尔，谢谢你，如果你看到我妈妈——"

"我会告诉她你在这里。"

琳茜拉起爸爸的手，仔细观察，看爸爸有无动静。我亲眼看着琳茜在一夜之间长成了大人，我听到她在爸爸耳边轻哼着巴克利出生前爸爸常唱给我们听的儿歌：

石头和骨头

冰雪与霜冻

种子、豆豆、小蝌蚪

小径、树枝、什锦糖

我们都知道爸爸想念谁！

他想念两个小女儿，是啊，两个小女儿

小女孩知道她们在哪儿，你知道吗？你知道吗？

我真希望爸爸听了会缓缓露出笑容，但他吃了药，沉浮在迷蒙的梦境之间。麻醉药像张坚固的蜡纸一样紧紧地包裹住了他，让他暂时失去了意识——在这一刻，他的大女儿没死，他的膝盖没有破，但也听不到琳茜耳语般的歌声。

"当死者不再眷念生者的时候，"弗兰妮曾对我说，"生者就可以卸下重负，继续生活。"

"死者呢？"我问，"我们去往何处呢？"

她不愿回答我的问题。

警方一联络上赖恩·费奈蒙，他就立刻赶到了医院，调度员说阿比盖尔·萨蒙找他。

爸爸在手术室，妈妈在护理站附近焦急地踱步。她披了一件雨衣开车到医院，里面只有夏天穿的薄睡衣，脚上是平时在后院穿的芭蕾包头鞋，她没有特别花时间梳理头发，口袋或皮包里也没有扎头发的橡皮圈。在医院雾气沉沉的停车场里，她曾停下来检视了一下自己的面容，在黑暗中熟练地涂上了常备的口红。

赖恩从医院白色的长廊一端走过来，看到他的身影，妈妈的心情顿时放轻松了。

"阿比盖尔。"他走向妈妈，边走边打招呼。

"噢，赖恩。"她说，随即一脸茫然，不知道接下来该说什么。她只想叫出他的名字，接下来就不是言语所能表达的了。

妈妈和赖恩拉着手，护理站里的护士瞄了一眼就把头转开。她们习惯尊重别人的隐私，早已见怪不怪，但她们也看得出来，眼前这个男人对这个女人具有特殊的意义。

"我们到亲友等候区谈吧。"赖恩说，然后带着妈妈走向长廊的另一端。

妈妈边走边告诉他爸爸正在动手术，而他则告诉了妈妈玉米地里发生的一切。

"他显然认为那个女孩是乔治·哈维。"

"他以为克拉丽莎是乔治·哈维？"妈妈在亲友等候区外停了下来，一脸难以置信的神情。

"当时外面很暗，阿比盖尔，我想他只看到了那个女孩手电筒的光。我今天早上到你们家说的话根本无济于事，杰克坚信哈维就是凶手。"

"克拉丽莎还好吗？"

"她只受了些皮外伤，擦了药之后已经出院了。她又哭又叫，歇斯底里。真是可怕的巧合，毕竟，她是苏茜的朋友。"

霍尔懒洋洋地坐在亲友等候区昏暗的一角，双脚搭在他帮琳茜准备的安全帽上。一听到有人走过来，他马上坐直了身子。

看到走过来的是妈妈和一名警员，他又恢复了懒洋洋的坐姿，让自己及肩的头发遮住脸庞。他十分肯定我妈妈不记得他是谁。

但妈妈认出了塞缪尔到我家时曾经穿过的那件皮夹克，一时之间，她还以为塞缪尔坐在这里，但转念一想，哦，这是他哥哥。

"我们坐坐吧。"赖恩指着亲友等候区另一边的塑料椅说。

"我们还是走走吧，"妈妈说，"医生说最起码再过一小时才会有消息。"

"去哪里呢？"

"你有香烟吗？"

"你知道我有。"赖恩不好意思地笑着说。他想从妈妈的眼睛里读出些什么，但她没有看他，而是看着别处，神色恍惚，若有所思。他希望能控制住那双眼睛，让它们专注于此时此刻，把焦点投注在自己身上。

"那么，我们找个出口吧。"

他们找到一个通往水泥阳台的出口，阳台离爸爸的病房不远，上面放了一套暖气设备。虽然空间狭小，外面又有点冷，但机器的噪声和排放出的热气使这里自成一个小世界，让他们觉得离众人很远。他们抽烟、互相凝视，忽然间，两人都觉得彼此的关系毫无准备地进入了一个新阶段。事情已经明朗化，迫在眉睫，需要他们立刻面对。

"你太太是怎么死的？"妈妈问道。

"自杀。"

她的头发遮住了大半张脸，这副神情让我想到克拉丽莎忸怩作态的模样。我们一起逛街时，一看到男孩子她就摆出这种样子，她会咯咯笑个不停，还对男孩子眨眼睛，注意他们在看什么。此时的妈妈涂着红色的口红，嘴里叼支香烟，从口中吐出一圈圈烟雾，令我大吃一惊。我只在自己偷拍的照片里见过妈妈的这一面——这个母亲看起来似乎从未有过我们这些孩子。

"她为什么自杀？"

"在我不想你女儿为什么会遭到谋杀之类的问题时，脑子里就萦绕着你问的问题。"

妈妈脸上突然浮现出奇怪的笑容。

"再说一遍。"她说。

"再说什么？"赖恩看着她的笑容，真想伸手一抓，让它停留在自己的指尖。

"我女儿遭到谋杀。"妈妈说。

"阿比盖尔，你还好吗？"

"没有人这么说过，邻居们说得支支吾吾，大家都说这是一桩'可怕的悲剧'或是其他隐晦的说法，但我只想听到有人大声明白地告诉我真话。以前我还没做好心理准备，可现在我已经能够面对事实。"

妈妈把香烟丢在水泥地上，让烟蒂继续燃烧。她伸手捧住赖恩的脸。

"说吧。"她说。

"你女儿遭到谋杀。"

"谢谢。"

在这之前，妈妈和全世界的其他人之间，似乎有道无形的界线，此时，我看着她鲜红的双唇缓缓蠕动，悄悄地越过了这道界线。她把赖恩拉向自己，慢慢地吻上他的双唇。起初他似乎有些犹豫，身体僵硬，仿佛告诉自己不可以，但抗拒的念头越来越薄弱，到后来变得像空气一样被吸进了身旁嗡嗡作响的暖气机。她解开雨衣，他把手贴在她的睡衣上，轻抚着她身上的薄纱。

只要需要，妈妈就能散发出势不可当的魅力。小时候我就见识过她对男人的影响力，我们到超市买菜时，店员经常主动帮忙找购物单上的东西，还帮我们搬到车上。她和卢安娜·辛格都是邻居公认的漂亮妈妈，每一个碰到她的男人都会情不自禁地微笑，当她向他们请教问题时，他们心中小鹿乱撞，几乎有求必应。

但是只有爸爸能让她开怀大笑。她笑个不停，家里的每个角落里都回荡着她的笑声。而她喜欢这样，因为可以完全地放松。

我们小时候，爸爸总是靠加班或是午餐时间工作来累积休假，这样他就能在每星期四提早回家。周末是全家在一起的时间，星期四晚上则是"爸爸妈妈的时间"。琳茜和我都知道这个时候要乖，必须安静地待在房子另一头，不可以探头探脑地偷窥。那时候爸爸的书房还很空，我们通常都待在里面玩。

妈妈下午两点左右就会帮我们洗澡。

"洗澡时间到喽！"她像唱歌般地宣布，听起来好像要带我们出去玩似的，刚开始感觉上也的确如此，我们争先恐后地跑进各自的房里，穿上浴袍，然后在走廊上碰头。妈妈带头，母女三人手牵手走向我们粉红色的浴室。

妈妈大学时专攻神话学，小时候她经常讲神话故事给我们听。她会讲珀耳塞福涅和宙斯的故事，还买北欧诸神的图画书给我们，我们看了经常做噩梦。她向外婆拼命争取，外婆才让她继续深造，拿了一个英语文学的硕士学位。她打算等我们长大到可以照顾自己之后，再去找个教职。

洗澡时间和希腊神话已成为朦胧的回忆，但我清楚地记得妈妈惆怅的神情。她曾有过很多的梦想，但现实生活剥夺了她的梦想，我看着她，几乎可以感觉到她复杂的心情。身为她的大女儿，我总觉得是我剥夺了她的机会，因为我，她才不能去追求自己想要的人生。

妈妈总是先把琳茜抱出浴缸，一面帮她擦干身体，一面听她喋喋不休地说着玩具橡皮鸭的故事。接下来轮到我，虽然我很想保持安静，但温暖的洗澡水松懈了我们幼小的心灵，我们会争先恐后地把心事一五一十地告诉妈妈，比如哪个男孩捉弄我们，哪个邻居养了一只小狗，为什么我们不能也养一只，等等。妈妈认真地听着，好像把我们的话牢记在心里，以供日后参考。

"好，要紧的事先做，"她果断地说，"你们两个先好好地睡个午觉！"

妈妈和我先帮琳茜盖好被子，我站在床边，妈妈亲亲妹妹的额头，帮她把脸上的头发理到耳后。我想从那时起我就开始和妹妹争宠，我们总是计较妈妈亲谁亲得多，洗完澡后妈妈陪谁陪得久。

很幸运地，我在后面一项上总是占上风。现在回想起来，我才发现妈妈是如此落寞，特别是我们搬进这个房子之后，她变得更孤单。因为我是长女，和她相处的时间最久，所以我成了她最亲密的朋友。

虽然我年纪太小，听不太懂她对我说的话，但我喜欢在她摇篮曲般的轻柔话语中沉沉入睡。令人庆幸的是，在天堂里我可以回到过去，重温那些时刻，以原来绝对不可能的方式再度与妈妈共处。我伸手越过阴阳界，轻轻牵起我那年轻、落寞的母亲的手。

她对四岁的我描述特洛伊故事中的海伦："她啊，争强好胜，把事情搞得乱七八糟。"她评论提倡节育的玛格丽特·桑格："苏茜，大家都以外表来评断她，因为她长得像小老鼠似的，所以每个人都以为她起不了什么作用。"她对女权主义者葛罗莉亚·玛丽·斯坦奈姆的评论是："我知道这么说很不好，但我真希望她修修指甲。"她还对我说些邻居的闲话："那个穿紧身裤的白痴，被她的浑蛋先生管得死死的，这些典型的乡下人啊，对什么都有成见。"

"你知道珀耳塞福涅是谁吗？"在某个星期四，她心不在焉地问我，我没有回答。那时我已经知道妈妈把我抱进卧室后，我应该安静下来。在浴室里的时刻属于我和琳茜，妈妈帮我们擦干身子时，我们姐妹俩什么都可以说，但一回到我房里，就是属于妈妈的时刻。

她拿起浴巾，把它挂在我纺锤形的床柱上。"发挥一下想象力，把邻居塔金太太想象成冥后——"她边说边打开衣柜的抽屉，把内裤拿给我。她总是把我要穿的衣服一件件摆好放在旁边，从来不催我。她早已深知我的脾性。如果我知道有人在看着我系鞋带，我可能连袜子都穿不好。

"她身穿白色的长袍，像床单一样垂挂在肩上。长袍的料子非常好，要么闪闪发亮，要么就是像丝绸一样轻盈。她穿着黄金打造的凉鞋，周围都是熊熊燃烧的火炬——"

她走到抽屉旁帮我拿内衣，然后心不在焉地套在了我头上，而不像平时一样让我自己穿衣服。每到这种时候，我总是把握机会再当个小宝宝，乖乖地任她摆布，而不是抗议说我是个大姑娘了，不需要别人帮忙。在那些宁静的午后，我只是静静地听我神秘的母亲说话。

我站到卧室的墙角等她帮我铺好床单，然后她总是看看手表对我说："我们就这么待一会儿吧。"说完就脱下鞋子，和我一起钻到被窝里。

我们母女都沉醉在这个时刻，她专心讲故事，我则迷失在她的话语中。

她讲珀耳塞福涅的母亲、农业之神德墨忒耳、爱神丘比特和他的爱人普赛克等神话故事给我听，我听着听着就睡着了。有时我会被爸妈在我床边说话的声音或是他们午后欢爱的声音吵醒，我半睡半醒地躺在床上，听着朦胧的声响。爸爸给我讲过帆船的故事，我喜欢假装自己在温暖的船上，全家人一起在大海中航行，海浪轻轻地拍打着船身。不一会儿，在爸妈的笑声及克制的呻吟中，我会再度进入梦乡。

妈妈逃离现状、重返职场的梦想，到了我十岁、琳茜九岁时完全破灭了。她发现经期晚了，便开车到诊所接受检查。回家之后，她微笑地告诉我们好消息，虽然我和妹妹感觉到她有点强颜欢笑，但因为我还是个小孩子，也因为我不愿多想，所以我宁可相信妈妈确实很开心。对我而言，妈妈的笑容有如奖品般珍贵，我便也跟着猜测我会有个小弟弟还是小妹妹。

如果当时多加注意，我一定能发现某些端倪。现在回头再看，我终于能看出家里的变化来了：爸妈床边原本摆着各个大学的简介、神话百科全书，以及詹姆斯、艾略特、狄更斯等人的文学名著，后来这些书都不见了，取而代之的是儿科医生斯波克的著作，后来又出现了园艺书和烹饪书。直到我死前两个月时，我都还以为《家庭及园艺乐活大全》是送给妈妈的最佳生日礼物。知道自己怀了第三个小孩后，妈妈隐藏了更多不为人知的一面。这些年来，她内心的渴求不但没有随着岁月消减，反而与日俱增。一碰到赖恩，她的渴求便如野马般脱缰而出，撞击着她，摧毁了她，控制了她。她任由自己的身体做主，想着肉体一旦苏醒，或许能唤起内心残留的感觉。

目睹这些事情并不容易，但我做到了。

他们初次的拥抱显得急不可耐、笨手笨脚而又激情四溢。

"阿比盖尔，"赖恩说，他把双手伸进她的雨衣里搂住她的腰，薄纱般的睡衣几乎构不成两人之间的屏障，"想想你在做什么。"

"我不愿再想了。"她说，两人身旁的风扇排送出热风，她的头发随之飞扬，仿佛天使头顶的光环。赖恩眨着眼睛看她，眼前这个美丽的女子显得危险狂野得不可思议。

"你丈夫——"他说。

"吻我，"她说，"求你了。"

我看着妈妈出声哀求，她正在用肉体穿越时间，只为逃避关于我的记忆。我阻止不了她。

赖恩闭上双眼，用力地亲吻妈妈的额头。她一面拉住他的手放在自己胸前，一面在他耳畔低语。我知道她为什么这么做，愤怒、痛苦、绝望在此刻一并爆发，在这个水泥阳台上，过去的失落全部涌上心头，她需要赖恩驱走她那死去的女儿。

他们双唇相叠，赖恩把她推到墙边，让她的背抵着粗糙的水泥墙，妈妈紧紧抱着他，仿佛他的亲吻能带给她新生。

🌱

以前放学回家之后，有时我会站在院子旁边看妈妈除草，她坐在除草机上，神情愉悦地穿梭在松树之间；我也记得早上起床时，妈妈一面吹口哨、一面泡茶的样子；我更记得每个星期四爸爸赶着回家，递给妈妈一束万寿菊时，她脸上绽放出灿烂的光彩。他们曾经那么相爱，完完全全地为彼此着迷，如果没有孩子的话，妈妈依然能够保持这样的热情，但有了孩子之后，她开始变得越来越疏离。

这些年来，爸爸和我们越来越亲，妈妈却离我们越来越远。

琳茜握着爸爸的手，在病床旁睡着了。妈妈经过坐在亲友等候区里的霍尔时，依然神情恍惚。没过多久，赖恩也带着同样的表情走了过来。霍尔看够了，他一把抓起安全帽，离开亲友等候区，走向长廊的另一端。

在卫生间待了几分钟之后，妈妈走向爸爸的病房，走到一半就被霍尔拦了下来。

"你女儿在里面。"霍尔大喊，她转过身。

"我叫霍尔·汉克尔。"他说，"我是塞缪尔的哥哥，我们在悼念仪式上见过面。"

"噢，是啊，对不起，我没有认出你来。"

"没关系。"他说。

两人顿时默不作声，气氛有点尴尬。

"琳茜打电话给我，我一小时前把她载了过来。"

"哦。"

"巴克利在邻居家。"他说。

"哦。"她一直盯着他，仿佛在试图恢复知觉，他的脸孔逐渐把她拉回现实。

"你还好吗？"

"没事，我只是有点心烦，你能理解，对吧？"

"我完全理解。"他慢慢地说，"我只想告诉你，你的女儿在里面陪着你丈夫，你需要我的话，我就在亲友等候区。"

"谢谢。"她说，然后看着他掉头离开。他穿着一双骑摩托车的靴子，后跟已经磨得差不多破了。她又在原地站了一会儿，听着他的脚步声在走廊发出阵阵回音。

她赶紧回过神，甩甩头提醒自己在医院里。她从没想过霍尔之所以过来和她寒暄，就是为了提醒她这一点。

病房里一片漆黑，病床上方日光灯的微弱光芒是室内唯一的光影。琳茜坐在床边的椅子上，头靠在病床的一边，手握着爸爸的手。爸爸依然不省人事，仰卧在病床上。妈妈不可能知道我也在病房里，我们一家再度聚首，只是今非昔比。以前她会把我和琳茜哄上床，等待着她的丈夫、我们的爸爸回家共赴云雨。而如今我们已经四分五裂。她看着琳茜和爸爸在一起，两人俨然成为一体，这幅景象让她觉得相当欣慰。

成长过程中，我总是和妈妈玩"捉迷藏"的游戏：既不愿承认我爱她，又千方百计希望得到她的注意与认可。对爸爸，我就不用耍这种把戏。

现在，我再也不用玩捉迷藏了。妈妈站在黑暗中看着爸爸与琳茜，我看着妈妈，心里忽然明白了身在天堂的众多意义之一，就是凡事都可以做出选择。现在，我决定对家人一视同仁，不再厚此薄彼。

夜深人静时，医院和养老院上方经常有许多飘荡的灵魂一闪即逝，霍莉和我有时候晚上失眠，就会爬起来看。看着看着，我们发现似乎有人在远方指挥这些灵魂，但不是在我们的天堂里。因此，我和霍莉觉得远方别有洞天，一定还有一个更加包罗万象的天地。

刚开始是弗兰妮带着我们一起看。

"这是我的一个隐秘的乐趣，"弗兰妮向我们坦承，"虽然已经过了好些年，但我仍然喜欢看成群的灵魂在空中飘浮、盘旋，吵吵闹闹地挤成一团。"

　　"可我什么也没看见。"我说，那是我们第一次一起观看。

　　"仔细看，"她说，"不要说话。"

　　看到灵魂之前，我先感受到了他们的存在。我感觉到一股暖流，仿佛点点星火沿着手臂向上蔓延。忽然间，我看到他们了！他们抛下凡间的肉体，发出像萤火虫般的光芒，点点火花呼啸回旋，逐渐向四方蔓延开去。

　　"就像雪花一样，"弗兰妮说，"每个灵魂都不尽相同。但从我们这里看过去，每一个却好像都是同一副模样。"

十三

　　一九七四年秋天，琳茜回到学校上学时，大家都知道她不仅有个遭到谋杀的姐姐，还有个"精神失常""疯疯癫癫"的爸爸。众人对爸爸的传言最令她伤心，因为她知道这不是事实。

　　刚开学的几个星期，琳茜和塞缪尔听到了各种各样的谣言，它们在一排排的学生储物柜间流传，像锲而不舍的毒蛇一样紧跟着他们。布莱恩·纳尔逊和克拉丽莎也在这场风暴中扮演了关键的角色，那年他们刚好升入了高中，在费尔法克斯，两人仍然形影不离，到处散布那天晚上在玉米地里发生的事情。他们贬低爸爸，借此彰显自己有多酷，利用这个机会出风头。

　　雷和露丝有天经过玻璃墙边，墙外是露天休息区，旁边有排假石头，大家眼中的坏学生通常喜欢坐在这里。雷和露丝看到布莱恩坐在假石头上，讲得唾沫横飞。那年，布莱恩从原本紧张兮兮的"稻草人"，变成了众人眼中雄赳赳、气昂昂的男子汉，克拉丽莎对他又爱又怕，终于傻笑着敞开了自己的禁地，和他上了床。不管人生多么无常，我所认识的每个人都在长大。

那年巴克利上了幼儿园，一上学就迷上了他的老师寇伊科小姐。寇伊科小姐带他去上洗手间，或是跟他讲解家庭作业时，总是温柔地拉着他的小手，她的魔力着实令人无法抗拒。由于老师的宠爱，弟弟得到了一些特权，寇伊科小姐经常多给他一块饼干，或是给他一个比较柔软的坐垫。弟弟感觉高高在上，但班上的小朋友都疏远他。在小孩子的团体中，他本来只是一个普通孩子，但我的死却使他与众不同。

塞缪尔每天陪琳茜走路回家，然后沿着大马路，竖起拇指搭便车到霍尔的修车厂。他希望霍尔的哥们儿能认出他，载他一程，也经常搭上各式各样拼装起来的摩托车和卡车。到达目的地之后，霍尔会帮车主好好检查一下车子。

那一阵子，塞缪尔都没有进我们家。事实上，除了家人之外，那段时间没有任何人进出我家大门。爸爸直到十月才能起来走动，医生说他的右腿会一直有点僵硬，但如果他多做运动、多伸展筋骨的话，应该不成大碍。"除了跑垒之外，其他都没问题。"手术过后的那天早晨，医生对爸爸说。爸爸清醒过来时，看到琳茜坐在他身旁，妈妈则站在窗边凝视着停车场。

巴克利在学校饱受寇伊科小姐的宠爱，在家里更是填补爸爸心灵空缺的小天使，他不停地问什么是"人造膝盖"，爸爸也和颜悦色地回答。

"人造膝盖来自外太空，"爸爸说，"航天员会带回一些月球的碎片，然后打造成更小的片片，拿来做像人造膝盖之类的东西。"

"哇，"巴克利咧嘴一笑，"能让奈特看一眼吗？"

"快了，巴克利，快了。"爸爸说，但脸上的笑容越来越暗淡。

巴克利一五一十地把学校的事情或是爸爸说的话告诉妈妈，他说"爸爸的膝盖是月球碎片做的"，或者"寇伊科小姐说我的画画得很好"，妈妈听了总是点点头。她知道自己在做什么。她把红萝卜和芹菜切成大小适中的块，清洗保温壶和午餐盒。琳茜说她够大的了，不愿意带午餐盒上学，妈妈就用一种蜡纸做的纸袋帮琳茜装三明治，这样女儿的午餐就不会渗出来，也不会弄脏衣服。虽然只是一些小事，但妈妈发觉这类琐事真的能让自己开心。她像以前一样按时洗衣服、折衣服，该熨衣服就熨，不该熨的就铺平挂在衣架上；她不时从地上捡起什么东西，从车里找到点小玩意儿，整理床上摆着的湿毛巾。她依然每天早上铺床，把床单四角塞进去，拍松枕头，把床上的毛绒玩具摆正，拉开百叶窗透透光。

巴克利喊着找妈妈时，她总是在心里权衡：先专心听巴克利说话，然后就可以暂时不想这个家，好好想想赖恩。

到了十一月，爸爸已能蹒跚地走动，也就是他所谓的"敏捷地跳来跳去"。巴克利吵着要一起玩时，他经常扭曲着身子跳动，姿势相当奇怪。但只要能逗儿子开心，要他做什么都可以，也不管妈妈或是其他人看了觉得如何。除了巴克利之外，每个人都知道我死了快一周年了。

秋意渐浓，空气冷冽而清新，爸爸时常和巴克利带着"假日"在围着篱笆的后院玩耍。爸爸坐在一把旧铁椅上，伤脚前伸，把脚轻轻搭在一个擦鞋器上，那是外婆在马里兰州的一个古董店买的，式样相当花哨。

巴克利把吱吱作响的玩具牛丢到空中，"假日"赶忙跑过去捡，"假日"猛然把巴克利撞倒在地，用鼻子顶着小主人，还用粉红色的舌头猛舔小主人的脸。看到五岁小儿子精力充沛的模样，爸爸也乐在其中。但他心中依然笼罩着阴影，眼前这个活蹦乱跳的小男孩，说不定也会在某天被人从他身边带走。

基于种种原因，爸爸请了长假待在家里，腿部受伤固然是原因之一，却不是最主要的因素。他的老板和同事对他的态度都不一样了。大家轻手轻脚地在他办公室外徘徊，也不敢太靠近他的办公桌。同事们好像觉得女儿遭到谋杀是个传染病，似乎只要一松懈，同样的悲剧也会发生在他们身上。没有人知道他怎样才能继续生活，但与此同时，他们又不想看到爸爸流露出悲伤，大家希望爸爸把伤痛储藏在档案柜里，摆在大家都看不到的角落，永远都不要打开。爸爸经常打电话请假，老板总是欣然同意，甚至说如果有必要的话，多请一星期甚至一个月的假都没关系。爸爸还以为这是因为他平日准时上班，也不介意加班，所以老板才这么爽快。在家静养的日子里，他避开哈维先生，强迫自己不要想起他。除了在笔记本上写写之外，他再也不向人提起哈维先生。他把笔记本藏在书房里，令人惊讶的是妈妈没说什么就同意不再清理书房。他在笔记本里向我道歉："宝贝，我需要休息一阵子，我得想明白如何追查下去，希望你能谅解。"

他决定到了十二月二日，感恩节一过就回去上班。他要在我失踪一周年之前回去工作，办公室是他所能想到的最公众的也是最容易转移注意力的场所。但如果他有勇气面对自己的话，他会明白这只是一个借口。一回去上班，他就可以远离妈妈了。

如何重修旧好？如何再度让她动心？她显得越来越疏离，全部的精力都用来抗拒这个家，而他则把一切精力都放在家里。他决定养精蓄锐，再想办法对付哈维先生。全心复仇，总比面对现实来得更容易一些。

外婆说好感恩节时来访，琳茜这一阵子都在照着外婆信上的指示做保养。外婆说把小黄瓜切片贴在眼部，可以消除眼睛浮肿；把燕麦粥涂在脸上，可以清洁毛孔，吸出多余的油脂；用蛋黄洗头发，头发会更有光泽。琳茜第一次用这些东西美容时，妈妈看了也为之一笑，但随即想到自己是否也该做些保养。因为想到赖恩，所以她脑中才会闪过这个念头，但她之所以想起他，并不是因为爱上了他，而是因为和他在一起，她才能最快地忘掉其他事情。

外婆到来的两星期前，巴克利和爸爸在后院和"假日"玩耍，巴克利和"假日"在一堆堆干枯的树叶里跳来跳去，玩着躲闪追逐的游戏。"巴克利，小心，"爸爸说，"你老这么惹它，'假日'会咬人的。"结果果真如此。

爸爸说他想试试新游戏。

"我们来试试看你这个老爸还背不背得动你，就像骑马一样，过不了多久，你就会太重背不动喽。"

就这样，爸爸摆出了笨拙的姿态。在这个后院里，只有他、弟弟和"假日"，就算他跌倒了，看到的也只有这两个爱他的家人。他和弟弟一起努力，两人都想重温这份寻常的天伦之乐。巴克利站到铁椅上，"现在爬到我的背上，"爸爸往前蹲，接着又说，"抓住我的肩膀。"他不确定自己背不背得动弟弟，我在天堂屏息观看，两手手指紧紧交握，暗自为他祈祷。玉米地里的爸爸已经成了我的英雄，这时他冒着伤势复发的危险，就是为了让弟弟知道一切还像以前一样，更是英雄的表现。

"把头低下来，好，头再低一点。"爸爸边走边警告弟弟，父子两人得意扬扬地前进。他们穿过前厅，继续走向二楼，爸爸小心地保持着平衡，每踏上一级阶梯都感到一阵剧痛。"假日"在楼梯上超过他们，巴克利上下晃动，乐不可支，爸爸看了觉得这么做是值得的。

父子两人和小狗一上楼就发现琳茜在浴室里，而琳茜一看到他们马上大声抱怨起来。

"爸——"

爸爸站直，巴克利伸手碰了碰天花板上的吊灯。

"你在做什么？"

"你觉得我像在做什么？"

她坐在马桶盖上，身上围了一条白色的大浴巾（这些浴巾都由妈妈漂白，挂在晒衣绳上晾干、折好、放进洗衣篮，然后拿到楼上放毛巾的柜子里收好）。她的左脚踩在浴缸边缘，腿上涂满了刮胡膏，右手拿着爸爸的刮胡刀。

"不要这么使性子了。"爸爸说。

"对不起，"琳茜低下头说，"我只想有点隐私。"

爸爸把巴克利举过头顶，"洗手台，巴克利，踩到洗手台上。"爸爸说。平时爸妈都不准他踩到洗手台上，而现在爸爸居然叫他踩上去，也不管他沾了泥巴的双脚会弄脏洗手台的瓷砖，巴克利觉得非常兴奋。

"现在跳下来。"弟弟照办了，"假日"绕着他跑跑跳跳。

"亲爱的，你还小，不到刮腿毛的年纪。"爸爸说。

"外婆十一岁就开始刮腿毛了。"

"巴克利，回你的房间去，把狗一起带走，好吗？我一会儿就过去。"

"好的，爸爸。"

巴克利还小，爸爸只要有耐心、略施小计，弟弟就愿意爬到他背上，两人也可以像平常的父子一样玩耍。但此刻爸爸看着琳茜，心里感到双倍的苦痛。他仿佛看到牙牙学语的我被大人抱着洗手，而时间却就此停住，我永远也没机会像妹妹这样需要刮腿毛了。

巴克利离开之后，爸爸把注意力集中到琳茜身上。他本该照顾两个女儿的，但现在只能好好照顾这个仅存的女儿。"要小心，知道吗？"他叮嘱道。

"我才刚要动手，"琳茜说，"爸，让我自己来吧。"

"你手上那只刮胡刀的刀片是不是从我的刀架上取下来的？"

"是。"

"嗯，那个刀片被我的胡子磨钝了，我帮你换片新的。"

"谢谢，爸。"琳茜说，她顿时又成了他心爱的、在他背上"骑大马"的小女儿。

他离开浴室，穿过走廊，走到二楼另一边的主卧房。他和妈妈依然共用浴室，虽然两个人已经分房睡。他伸手到柜子里拿出一包新的刀片，心里忽然闪过一个念头：这本是阿比盖尔应当做的事情。他感到心中落下一滴眼泪，但很快就决定不再多想，他要专心帮女儿这个忙。

他拿着刀片回到浴室，教琳茜如何更换刀片、如何使用刮胡刀。"要特别注意脚踝和膝盖附近，"他说，"你妈妈常说那里是危险地带。"

"如果你想留下来看的话，就留下来吧。"她现在不介意他留下来了。

"不过我可能把自己弄得鲜血淋漓的，"话一出口，她马上就后悔了，真想狠狠打自己一拳，"爸，对不起，"她说，"我挪到那边去，来，你坐这里。"

她站起来坐到浴缸的边缘，打开水龙头，往浴缸里放水，爸爸弯下身坐到马桶盖上。

"没关系，小宝贝，"他说，"我们好一阵子没谈起你姐姐了。"

"有这个必要吗？"她说，"不谈她，她也无处不在。"

"你弟弟看起来还好。"

"他很黏你。"

"是啊。"他说，他发现自己喜欢听琳茜这么说，取悦儿子显然奏效，他觉得很欣慰。

"哎呀，"琳茜大叫一声，白色的刮胡膏泡沫上忽然渗出一道细细的血丝，"这真是太麻烦了。"

"用拇指按住伤口，一下子就止血了。你刮小腿就好，"爸爸提议说，"除非我们打算去海边，不然你妈妈都只刮到膝盖附近。"

琳茜停顿了一下，"可你们从来不去海边啊。"

"我们以前常去。"

大学的某个暑假，爸爸在商场打工时认识了妈妈。见面第一天，爸爸刚对烟雾弥漫的员工休息区发表了一些不中听的评论，妈妈就笑着拿出了一包香烟，当时她习惯抽"长红"牌香烟。"还真巧啊，"[1]

---

[1] 原文为法语。

他说。虽然她的香烟熏得他全身都是烟味，他却一步也没离开。

"我最近常想我比较像谁，"琳茜说，"像外婆，还是像妈妈？"

"我觉得你和你姐姐比较像我妈妈。"他说。

"爸？"

"怎么了？"

"你还相信哈维先生是凶手吗？"

一支火柴终于在另一支火柴上擦出了火花！

"我深信不疑，亲爱的，百分之百确定。"

"既然如此，为什么赖恩不逮捕他呢？"

她握着刮胡刀笨手笨脚地向上刮，刮完一条腿之后，她停下来等爸爸说话。

"唉，怎么说呢……"他叹了口气，一肚子的话终于有了出口。他从未向谁详尽地解释自己为什么怀疑乔治·哈维，"我那天在他家后院碰到他，我们一起搭了一座帐篷，他说帐篷是帮他太太盖的，我以为他太太叫索菲，但赖恩记下来的却是莉雅。他的举动相当奇怪，我认为他一定有问题。"

"大家都觉得他是个怪人。"

"没错，我也知道，"他说，"但大家和他都没什么来往，他们不知道他的古怪背后是善意还是恶意。"

"善意？"

"至少是无害。"

"'假日'也不喜欢他。"琳茜加了一句。

"没错！我从来没见过'假日'叫得那么凶，那天早上，它背上的毛都竖起来了。"

"但是警员把你当成疯子。"

"他们只能说没有证据。在缺乏证据——对不起，宝贝儿，我话说得直接一点——和没有找到尸体的情况下，他们不能贸然行动，抓人总得要有根据。"

"什么样的根据？"

"我猜警方必须找出他和苏茜的关联，比方说有人看到他在玉米地或是学校附近徘徊，诸如此类的事情。"

"或者，他家里有苏茜的东西？"爸爸和琳茜越说越激动，她的另一条腿上已涂满了刮胡膏，但她完全顾不上。他们一致认为我一定在哈维家的某个角落，两人有了共同话题，讨论得更起劲。我的尸体可能在地下室、一楼、二楼或是阁楼。虽然他们不愿想这么可怕的事情，但如果尸体真的在乔治·哈维家，那将是最明显、最完美、最具说服力的证据。两人回忆起那天我穿的衣服及随身携带的小物品，他们记得我带了我最喜欢的福里特·班第托牌的橡皮擦，背包里面别了大卫·卡西迪的徽章，背包外面则是大卫·鲍伊的徽章。他们详细地列出我穿戴的饰物，而最直接的证据将是我的尸块，我那空洞腐烂的双眼。

唉，我的双眼。虽然有外婆帮她化妆，但琳茜依然面临同样的问题：每个人都从她的眼中看到了我的眼睛。每当她从邻座女孩的小镜子或是从街边商店橱窗的映象中不经意地看到自己的双眸，琳茜总是赶紧把目光移开。和爸爸在一起时更是难过，她知道只要一谈到我——不管是哈维先生、我的衣物、我的背包、我的尸体还是只是我的名字——爸爸都显得特别小心，他避免把琳茜和我混为一谈，琳茜就是琳茜，而不是我的化身。但他越是小心，琳茜就越不自在。

"这么说，你想去他家里看看喽？"她说。

他们凝视着对方，两人都知道这个想法很危险。他犹豫了一会儿，最后终于说随便闯入别人家是违法行为，他也从未打算这么做。但是妹妹知道爸爸说的不是真话，她也知道爸爸需要别人帮他完成这件事。

"亲爱的，你该刮另一条腿了。"

她点点头，转过身继续刮腿毛，她已经知道该怎么做了。

外婆在感恩节那周的星期一抵达家中，她的观察力像往常一样敏锐，一进门就检查琳茜脸上的妆容有无瑕疵。她注意到妈妈恬静的笑容背后似乎隐藏了些什么，也注意到每次一提到费奈蒙警探或警方的工作时，妈妈的肢体反应都有些异常。

当天晚上吃完饭之后，外婆看到妈妈委婉地拒绝了爸爸帮她收拾，凭直觉外婆立刻就知道自己先前的猜测一点没错。她马上宣布要帮妈妈洗碗，口气之坚决让大家都吓了一跳，琳茜知道这下也不用帮忙了，顿时松了一口气。

"阿比盖尔，我来帮你洗，这就应该是母女俩一起做的事。"

"你说什么？"

妈妈本来打算早早打发掉琳茜，然后她就可以站在水槽前，一个人慢慢地收拾。她可以一个人站在窗前发呆，直到夜幕低垂，自己的影子映在窗前为止。等到那时，客厅里的电视声也渐趋沉寂，楼下将又只剩下她一个人。

"我昨天才修了指甲，"外婆一面把围裙系在驼色的连衣裙上，一面对妈妈说，"所以你来洗，我来擦。"

"妈，真的，你不必帮我。"

"亲爱的，相信我，我一定得帮你。"外婆说"亲爱的"时，语气有点严肃，也有点生硬。

巴克利拉着爸爸的手，两人走到厨房边的房间里看电视，暂时获得自由的琳茜则上楼打电话给塞缪尔。

外婆围着围裙的样子实在很奇怪，她手上拿着擦碗的毛巾，看起来像拿着红布的斗牛士，等着碗盘冲向自己。

妈妈双手伸进热水里，厨房里只有水花溅起的声音、碗碟的碰撞声和银器的叮当响声，外婆和妈妈沉默地干着活，紧张的气氛几乎让人窒息。隔壁房间里传来转播足球赛的声音，我听了也觉得奇怪：爸爸只喜欢篮球，从来不看足球比赛；外婆只吃冷冻或是外卖食品，从来不洗碗盘。

"哦，老天啊，"外婆终于开口，"把这个盘子拿回去，"她把刚洗好的盘子又递给妈妈，"我想和你好好谈谈，但我怕一不小心打破碗盘，我们去散散步吧。"

"妈，我必须——"

"你必须去散散步。"

"我们洗完碗再去。"

"你仔细听好，"外婆说，"我知道我是我，你是你，你不愿意和我一样，你高兴就好，我也无所谓。但我是明眼人，有些事一看就明白，我知道你有事瞒着我，而且不是什么好事，你懂我的意思吧？"

妈妈的脸庞倒映在洗碗槽中的污水里，脸上的神情也像泡沫一样漂浮不定、变幻莫测。

"你说这话什么意思？"

"我有些疑虑，但我不想在这里谈。"

行啊，外婆，我心想。我从未见过外婆紧张。

妈妈和外婆找个理由单独出去散步并不难。爸爸膝盖受伤，绝不会想要跟她们一起出去，而这些天里，无论爸爸走到哪里，巴克利就跟到哪里，所以爸爸不去，巴克利也不会跟着去。

妈妈一言不发，她别无选择。两人走到车库前解下围裙，放在了"野马"车顶上，妈妈弯腰拉起车库的大门。

时候还早，他们出门时天还没黑，"我们可以顺便带'假日'走走。"妈妈提议。

"我们母女两个就好了，"外婆说，"很可怕的组合，是不是？"

妈妈和外婆向来不亲近，虽然两人都不愿意承认，但彼此都心知肚明，有时甚至拿这点开玩笑。她们仿佛是一个大社区里仅有的小孩，虽然不怎么喜欢彼此，但又不得不和对方一起玩耍。以前妈妈总是朝着她自己的目标拼命前进，外婆向来无意追赶，但现在外婆发现自己必须横插一手。

她们经过奥德怀尔家，快走到塔金家时，外婆说出了压在心头不吐不快的话。

"我是看得开，所以才接受了你爸爸有外遇这件事，"外婆说，"你爸爸在新罕布什尔州有个女人，关系维持了好久。她的姓名缩写是 F，我始终不知道它代表什么。这些年来，我想过好几千种方式来解释它。"

"妈？"

外婆没有转身，继续往前走。她觉得秋天冷冽的空气让人神清气爽，最起码她觉得比几分钟前好过多了。

"你知道你爸爸这件事吗？"

"不知道。"

"我想我没和你提过，"外婆说，"以前我认为没必要告诉你，现在是时候了，你不觉得知道了比较好吗？"

"我不明白你为什么要告诉我。"

她们走到转角，往回走就可以回家，继续往前则会走到哈维先生家，妈妈忽然呆呆地站在原地。

"我可怜的小宝贝，"外婆说，"来，把你的手给我。"

她们都觉得很别扭，外公外婆不常和小孩亲热，妈妈扳着手指就能数得过来小时候自己高大的爸爸弯下腰来亲过她几次。外公的胡子刺刺的，带着一丝古龙水的香味，虽然这些年来找了又找，妈妈却始终无法确认那是哪一种古龙水。外婆拉起妈妈的手，两个人朝另一个方向走去。

她们走到社区的另一端，这里似乎有越来越多的住户搬进来，新盖的房子沿着大路延伸，像船锚一样把整个社区引向以前的旧街道，因此，我记得妈妈把这里的房子称为"船锚屋"。顺着船锚屋一直往前走，就可以走到留有独立战争遗址的"福吉谷国家历史公园"。

"苏茜的死让我想起你爸爸，"外婆说，"以前我都不让自己好好悼念他。"

"我知道。"妈妈说。

"你因为这个而恨我吗？"

妈妈停顿了一会儿说："是的。"

外婆用另一只手拍拍妈妈的手背说："你看吧，说说话就得到了宝藏。"

"宝藏？"

"我们谈着谈着就说出了真心话。我们母女之间的真心话不就像宝藏一样珍贵吗？"

她们经过一些种了很多树的一公亩大小的土地，二十年前，这一带的男人种下树苗，穿着休闲鞋踩实了周围的泥土，如今这些树木即使算不上高耸入云，也比当年长高了一倍。

"你知道我一直觉得很孤单吗？"妈妈问外婆。

"这就是为什么我们需要出来走走，阿比盖尔。"外婆说。

妈妈专心地看着眼前的道路，一只手紧握着外婆的手。她想到自己孤单的童年，也想到自己的两个女儿把纸杯用长线绑在一起，然后各拿着一个杯子走回自己的房间，对着杯子说悄悄话，她看了觉得有趣，却不太了解那是一种怎样的感觉。小时候除了她之外，家里只有外公外婆，后来外公也过世了。

她抬头凝视着矗立在小山丘上的树木的冠顶，方圆数里之内没有任何建筑物高过这些树木。这座山从未被整理为建筑用地，有几户老农夫还住在这里。

"我无法形容心里的感受，"妈妈说，"对谁都说不出来。"

她们走到社区尽头，夕阳西下，余晖照在眼前的小山丘上。她们在原地站了好一会儿，两人都无意转身，妈妈望着最后一抹微弱的阳光消失在道路尽头枯干的雨水坑里。

"我不知道该怎么办，"她说，"现在一切都完了。"

外婆不太确定所谓的"一切"是什么意思，但她没有继续追问。

"我们是不是该回去了？"外婆提议。

"回去？"妈妈说。

"回家吧，阿比盖尔，我们该回去了。"

她们转身往回走，大路两旁房屋林立，看起来千篇一律，只有靠门上的装饰才能分辨出不同。外婆永远搞不懂这样的社区，也不知道自己的女儿为什么选择住在这种地方。

"走到转角那儿时，"妈妈说，"我想走刚才没走的那条路。"

"你要走到他家？"

"没错。"

妈妈转弯，我看到外婆也跟着转弯。

"你能不能答应我，不要再和那个男人见面？"外婆问道。

"哪个男人？"

"和你有牵扯的那个男人。我讲了半天，讲的就是这回事。"

"我没有跟任何人有牵扯。"妈妈说，她的思绪像飞跃在屋顶间的小鸟一样奔腾，"妈？"她边说边转过身。

"阿比盖尔？"

"如果我想离开一阵子，我能不能借用爸爸的小木屋？"

"你有没有听我说话？"

她们闻到空气中飘来一股气味，妈妈纷乱的思绪再度受到干扰，"有人在抽烟。"她说。

外婆看着她的女儿，往日那个循规蹈矩、一本正经的主妇已经不见了，妈妈显得如此反复无常、心神不宁，外婆知道自己没什么好说的了。

"闻起来像是外国香烟，"妈妈说，"我们去看看是谁在抽烟。"

天色越来越暗，外婆沉默地凝视着远方，妈妈则循着烟味前进。

"我要回去了。"外婆说。

但妈妈依然继续向前走。

她很快就发现烟味来自辛格家，卢安娜·辛格正站在自家后院的一棵高大的冷杉树下抽烟。

"你好。"妈妈打了声招呼。

卢安娜没有像我预想的那样大吃一惊。她已经习惯了保持冷静，不管是警方指控她的儿子是杀人犯，还是她先生把今天的晚宴当成了学术委员会的研讨会，再惊人的事，她都能做到安之若素。她刚刚告诉儿子雷说他可以上楼去，然后自己悄悄地从后门溜出来，似乎没有人在意她的离开。

"萨蒙太太，"卢安娜边说边吸了一口气味强烈的香烟，在烟雾中，妈妈握住了卢安娜伸出的手，"真高兴和你碰面。"

"你们家今晚邀请了客人吗？"妈妈说。

"我先生请了几个同事过来聊聊，我负责招待。"

妈妈笑了笑。

"我们都住在一个奇怪的地方，不是吗？"卢安娜问道。

她们目光相遇，妈妈笑着点点头。在大马路的某处，她自己的母亲正在回家途中，但此时此刻，她和卢安娜远离众人，仿佛置身于一个安静的岛屿。

"你还有烟吗？"

"当然，萨蒙太太，当然有。"卢安娜在黑色长衫的口袋里摸索着，找出一包香烟和打火机，"登喜路，"她说，"希望你抽得惯。"

妈妈点燃香烟，然后把蓝色金边的香烟盒还给卢安娜，"阿比盖尔，"她吸了一口烟说，"请叫我阿比盖尔。"

在楼上漆黑的房间里，雷闻得到他母亲的香烟味。卢安娜不计较儿子偷拿她的香烟，雷也不明说母亲抽烟。楼下人声鼎沸，他听到父亲和同僚们用六种语言大声交谈，七嘴八舌地批评即将到来的感恩节真是太美国化了。他不知道我妈妈和他妈妈正站在后院的草坪上，也不知道我正看着他坐在窗边闻外面香甜的烟草味。过了一会儿，他转身离开窗边，扭开床边的小灯开始读书。麦克布莱德太太要大家读一首十四行诗写读书报告，此刻他手上拿着《诺顿选集》，眼睛盯着书本里的诗句，脑海中却不断浮现过去的某些时刻。他真希望能回到过去，从头再来一次，如果他在礼堂的支架上就吻了我，说不定事情就不会变成现在这样。

外婆继续朝妈妈说的方向前进，终于看到了那栋大家都想忘记的房子。她看着这栋离女儿家不过两栋房子间隔的绿色房屋，心想杰克说得没错，这栋屋子在黑暗中散发出邪恶的气息，令她不寒而栗。她听到蟋蟀的叫声，也看到这人门前的花圃里聚集了一群萤火虫。忽然间，她觉得自己只能对女儿表示同情，除此之外，她什么忙也帮不上。女儿面对的一切她都没有任何经验，即使自己的丈夫曾经有过外遇，她依然不知道该怎么帮助女儿。她决定明天早上告诉我妈妈，如果需要的话，可以随时借用外公的小木屋。

那天晚上，妈妈做了一个她觉得非常美妙的梦。她梦见自己从未去过的印度，那里有橙色的锥形交通路牌，还有各种美丽的昆虫，昆虫的身体是天青色的，下颚则是璀璨的金色。众人正在用木板抬着一个年轻的女孩游街，女孩身上裹着单子，人们把她抬往一个木棒堆起来的平台上。熊熊大火吞噬了这个女孩，在明亮的火光中，妈妈觉得浑身轻飘飘的，感受到腾云驾雾般的喜悦。女孩虽然被活活烧死，但最起码她有个完整干净的身体。

十四

整整一星期，琳茜都在仔细观察哈维先生家的动静。这个谋杀我的凶手也经常窥伺每个邻人，琳茜只是以其人之道还治其人之身罢了。

琳茜已经答应和学校的男子足球队一起受训，迪威特先生和塞缪尔都鼓励她接受这个挑战：成为高中男子足球队的正式成员。为了表示支持，塞缪尔和琳茜一起接受训练，他知道自己绝不可能入选，时常自嘲说这些训练只会让他成为"穿短裤跑得最快的家伙"。

塞缪尔确实能跑，但一上球场，他就控制不了身旁的足球，不但看不到球，也踢不准。塞缪尔经常陪琳茜在家附近跑步，琳茜每次经过哈维先生家都会仔细观望，塞缪尔在前面带跑，帮琳茜设定速度，因此，他并没有注意到她的举动。

哈维先生从绿色房屋里向外看，他注意到了琳茜的窥探，觉得非常不舒服。虽然事发至今已经将近一年，但萨蒙家始终紧盯着他。

在其他城镇也发生过同样的情况，虽然一般人看不出异状，但总有一个女孩的家人怀疑到他。他已经知道如何应付警员，一脸无辜，假装对警方的调查工作大感佩服，还不时提供一些不相关的线索，好像这些无用的信息能帮助警方破案。他想到自己曾向费奈蒙提到艾里斯家的男孩，这招真是漂亮。谎称自己是鳏夫也屡试不爽。若是最近常以回忆某一个受害者为乐，他就把她说成自己的太太，如果需要补充更多细节，他心头就会浮现出母亲的脸孔。

每天下午，他都会出去一两个小时。买完日用品后，他就开车到福吉谷国家历史公园。先是在铺了柏油的大马路上走走，然后到林间小道散步。有时他发现自己置身于成群学童之中，他们到这里参观乔治·华盛顿的故居和纪念馆，大家好奇地东张西望，好像真的会在粗糙的木屋尽头找到乔治·华盛顿的一根银色假发似的。他看到小孩子认真的模样，精神为之一振。

学校老师或是解说人员偶尔会注意到他站在一旁，他看上去很和善，却是个陌生面孔，难免引来疑问的目光。他有上千种说辞来应付他人的询问："我以前常带小孩来这里"，或是"我在这里认识了我的太太"。他知道谎称家人如何如何最有效，女人一听就会露出微笑。有一次解说员对学童讲解一七七六年冬天的一场战役时，有个长得不错的胖女人还试图和他搭讪。

那次他谎称自己是鳏夫，还提到一个叫作索菲·西契提的女人，说她是自己的亡妻，唯一的真爱。这些话像美食一样吸引了这个胖女人，她滔滔不绝地说起她的小猫和弟弟，弟弟有三个小孩，她非常疼爱他们，等等。他一面静静地听，一面想象让她陈尸在自己地下室椅子上的模样。

从那之后，一看到学校老师探询的眼光，他就怯生生地走到公园其他地方。他看着母亲们推着婴儿车，神采奕奕地在泥土小路上散步；他看到逃课的学生情侣在浓密的田野或是隐蔽的小路旁亲热。

公园地势最高处有个小树林，他有时会把车子停在这里，然后坐在车里看着神情落寞的男人把车停在他旁边。这些在午餐时间穿着西装或是法兰绒衬衫和牛仔裤的男人把车停好，下车后迅速走到树林里，他们有时会回头好奇地看哈维先生一眼，如果距离够近的话，透过车子的风挡玻璃，他们会看见哈维先生那一脸狂暴、贪得无厌的色欲，这正是他手下的受害者所看到的那副面孔。

一九七四年十一月二十六日，琳茜看到哈维先生出了门，她放慢脚步，逐渐脱离其他跑步的男孩。稍后若有人问起，她可以说她生理期到了，大家听了就会闭嘴，甚至有人为抓到了一个把柄而暗自窃喜：这充分证明了迪威特先生的计划根本行不通，让女孩参加区域性的足球赛根本不合适！

我看着妹妹，心里真是佩服。女人、间谍、运动员、独行侠，此时此刻，她集这些角色于一身了。

她歪着身子，装出肚子痛的样子，一拐一拐地走路，队员们转头看她，她挥挥手表示没事。她把手叉在腰际，继续往前走，直到队员跑到远远的马路尽头转弯之后，她才挺直身子。哈维先生家旁边有一排高大的松树，多年来无人修剪。她坐在一棵松树下，继续装出疲倦的样子，以免邻居看了起疑。坐了一会儿，她觉得时候到了，便身子一缩，像皮球一样滚到两棵松树之间。她在此耐心等候，队员们还会再跑一圈，她看着大家经过她面前，目光随着他们行进。又过了一会儿，队员们跑过一块空旷的土地，抄近路跑回了学校。终于只剩她一个人了。她已经盘算好自己有四十五分钟，超过四十五分钟，爸爸就会担心她为什么还没回家。琳茜和爸爸的协议是如果她和男子足球队一起受训，塞缪尔必须在五点之前送她回家。

那天乌云密布，晚秋寒意正浓，她的腿上和手臂都起了鸡皮疙瘩。跑步时她全身发热，但一走到她和曲棍球队员合用的更衣室，她就开始浑身发抖，直到冲了个热水澡才舒服一点。此时，她站在哈维先生家外面，起了一身鸡皮疙瘩，不仅仅是因为冷，也因为恐惧。

男孩们抄近路跑回学校时，她小心翼翼地爬到了另一边地下室的窗口。如果被逮到的话，她已经想好了一套说辞：她追着一只小猫，看到它冲进两棵松树之间，灰色的小猫跑得非常快，一路冲向哈维先生家，她不假思索就跟着跑过来了。

她从外面向地下室看去，里面一片漆黑。她试着推开窗户，但窗户从里面锁着，唯一的办法就是打破玻璃。她迅速地在心中盘算，虽然打破玻璃会发出一些声响，但计划进行到这个地步，她不能就此打住。更何况，爸爸正坐在书桌旁盯着时钟等她回家，时间不多了。于是她脱下毛衣绑在脚上，坐下来，用手臂支撑住身体，开始踢玻璃。一下、两下、三下，玻璃终于发出沉闷的破裂声。

她弯着身子爬进去，小心翼翼地沿着墙壁向下移，试图寻找能落脚的地方，在离地面几英尺时，她不得不跳下来，踩在满是玻璃碎片的水泥地上。

地下室看起来很整洁，和我家的地下室大不相同。我家的地下室里堆满了写着"复活节彩蛋和绿草""圣诞节灯泡／装饰品"的纸箱，爸爸曾为这些放满节庆用品的纸箱做了一个木架，但最后它们还是堆在了地上。

冷风从外面吹进来，灌进她的脖子里，推着她跨过地上闪闪发光的碎玻璃，走向地下室的各个角落。她看到哈维先生的安乐椅和旁边的小桌子，也看到金属架上那个闪烁着数字的大闹钟。我想把琳茜的视线引向天花板上的通道，让她看到通道里的小动物骨头，但我也知道，虽然琳茜画得出苍蝇眼睛的构造，在伯特先生的自然课上也表现得非常出色，但一看到骨头，她一定会以为那是我的遗骨，因此，我还是庆幸她没有发现它们。

虽然我无法现身，无法说话，她也感觉不到我的推拉和指引，但一个人待在地下室里，她依然感觉到了一些什么。阴冷潮湿的地下室里弥漫着某种气息，令她忍不住打了个寒颤。她站在离窗户只有几英尺的地方，但不管发生什么事，她都只能继续前进，不能回头。她拼命告诉自己无论如何都必须保持冷静，专心搜寻线索，但在那一刻，她忽然想到跑在自己前面的塞缪尔，他大概以为跑到终点就会看到她，如果没看到，他会继续跑回学校等她。要是还等不到，他就会起疑心，但他多半以为她正在冲热水澡，于是他也决定去冲个澡，然后再等等看。但是他会等多久呢？她看看通往一楼的楼梯，小心翼翼地走上楼，她真希望塞缪尔也在这里，安静地跟着她，抹去她的孤独，与她在一起。但她刻意瞒着他，也没有告诉任何人，她的举动已经越界，甚至称得上犯法，这点她非常清楚。

如果被逮捕，她会说她需要透透气，所以才会上楼。她一步步爬上楼梯，鞋尖夹带着一些细白的粉末，但她没有注意到。

她扭开门把，走到一楼，从刚才到现在只过了五分钟，她还有四十分钟，最起码她是这么想的。微弱的光线透过紧闭的百叶窗照进来，室内一片昏暗。她站在和我家布局一模一样的房子里，再度感到犹豫。忽然间，她听到晚报"啪"的一声摔在门口的台阶上——送报的男孩骑着自行车经过门口，丢下报纸之后顺便按了一下车铃。

琳茜告诉自己她已经进到屋里，只要好好找，说不定能找到她想要的东西。她只要把东西像奖杯一样拿回家给爸爸，就可以从此摆脱我的阴影。琳茜向来争强好胜，即使我们已经阴阳相隔，她依然想胜过我。她看到大门口深绿与灰色相间的石板地，我家也有同样的石板地，她记得小时候跟在我后面爬，她还是小婴儿，而我刚刚学会了走路。她记得看到我摇摇晃晃、快快乐乐地走进了隔壁房间，特别想自己也能跟上去，也记得我在客厅里嘲笑她，她被刺激得跨出了人生的第一步。

哈维先生家比我家空旷多了，地上没有地毯，室内感觉更冷。她经过石板地走进隔壁的房间（这个房间在我家是客厅），房里的松木地面擦得闪闪发光，她的脚步声引起回音，她走到哪里，回音就跟到哪里。

回忆如潮水般涌上心头，她没法不去回想，但每一个都是痛苦的回忆。巴克利骑在我的肩膀上，姐弟俩摇摇晃晃地走下楼；我手里拿着闪亮的银星，在妈妈的扶持下，把星星放到圣诞树顶端，她站在一旁观看，忌妒我够得到圣诞树；我从二楼楼梯扶手上滑下来，鼓动她加入；我们姐妹俩吃完晚饭之后，撒着娇哀求爸爸讲笑话；"假日"叫个不停，我们全家跟着它跑。还有，在生日、节庆场合或者放学后，我们被爸妈拉着照相，脸上露出不自然的笑容，笑得脸都僵了。我们穿着一模一样的天鹅绒或是方格连衣裙，手里拿着绒毛兔和上了色的复活节彩蛋，脚上穿着饰有硬扣的黑漆皮鞋。妈妈试图对准焦距，我们尽可能保持微笑，而照片洗出来总是很模糊，我们的瞳孔上也总有明亮的红点。琳茜完好地保存着这些"从前的"

照片，但没有一件能真正留住时光——那些我们在家里玩耍或是争抢玩具的时光，那些我们姐妹俩共度的美好年华。

她忽然看到我的背影晃进隔壁房间，这个位置在我家是餐厅，在哈维家则是他搭建玩具屋的地方。我像小时候一样，总是跑在她前面。

她快步赶上我。

她跟着我在楼下的房间疾速穿行，虽然她为了加入足球队接受了严格训练，但跑到前厅时，她已然上气不接下气，觉得头晕目眩。

以前我们在公交车站常看到一个男孩，他的年纪比我们大一倍，却还在上二年级，我想起妈妈常指着他对我们说："他不知道自己力气很大，你们碰到他要小心一点。"谁对他和颜悦色，他就会给谁一个熊抱。从他的外貌和神态中，你会发现某种笨拙的爱，仿佛在希望你也抱抱他。有一次，他把一个叫作黛芬妮的小女孩抱起来，抱得非常紧，一放手，小女孩就重重地摔到地上，从那以后，我们就再没有在普通学校里看见过他。据说他被送往了另一所学校，大家谁也没有再提起过他。此时，我在阴阳界用力地推挤，希望能让琳茜注意到我，但忽然间我意识到，我这么想帮她，说不定反倒会伤了她。

琳茜走到前厅的楼梯旁，在宽宽的楼梯上坐了下来，她闭上眼睛稳住呼吸，心想自己为什么要闯进哈维先生家。她觉得四周弥漫着一股诡谲沉闷的气息，她陷在里面，好像是一只被困在蜘蛛网中的苍蝇，周围尽是丝线般的绵密蛛网。她知道那股驱使着爸爸跑进玉米地的力量，正逐渐向她逼近。她本来希望帮爸爸找到一些线索，能让她和爸爸重拾往日的亲密，也能让爸爸理直气壮地找赖恩理论。

但此时此刻，她却好像看着自己跟着爸爸掉进无底的深渊。

她还有二十分钟。

在哈维先生家里，琳茜是唯一的活人，但她并不孤单。哈维先生犯下了多起谋杀案。此刻，屋里除了我之外，还有其他女孩的灵魂，她们都逐一显现在我面前。我站在天堂里，一一叫出她们的名字：

贾姬·梅尔，特拉华州，一九六七年，十三岁。

随着贾姬的身影，我看到一把翻倒在地的椅子，椅子的底部朝上，她蜷曲着倒卧在椅子旁边，身上只有一件破烂的T恤，靠近头部的地上有一小摊鲜血。

弗萝拉·赫南迪兹，特拉华州，一九六三年，八岁。

他只想碰碰她，她却大声尖叫，八岁的她个子很小，后来人们找到了她左脚的鞋袜，尸体却遍寻不着。她的尸骨被埋在一栋老旧公寓的地下室里。

莉雅·福克斯，特拉华州，一九六九年，十二岁。

在高速公路匝道下的一间他用废弃门板搭盖的小屋里，他在一张带套沙发上悄悄地杀了她。匝道上车来车往的声音令他昏昏欲睡，他不知不觉地伏在她的尸体上睡着了。十个钟头之后，有个流浪汉来敲门，他才猛然惊醒，收拾好随身物品并处理完莉雅的尸体之后匆匆逃离。

索菲·西契提，宾夕法尼亚州，一九六〇年，四十九岁。

索菲是他的房东，她把二楼隔成两间，其中一间分租给他。他喜欢墙上半圆形的窗户，房租也便宜，但她太喜欢聊她儿子了，还坚持要朗诵一本十四行诗集中的诗歌给他听。他到她的房里和她做爱，她一开口唠叨，他就敲碎了她的头盖骨，然后把尸体丢到了附近小河的河岸上。

丽迪亚·约翰逊，宾州巴克郡，一九六〇年，六岁。

他在采石场附近的山丘上挖了一个小洞穴，在里面耐心等候，她是他年龄最小的受害者。

温蒂·瑞奇，康涅狄格州，一九七一年，十三岁。

温蒂在一个酒吧外面等她爸爸，他在树丛里强暴了她，然后把她勒死。那次，他从以往作案后的昏眩状态中逐渐清醒过来的时候，听到了一些说话声，而且声音越来越近。他把温蒂的遗体拉过来，脸部朝向自己，然后轻咬她的耳朵。"哦，老兄，对不起。"他听到有人向他道歉，原来是两个喝醉酒的男人想走进树丛方便。

此时此刻，我看到一座座飘浮在空中的坟墓，寒气逼人。受害者死后，哈维先生留下了许多纪念品，此刻，她们的灵魂附着在这些充满回忆的物品上，屋子里处处可见飘浮的灵魂。但那天我顾不上她们，赶紧回到琳茜身边。

我刚回过神来跟着她，琳茜就站了起来。我们一起走上楼梯，她觉得自己好像塞缪尔和霍尔爱看的僵尸片中的主角：眼睛直视着前方，一脚前一脚后，一步步地往前走。她走进楼上的一个房间（这里在我家是爸妈的卧室），在房里没有找到任何东西。她又在楼上的走廊里转了一圈，什么也没有。她走进另一个房间，这个房间在我家是我的卧室，在这里则是哈维先生的卧室。

这个房间里东西最多，她必须尽可能不弄乱房里的摆设。她把手伸到堆在架上的毛衣之间摸索，以为会摸到一把刀、一支枪或是一支被"假日"咬过的比克圆珠笔，但什么也没有摸到。忽然间，她听到某种声音，她辨识不出那是什么声音，便转身继续走向床边。床头灯还亮着，灯下摆着哈维先生的笔记本，她走过去看了看，又听到另一个声音，但她依然没有理会。车子驶进家门，发出尖锐的刹车声，有人使劲关上了车门。

她翻阅着笔记本，里面有许多梁柱、钻子、塔楼和拱架的钢笔画，她看着各式各样的测量数据和摘要，这些对她都不具任何意义。她翻到最后一页，终于听到外面传来脚步声，而且离她越来越近。

哈维先生拿出钥匙打开大门时，琳茜看到了一张铅笔素描，这张小小的素描上画着一个凹下去的地洞，地洞的一旁有个架子，里面有壁炉，还画出了如何把地洞里的烟雾排送到洞外。琳茜看到纸上蜘蛛般的字迹——斯托弗兹玉米地，目光就如定住了一般无法移开。我的胳膊肘被发现之后，新闻报道中曾提到可能的案发现场，若不是读了这篇报道，她也不会知道玉米地的主人叫作斯托弗兹。现在她终于知道了我一直想告诉她的事情：我就死在这个地洞里，我在洞中奋力挣扎、放声尖叫，但最后还是丢了性命。

她撕下素描时，哈维先生已经走进厨房，开始弄东西吃了，他做了一个他最爱吃的肝泥香肠三明治，还洗了一盘青葡萄。忽然楼上传来了木板吱吱嘎嘎的声响，他的身体随之僵硬，木板又响了起来，他挺直身子，突然明白了是怎么回事。

葡萄滚落到地上，被他的左脚踩得稀烂。琳茜冲到了百叶窗边，正想办法打开锁得紧紧的窗子。哈维先生一步跨两个台阶，冲上二楼，琳茜钻出窗外，跳到前厅的屋顶上，他冲到二楼过厅，眼看着就要追上她了。琳茜团起身子从屋顶上滚下去，压破了屋旁的一根排水管，哈维先生冲进卧室时，她已经跌落在树丛、荆棘和淤泥之中。

　　但她没有受伤，谢天谢地，她没有受伤！幸好她年轻，身手敏捷。他走到窗边，正想爬到窗外时，她摇摇晃晃地站了起来。他忽然停了下来。他看到她跑向邻家的接骨木树丛，背上丝光印的球衣数字看来格外醒目：5！5！5！

　　原来是穿着球衣的琳茜·萨蒙啊。

　　琳茜回到家时，塞缪尔和爸妈、外婆一起坐在客厅里。

　　"噢，我的天啊！"妈妈最先隔着门上的小方格窗看到琳茜，马上大叫起来。

　　妈妈一打开大门，塞缪尔就冲到了妈妈和琳茜之间。琳茜走进家门，看也不看妈妈一眼，甚至不管一跛一跛走过来的爸爸，直接冲到塞缪尔怀里。

　　"天啊！我的天啊！我的天啊！"妈妈看着琳茜身上的泥土和伤痕，嘴里不住地惊呼。

　　外婆走过来站到妈妈身边。

　　塞缪尔把手放在琳茜头上，帮她理顺头发。

　　"你到哪里去了？"

　　琳茜转头面向爸爸，她先前非常激动，现在看起来比较镇定，也虚弱了不少，整个人似乎小了一圈。那天，我脑海中只有一个念头：谢天谢地，她没事。

　　"爸？"

　　"怎么了，小宝贝？"

　　"我真的去了，我闯进他家了。"她微微发抖，拼命控制自己不要哭出来。

妈妈迟疑地问道："你说你做了什么？"

但琳茜依然不看她，她从头到尾都没有看妈妈一眼。

"我帮你找到了这个，我想可能很重要。"

她把素描揉成一团，紧紧地攥在了手里。手里握着东西跳下来更困难，但她还是成功逃脱了。

爸爸忽然想到当天稍早曾读到的一句话，他凝视着琳茜的双眼，大声地说出这句话。

"应变能力在战时状态中最容易被激发。"

琳茜把素描交给爸爸。

"我去接巴克利。"妈妈说。

"妈，你难道看都不想看一眼吗？"

"我不知道该说什么，你外婆住在我们家，我有好多东西要买，还要烤一只火鸡，大家好像都不知道还有个家要照顾。我有个家，有个儿子，我要出去了。"

外婆跟着妈妈走到后门，却无意阻止她。

妈妈出门后，琳茜伸手握住塞缪尔的手，爸爸看着哈维先生蜘蛛般的笔迹，心里的想法和琳茜一模一样：这可能就是苏茜坟墓的设计图，苏茜很可能就丧命于此。他抬起头来。

"你现在相信我了吗？"他问琳茜。

"是的，爸爸。"

爸爸心想真是谢天谢地，他要去打个电话。

"爸。"琳茜又说。

"什么事？"

"我想他看到我了。"

我妹妹那天没事，这真是上天的最佳赠礼。我从天堂广场的眺望台走回家，一想到爸爸、妈妈、巴克利和塞缪尔可能失去她，不禁害怕得全身发抖，更何况，我很自私地希望她为了我留在人间。

弗兰妮从餐厅走向我，我几乎连头都不抬。

"苏茜，"她说，"我有一件事要告诉你。"

她把我带到老式的街灯下，然后将我领到暗处。在黑暗中，她递给我一张折成四折的纸。

"等你坚强一点再摊开来看，然后去那里走走。"

两天之后，我照着弗兰妮的地图走到一处田野，我时常经过这里，虽然觉得风景很漂亮，却从没有过去瞧瞧。地图上用虚线标示出路径，我紧张地在田间成排的小麦中寻找缺口，忽然间，我看到它就在我面前。我侧身于麦秆之间，慢慢地走向它，手中的地图渐渐消失无踪。

我看到一棵树龄悠久、优雅美丽的橄榄树耸立在眼前。

太阳高挂在天空，橄榄树前有块空地。我等了一会儿，不久就看到另一边的麦田起了波动，一个还没有麦秸高的人向这里走来。

以她的年龄来说，她的个子算是瘦小。就像她在世时一样，她穿了一件棉布连衣裙，裙边和袖口都有点磨损。

她停下来，我们互相盯着对方。

"我几乎每天都来这里，"她说，"我喜欢听这些声音。"

我这才察觉到四周都是"沙沙"的声音，小麦在风中摇曳，彼此摩擦，飒飒作响。

"你认识弗兰妮吗？"

小女孩神情严肃地点点头。

"她给了我来这里的地图。"

"这么说，你一定已经准备好了。"她说。这里也是她的天堂，她可以随心所欲，想做什么就做什么。我坐在树下的草地上，看着她快速地旋转，裙摆飞扬，舞成一个小圆圈。

转完圈之后，她走向我，上气不接下气地坐在我旁边，"我叫弗萝拉·赫南迪兹，"她说，"你叫什么名字？"

我告诉她我叫什么，然后忍不住哭了出来，心中感到安慰，我终于认识了另一个被他杀害的女孩。

"其他人很快就会过来。"她说。

弗萝拉再度转圈飞舞，其他小女孩和女人穿过麦田，从不同方向走来。我们向彼此诉说悲惨的遭遇，就像把水从一个杯子倒进另一个杯子。我每说一次，心里的痛苦就减轻一分。就是从那天起，我萌生了想把家里的事写出来的念头——人世间的悲伤是真实的，每天都会发生令人惊恐的事情。悲伤就像花朵或阳光，想藏也藏不住。

十五

　　刚开始他们母子没有被人逮到，他母亲特别开心。她带着他躲到商店外的角落，一面向儿子展示偷到的东西，一面笑得花枝乱颤。乔治·哈维一面跟着笑，一面等待时机，母亲忙着清点最新战利品的时候，说不定他能趁机抱抱她。

　　对他们母子而言，下午从父亲身边溜出来，开车到隔壁镇上买食物和杂货是个解脱。他们非常穷，仅靠收集破铜烂铁和旧瓶子赚钱。收了破烂之后，母子两人合力把瓶瓶罐罐搬到老哈维先生的旧卡车上，开车到隔壁镇上换钱。

　　母子两人第一次被逮到时，收银台的店员小姐对他们相当客气。"付得起就付，付不起的话，原封不动摆在柜台上就行。"店员小姐轻松地说，还向八岁的乔治·哈维眨了眨眼。母亲从口袋里拿出一小瓶阿司匹林，羞怯地放在柜台上，神情沮丧，哈维先生不禁想起父亲经常斥责母亲的话："你比我们的儿子好不到哪里去。"

　　从那以后，哈维先生就非常怕被逮到。一想到被人识破，他的胃就像碗里被搅拌的鸡蛋一样翻腾，非常不舒服。只要看到有人一脸严肃、眼神犀利地从过道朝他们走来，他就知道那位店员已经发现了母亲在偷东西。

母亲后来把偷到的东西拿给他，叫他藏在衣服里，他照办了，母子二人因此成功地溜到外面。坐进车里之后，她放声大笑，双手猛力地敲打方向盘，还说哈维是她亲爱的小同谋。车里顿时充满了她狂放的笑声，还有她那向来捉摸不定的母爱。他知道不久之后，母亲就会转而注意路边闪闪发光的东西，会拉着他一起过去看看这个"发财的机会"，但在此之前，在妈妈的笑声中，他心中确实了无牵挂；在那短暂的一刻，他内心充满温暖，感觉自由自在。

他记得母子两人第一次长途旅行时母亲曾说过的话，当时他们开车在得州乡间行进，路途枯燥而漫长，忽然间，他们看到路旁有个白色的木十字架，底部摆了一簇花，有的新鲜娇艳，有的已经枯萎。他那双惯于捡破烂的眼睛立刻被斑斓的色彩所吸引。

"眼界放宽一点，"他母亲说，"有时候从死人身边拿点小东西也没关系。"

即使在那时，他已经感觉到他们的所作所为是错的。他们下车走到十字架旁，母亲的眼睛变成两个黑点，他知道她正在专心搜寻。她找到两个坠饰，一个是心形，另一个像眼睛的形状，她拿起来给儿子看。

"不知道你爸爸觉得这些有没有用，但是我们可以收藏起来，这是我们的秘密。"

母亲藏了一大堆宝贝，从来没有拿给他父亲看过。

"你要心形的还是眼睛形状的？"

"眼睛形状的。"他说。

"我看这些玫瑰花还很新鲜，我们可以留下来，摆在车里很好看。"

那时他父亲在得州的一个地方打零工，徒手拆卸木板。那天他和母亲赶不及回到父亲工作的地方，只好在卡车里过夜。

他和母亲像往常一样蜷着身子挤在一起，把卡车当成勉强容身的小窝。他母亲像咬毛毯的小狗一样坐立难安，在座位上不停地动来动去。乔治·哈维从以前的经验得知，他最好乖乖听话，母亲叫他挪到哪里，他就挪到哪里。除非母亲找到一个舒服的睡姿，不然他也无法合眼。

睡到半夜，他正梦见公共图书馆的图画书里的舒适宫殿，忽然有人猛敲车顶，他和母亲吓得马上坐了起来。车外站着三个男人，他们隔着车窗往里看，乔治·哈维很熟悉这样的眼神，有时父亲喝得酩酊大醉，眼神也是同样恍惚。此时男人们不但喝醉酒，还虎视眈眈地盯着他母亲，浑然无视他的存在。

他知道绝不可以出声求救。

"不要说话，他们的目标不是你。"她轻声对他说。他们身上盖着老旧的毛毯，他缩在毯下冷得发抖。

其中一个男人站到卡车前，其他两人猛敲卡车车顶，边笑边吐舌头。

他母亲拼命摇头，但这惹得男人们更激动。站在车前的男人用臀部来回蹭着车头，另外两人看了笑得更厉害了。

"等一下我会慢慢移到车门口，"他母亲轻声说，"假装准备走出车外，等我一说'好'，你马上爬到前边去扭动钥匙，发动引擎。"

他知道母亲的指示非常重要，她需要他。虽然母亲强作镇定，但恐惧像钢铁一样击破了她的伪装，他听得出来，她很害怕。

她对男人们露出微笑，他们开始吱哇乱叫，身体却松懈了下来。她用胳膊肘悄悄地把挡杆推到位，然后用平淡的语调轻轻地说了声："好。"乔治·哈维马上伸手扭动车钥匙，卡车的老引擎在隆隆巨响中开始运转。

男人们的表情顿时起了变化，原本一脸猎物到手的快乐，现在看到女人准备倒车，三个人都满脸疑惑。她一面换挡，一面对儿子大喊："趴下！"卡车猛然撞上了站在几英尺之外的男人，哈维蜷缩在座位上，明显感觉到了车子的冲击力。男人被撞得飞到车顶，母亲再度倒车，把男人甩到地上。在那一刻，他清楚地领悟到该怎么生活：不要像女人和小孩一样生活，他们总处于最糟糕的处境之中。

哈维先生看着琳茜跑向邻家的接骨木树丛，一颗心怦怦直跳，但他马上就镇定下来。他必须仔细衡量可能出现的最糟糕的后果，然后再决定采取什么行动——他父亲从未教他这么做，是母亲教他的。他看到笔记本被翻过，还被撕掉了一页，他赶紧检查了装凶刀的袋子，幸好刀子还在，他带着刀子走到地下室。先前他已经在房子的地基中挖了一个方洞，他把刀子丢进洞中，然后从金属架上取下这些年来从受害者身上拿下来的纪念品，挑出原本嵌在我手镯上的宾州石，把它紧握在手中。"还算幸运。"他心想，把其他小东西放在一条白手帕上，然后把手帕的四角打结，做成一个像流浪汉拿着的小包。他趴在地上，把一只手臂伸到洞里，拼命地往下伸。他一只手拿着小包，一只手在洞里摸索，最后终于摸到地基深处一根钢筋的尖端，工人们在钢筋上浇了水泥做地基，钢筋伸出的尖端已经生锈了。他把装着战利品的小包吊在上面，然后从洞中抽出手臂，站了起来。他原本习惯于慢慢地消灭证据，今年夏天他才把那本十四行诗集埋在福吉谷国家历史公园的树林里，但现在他却希望这些证据赶快消失。

一开始，他又害怕又生气，但最多只过了五分钟，他就像那些家中失窃的人一样，开始清点袖钉、现金、工具等贵重物品。他知道，再拖下去大家就会起疑，必须及时打电话报警。

他打起精神，踱了几步，迅速调整了一下呼吸，等电话接通时，他已经能够伪装出紧张的声音。

"有小偷闯进我家，我想请警员过来看看。"他对接线生说，心里想着该如何向警方编造故事，一面盘算着自己最快什么时候能离开这里，以及他该带走些什么东西。

爸爸打电话到警察局，指明要找赖恩·费奈蒙说话。但局里的人找不到费奈蒙，警方告诉爸爸他们已经派了两名警员前往调查。哈维先生出来开门时，警员看到他气得眼含泪光，虽然一个大男人当众落泪会被视为软弱，有点丢面子，但警员觉得哈维先生在这种情况下这么反应，似乎也合情合理。

虽说两位警员已经通过无线电得知了琳茜手上那张素描的内容，但更令他们印象深刻的却是哈维先生的态度。他主动要求警员对他家进行搜查，并且看上去真的非常同情萨蒙一家的遭遇。

这样一来，两位警员反倒有些不安。他们马马虎虎地搜查了他家，除了发现屋主是个非常寂寞的人以及二楼有一个堆满了漂亮玩具屋的房间之外，一无所得。大伙儿站在二楼放了玩具屋的房间里闲聊，随口问起哈维先生花了多长时间搭建这些玩具屋。

警方后来说，他们一提到玩具屋，哈维先生马上变得非常友善。他走进卧房拿笔记本，根本没有提到其中少了一页，他展示着玩具屋的草图，警员注意到他越说越高兴，听了一会儿之后，他们小心翼翼地提出下一个问题。

"哈维先生，"一位警员说，"我们想请你到局里去一趟，好让我们做进一步的侦讯。您当然有权请律师一起过来，但是——"

哈维先生打断了警员的话："在这里问就可以了，我愿意回答所有问题。虽然我是受害的一方，但我不打算对那个可怜的女孩提出诉讼。"

"那个闯进你家的女孩，"另一个警员说，"她确实拿了一样东西。她拿到一张画了玉米地的素描，地底下还有某种建筑物……"

警员后来告诉费奈蒙说，哈维先生说得头头是道，令人不得不相信他。他提出一个极为完美的解释，完美到警员丝毫没有起疑——警方本来就没有把他当成凶手，因此也就对他毫无戒心。

"唉，这个可怜的女孩。"他边说边把手指放到紧闭的双唇上，转身又拿起笔记本，他把笔记本一页页翻给警员看，最后翻到的一张与被琳茜拿走的那张素描看上去非常相像。

"就是这一张，你们说的那张素描很像这一张，对不对？"警员现在变成了听众，不自主地点了点头，"我只是想弄明白，"哈维先生说，"我承认我没办法不想这件事，我和这里的每个人都一样，我们都在想当时怎样做才能阻止悲剧的发生？为什么大家什么声音都没听到，也没有看到什么呢？我的意思是说那个女孩当时一定大声求救来着。"

"好，请看这里，"他拿起铅笔指着素描对两位警员说，"请原谅我随便乱说，但根据建筑原理，再加上大家说玉米地里发现大量血迹，发现血迹的地方土质又是混合性的，所以我推断，或许——"他注视着两位警员，偷偷地观察他们的眼神，两位警员听得很仔细，事实上，他们迫不及待想听他怎么说。警方毫无线索，找不到尸体，也没有任何证据，说不定这个奇怪的男人能提供一个可行的侦查方向。"我推断凶手说不定在地里挖了一个类似地洞的洞穴，我承认我越想越多，到后来甚至像画玩具屋的草图一样，画出了地洞里的一些细节，例如壁炉、木架等。嗯，这只是我的习惯，"他停了一会儿说，"我的时间很充裕。"

"你觉得你的推论正确吗？"其中一个警员问道。

"我觉得自己掌握了一些苗头。"

"你为什么没有打电话给我们呢？"

"我没办法让他们的女儿死而复生。更何况，费奈蒙警探上次来找我时，我说我怀疑艾里斯家的男孩和此事有关，结果却是个错误的线索，我不想再提出任何业余的观点来干扰你们办案。"

警员临走前向哈维先生道歉，他们说费奈蒙警探明天会再打电话给他，确认一下今天记录的对话。警员看到了笔记本，也听了哈维先生的推论，这些都显示哈维先生是个奉公守法的公民，殊不知他的受害者才是无辜的。警员记下我妹妹从地下室闯入，然后从卧室窗户逃走的路线，他们和哈维先生讨论了家里的损失，哈维先生说他愿意负担所有损失，他还强调萨蒙先生几个月前在玉米地里出手伤人，显然是伤心过了头，现在这个可怜女孩的妹妹似乎也受到了父亲的影响。

我眼看着家里气氛越来越凝重，也知道越来越不可能逮到哈维先生了。

到奈特家接了巴克利之后，妈妈在 30 号公路的 7-11 便利店旁打电话给赖恩，请他到附近购物中心里一个嘈杂醒目的店铺和她碰面。他挂了电话马上出门，倒车出去时，屋里的电话铃声大作，他却充耳不闻。车里俨然是个隐秘的小天地，他边开车边想着我的妈妈，明知这么做不对，但他无法抗拒。他曾想理智地分析自己为什么拒绝不了这个女人，但理智维持不了多久，所有可能的解释很快就被抛在脑后。

便利店离购物中心很近，妈妈开车过去，过不了多久就到了。她牵着巴克利的手走过几道玻璃门，来到购物中心的儿童游乐区。这是一块圆形的凹陷区域，父母亲买东西时，可以把小孩暂时留在这里玩耍。

巴克利乐不可支，"啊，游乐区，我可以在这里玩吗？"他边说边看着同龄的小孩子在堆满游乐器械的活动场里跳来跳去，还有人在铺了橡胶的地上翻跟斗。

"你真的想在这里玩吗？"妈妈问他。

"拜托拜托。"他说。

她做出让步的样子说："好吧。"他听了马上冲向红色的金属滑梯。"要乖噢！"她在他背后大喊，她以前从没留他一个人在游乐区里玩过。

她把自己的名字留给游乐区的管理员，同时告诉管理员说她就在楼下的商店买东西。

哈维先生对警方大谈他的推论时，妈妈正在一家乱糟糟的商店里闲逛，她感到有人轻拍她的肩膀，如释重负地转过头，却只看到赖恩·费奈蒙走出商店的背影。她穿过在黑暗中发光的面具、黑色的塑胶球、毛茸茸的小精灵钥匙圈和一个微笑的骷髅头，跟着赖恩走出店外。

他没有回头，她继续跟着他走，刚开始有点兴奋，越走却越心烦。行进之间她有足够的时间思考，但她不愿多想。

她终于看到他打开一道白色的门，门嵌在墙里，她以前从来没有注意到这里有一扇门。

前方阴暗的走道里传来阵阵噪声，由此判断，她知道赖恩带她走进了购物中心的控制单元——放置空气过滤系统或是抽水机的地方。她不在乎自己在哪里，四下里一片黑暗，让她觉得好像置身于自己的心房。她忽然想到一幅在医生办公室里看到的图片，图片在眼前不断扩张，她还看到爸爸穿着纸质长袍、黑色袜子坐在诊断桌的一侧，医生正向他们解释心脏衰竭的危险性。她思绪一片混乱，正想放声痛哭，忽然发现自己已经接近走道尽头。走道通往一个三层楼的大房间，房间里有好几个巨大的金属高塔和圆筒，上面插了很多乱七八糟的小灯泡，震耳欲聋的规律声响在屋内回荡。气泵要把购物中心的空气排到室外，然后把新鲜空气输送进来。她停下来想听听还有什么声音，但除了机器运转的声音之外，她什么也听不到。

我比她先看到赖恩，他独自站在黑暗的室内凝视着她，希望能从那双眼睛里看出她想要什么。虽然心里觉得对不起爸爸和我的家人，但他依然不由自主地陷进这对眼眸之中。他真想告诉她："阿比盖尔，我愿永远沉溺在你的眼中。"但他也知道自己无权这么说。

妈妈眯起眼睛在纠结交错、闪闪发光的金属机件之间仔细辨认，渐渐看出了一个个轮廓。有那么短暂的一刻，我感觉到妈妈只要待在这里就心满意足了，虽然这是个陌生的环境，但她觉得待在这里，只要大家都找不到她，就足以带给她平静和安宁了。

如果不是赖恩此刻伸出手，用指尖碰触妈妈的手指，说不定我可以独享一段和妈妈共处的时光。这个空间让妈妈暂时脱离了身为萨蒙太太的生活。

但赖恩碰了妈妈，她也转过身来，却似乎对他视而不见——但他接受了她的心不在焉。

我在天堂广场的眺台上看着他们，手紧紧抓着长凳，头晕目眩，呼吸也越来越急促。妈妈紧抓赖恩的头发，而他一手揽住她纤细的身躯，将她越拉越近。我看着他们两人，心想妈妈永远不会知道就在这个时候，谋杀我的凶手正把两位警员请出他家的大门。

赖恩轻吻妈妈的脖子和胸部，我可以感觉到他的吻像小老鼠的脚步一样细碎，像坠落的花瓣一样轻盈，既神奇又带着一丝灾难性。赖恩的亲吻有如耳语一般，带着妈妈远离我，远离家人，远离她心中的悲伤。她任由自己的肉体摆布。

赖恩牵起妈妈的手，把她带离墙边，走进金属输送管之间，隆隆的机器声伴着回音，周围更显得嘈杂。与此同时，哈维先生开始收拾行李；弟弟在游乐区认识了一个玩呼啦圈的小女孩；琳茜和塞缪尔并排躺在她的床上，两人衣着整齐，心里却非常紧张；外婆在空荡荡的客厅里一口气灌下了三杯烈酒；爸爸则看着电话发呆。

妈妈急切地拉起赖恩的外套和衬衫，他也顺势帮忙。他看着她扯开身上的衣服——先脱掉毛衣，然后脱下宽大的套衫和高领绒衣，最后身上只剩下内裤和紧身内衣。他目不转睛地看着她。

塞缪尔亲吻琳茜的颈背，她身上有肥皂和伤口喷雾剂的味道，就在那一刻，他已下定决心永远不离开她。

赖恩想说些什么，可他的嘴唇刚一张开，妈妈就注意到了。她闭上双眼，从灵魂深处发出了让世界闭嘴的呼喊。接着，她再次睁开双眼看着他，他安静了下来，嘴巴闭得紧紧的。她把紧身内衣从头上脱下来，然后从落在地上的内裤中跨了出来。那样一副完美的躯体，我却再没有机会拥有了。她的肌肤如月光般皎洁，双眼如大海般深邃，内心却是一片空白。她已经迷失了自我，她在自暴自弃。

哈维先生最后一次关上了他家的大门，从此再也没有回头；妈妈忘情于最原始的欲望，只有在情人怜悯的怀抱里，她才为破碎的心暂时找到了一个出口。

十六

我过世满周年的那一天，辛格博士打电话回家说他不回去吃晚饭了。但不管怎样，卢安娜依然照常做着运动。冬天房间里总有块最暖和的角落，此刻，她便坐在那一处的地毯上舒展筋骨。丈夫不回家吃晚饭的事一遍遍地在她脑中纠缠盘绕，但她放任自己的思绪，反正运动做累了，她自然会忘记他。她坐在地上，身体前倾，朝着脚趾的方向伸长手臂，专心做着运动。她弯腰、起身，感受着肌肉伸展带来的轻松和愉悦，暂时把一切抛到了脑后。

餐厅的窗户几乎落到了地面，中间只有一道细长的供暖防护板，因为不喜欢受到暖气声音的干扰，卢安娜经常把暖气关掉。从餐厅里可以看到外面的樱桃树，树叶和花朵早已凋零，挂在树枝上的喂鸟架也空空荡荡，在微风中轻轻摇晃。

她不停地伸展筋骨，直到身子变暖才停了下来。此时，她已忘了自己是谁，周遭的一切也离她越来越远。她忘了自己的年纪和儿子，但丈夫的身影却悄悄地潜回心头。她隐约知道他为什么越来越晚归。他迟迟不归不是因为有了外遇或是碰上了一个崇拜他的学生，而是因为他的雄心。多年前，她也曾野心勃勃，若不是因为受了伤，她也不会轻言放弃。

她听到外面传来一些声音，"假日"在两条街外大叫，吉尔伯特家的小狗闻声回应，雷在楼上走来走去。过了一会儿，楼上传来摇滚乐队杰思罗·塔尔的歌声，突如其来的乐声隔离了所有的杂音。

虽然她喜欢抽烟，但为了不让雷找到借口跟着抽，她偶尔才偷偷抽两口，除此之外，她没有任何不良嗜好，身体也还算健康。邻居太太们都称赞她身材保持得很好，有些太太还问她介不介意和她们分享养颜之道，但她总认为大家不过是基于礼貌，想和她这个寂寞的外国邻居客套一下而已。此时她双腿盘坐，呼吸缓慢而深沉，却无法全然放松，忘掉一切。她一直在想丈夫工作的时间越来越长，等雷长大之后，她一个人该怎么办才好。这个念头悄悄地从脚底钻上来，沿着小腿、膝窝爬到大腿，然后继续向全身蔓延。

门铃响了。

卢安娜很高兴有人打断了她的思绪，虽说平日井然的秩序有助于她获得平静，但此刻她一跃而起，拿起搭在椅子上的一条披肩，匆匆围在了腰际。雷在楼上放音乐放得震天响，她快走了几步，以为敲门的是来抱怨音乐声太大的邻居。她穿着红色紧身裤，围着大披肩打开门。

站在门口阶梯上的是露丝，手上抱着一个装食品的纸袋。

"嗨，"卢安娜说，"有什么事吗？"

"我来找雷。"

"请进。"

她们得喊着说话才能盖过楼上的音乐声。露丝走进了前厅。

"请自己上楼吧。"卢安娜边喊边指了指楼梯。

我看着卢安娜上下打量露丝宽松的工装裤、高领毛衣及连帽风雪大衣，她在心中对自己说：我可以从她开始。

露丝稍早跟着妈妈去商店时，她在纸盘和塑胶叉匙之间看到一些蜡烛。在学校里她就清楚今天是什么日子，回家之后她先躺在床上看了一会儿《钟形罩》，然后帮妈妈整理爸爸的工具室（也就是她自己所谓的"诗人小屋"），后来还陪妈妈一起买菜。但这些都不足以悼念我过世一周年，所以她决定做些特别的事。

一看到蜡烛，她马上想到找雷一起行动，尽管有太多的迹象都表明他们俩并不是男女朋友，但就因为他们时常在铅球场见面，同学们仍然将他们凑成一对。露丝大可画她想画的裸女图，围上头巾，以摇滚女歌手詹妮斯·乔普林为题写一篇报告，或是大声抗议刮腿毛和腋毛是对女性的压迫，但在费尔法克斯高中的同学眼中，她只是那个被人发现和一个怪男孩亲嘴的怪女孩。

没有人知道那只是一个实验，他们也没法告诉大家。雷只亲过我，而露丝还没有亲过任何人，因此，他们一致同意亲吻对方，看看是什么感觉。

事后他们躺在教师停车场后面一棵枫树的落叶上，露丝对雷说："我没什么感觉。"

"我也没什么感觉。"雷坦承道。

"你吻苏茜时有感觉吗？"

"有。"

"什么感觉？"

"我觉得我想要更多。那天晚上我在梦中又吻了她，我不知道她是不是也有同样的感觉。"

"你想过和她发生关系吗？"

"我们还没有想那么远，"雷说，"现在我吻了你，感觉却不一样。"

"我们可以继续试试看，"露丝说，"只要你不告诉别人，我愿意配合。"

"我还以为你喜欢女孩子。"雷说。

"不如这样，"露丝说，"你可以假装我是苏茜，我也假装自己是她。"

"你真是个怪人。"雷笑笑说。

"你是说你不想试试看喽？"露丝戏弄他说。

"别闹了，让我再看看你的素描吧。"

"也许我确实奇怪，"露丝边说边从背包里拿出素描本，她从《花花公子》上临摹了许多裸女图，并对裸女的各个部位略做了一点增删，还在敏感部位上加了毛发，"但最起码我不会拿炭笔在女人的某个部位上乱涂。"

露丝走进房里时，雷正随着音乐跳舞。雷近视，镜片相当厚，但因为他爸爸只肯花钱配最便宜、最坚固的镜框，所以他在学校尽量不戴眼镜，在家里则没关系。他穿着一条有污点的宽松牛仔裤，身上的 T 恤皱巴巴的，露丝猜他一定是穿着 T 恤睡觉，而我知道确实如此。

看到露丝抱着食品袋出现在门口，雷马上停了下来，他伸手摘下眼镜，却不知道该拿它怎么办，只好拿着眼镜对她挥挥手说："嗨。"

"你能把音乐声调小一点吗？"露丝大喊。

"当然！"

音乐关掉之后，她的耳朵还隆隆作响了一会儿，在那短暂的一刻，她注意到雷闪烁的目光。

雷站在房间的另一头，和露丝之间隔着他的床，床上的被单乱七八糟地卷成一团，床边挂着一张我的肖像，这是露丝凭记忆画的。

"你把它挂起来了。"露丝说。

"我觉得这幅画真的很棒。"雷说。

"只有你和我这么认为，其他人可不这么想。"

"我妈妈也觉得它很不错。"

"她很特别，"露丝边说边放下纸袋，"难怪你这么奇怪。"

"袋子里是什么？"

"蜡烛，"露丝说，"我在商店买的，今天是十二月六日。"

"我知道。"

"我想我们说不定可以一起到玉米地里点几支蜡烛，跟她说再见。"

"你要向她道别几次？"

"我只是随便想想，"露丝说，"那我自己去好了。"

"不，"雷说，"我跟你一起去。"

露丝坐下来等雷换上衬衫。他转身背对着她，她看着他的背，心想他虽然瘦，但手臂上的肌肉发育得那么好，而且他的肤色和他妈妈的一样，比自己苍白的皮肤诱人多了。

"如果你喜欢的话，我们可以亲亲嘴。"露丝说。

他转过身微微一笑，他已经喜欢上这个"实验"，而且亲吻时也不再想着我了，但他不能让露丝知道。

他喜欢她愤愤地诅咒学校的模样，也喜欢她的聪慧。雷的父亲是个博士，而露丝的爸爸则只会修补老房子，虽然她嘴里说博士又不是医生①，没什么了不起的，但她依然相当羡慕，辛格家整柜整柜的书籍更是令她羡慕不已。

他走过来和她一起坐在床上。

"你把大衣脱下来吧。"

她脱下了大衣。

就这样，在我周年祭的那天，雷紧贴着露丝，两人吻了起来。吻着吻着，露丝忽然停下来看着雷，"该死！"她说，"我觉得我有点感觉啦！"

雷和露丝来到玉米地，两人一言不发，雷握着露丝的手，她不知道这是因为他俩一起到此悼念我，还是因为他喜欢她。她思绪一片混乱，往常的直觉已派不上用场。

接着她忽然看到，除了她，还有别人也想到我。霍尔和塞缪尔两兄弟手插在口袋里，背对着她站在玉米地里，露丝看到地上摆着黄色的水仙花。

"水仙花是你带来的吗？"露丝问塞缪尔。

"不是，"霍尔帮弟弟回答，"我们来的时候就有了。"

史泰德太太从楼上儿子的房间探头看看，过了一会儿她也披上外衣，朝玉米地走过去。她不知道自己该不该去，也不想做出判断。

格雷丝·塔金在附近散步，她看到史泰德太太拿着一株一品红

---

① "博士"和"医生"在英语中同为 doctor 一词。

走出家门，她们站在街旁聊了一会儿，格雷丝说她得先回家，等一下再过去和大家会合。

格雷丝回家打了两个电话，一个给她的男朋友，他住在离这里不远、比较富裕一点的街区，另一个电话打到吉尔伯特家。吉尔伯特家忠实的小狗最先发现证据，由此证实了我已遇害，即使事隔一年，他们一家仍对自己在这件事中起到的奇特作用难以释怀。吉尔伯特夫妇上了年纪，两位老人家不方便自己走到崎岖不平的玉米地里，所以格雷丝主动要求陪他们一起去，吉尔伯特先生马上一口答应，他告诉格雷丝·塔金说，他们一定要去，去了他们才会安心，尤其是他的太太。他总是拿太太作为借口，但其实我看得出来，他心里的悲伤不亚于他太太。他们一度考虑干脆把小狗送人算了，但小狗带给了他们夫妇太多快乐，他实在舍不得。

雷时常帮吉尔伯特夫妇跑腿，吉尔伯特夫妇相当喜欢他，也觉得大家错怪了他。吉尔伯特先生不确定雷知不知道大家要去玉米地，所以他打电话到辛格家，卢安娜说她儿子可能已经去了，她自己稍后也会过去。

琳茜站在窗边往外看，她看到格雷丝·塔金挽着吉尔伯特太太，格雷丝的男友搀扶着吉尔伯特先生，四个人一起穿过奥德怀尔家的草坪。

"妈，玉米地里有些情况。"她说。

妈妈正在看莫里哀的小说，她大学时曾认真读过莫里哀的作品，但毕业以后就再也没有碰过他的小说。她身旁摆了一摞萨特、柯莱特、普鲁斯特和福楼拜的作品，大学时就是因为这些书，大家才认为她思想前卫。最近她把这些书从卧室的书架上搬下来，向自己承诺今年要把它们都重读一遍。

"我没兴趣，"她对琳茜说，"但我相信你爸爸回来之后，一定会想过去看看。你为什么不上楼陪你弟弟玩呢？"

琳茜这一阵子都很听话，不管妈妈说什么，她都百依百顺。她相信妈妈冷淡的外表下一定有难言之隐，因此，她决定留下来陪妈妈。她坐在妈妈旁边的椅子上，静静地看着窗外的邻居。

❦

晚来的人颇具先见之明地带来了蜡烛，到了夜幕低垂之际，蜡烛照亮了整个玉米地，每个我认识的人以及从小学到初中坐在我旁边的同学似乎都到了。伯特先生刚准备好第二天的年度动物解剖实验，从学校走出来，看到玉米地里有些动静，便慢慢地走过去看，知道大家聚集在这里的原因后，他马上回学校打了几个电话。我的死令学校一位秘书非常难过，闻讯后她立刻带着她的儿子赶来了玉米地。还有一些人没有参加学校主办的悼念仪式，现在却也加入了这个自发的行列。

哈维先生涉案的传言已在感恩节晚上传遍了整个社区，邻居莫不议论纷纷。到了第二天中午，这件事已成为附近唯一的话题。真有这种可能吗？那个沉默寡言、举止奇怪的人会谋杀苏茜·萨蒙？但没有人敢到我家询问细节。过去一星期以来，甚至我家朋友的表兄弟或是帮我家割草的男孩的父亲都成了众人追问的对象，任何可能知道警方侦查进展的人更是成为大家极力巴结的目标。大家聚集在玉米地中，不只为了悼念我，也是借此彼此安慰。一个杀人犯居然和大伙儿住在同一个社区里，与他们在街上擦肩而过，还向他们的女儿买"女童子军饼干",向他们的儿子订阅杂志,想一想都觉得后怕。

越来越多的人聚集在玉米地中,我在天堂里感到暖意和力量不断涌动。大家点燃蜡烛,奥德怀尔先生依稀记得当年都柏林的祖父唱过的一首类似挽歌的民谣,他带头轻轻哼唱,邻居们刚开始觉得不自在,但学校的秘书随即跟着唱起来,奥德怀尔先生的男高音中多了她不甚嘹亮的歌声。卢安娜僵硬地站在外围,离儿子很远,她刚要出门就接到先生电话,辛格博士说他今晚要睡在办公室里,不回家过夜了,但社区里其他人家的父亲都是一下班就把车停在了车道上,跟着家人来到了这里。怎么可能一面外出赚钱养家,一面确保孩子在家中平安无事呢?社区里做父亲的都知道这不可能,无论他们在家里立下多少规矩,发生在我身上的悲剧,依然有可能发生在他们的孩子身上。

没有人打电话到我家,大家都不想打扰我的家人。我家的屋瓦、柴堆、烟囱、车道和篱笆就像是被雨淋后又冻住,覆盖了一层透明冰霜的树木似的,令人难以穿透。虽然它看起来和街上其他的人家没什么不同,但其实已经不一样了。"谋杀"二字将大门染得血红,没人能想象屋里发生了什么事。

夕阳西下,天际逐渐染上一层斑斑点点的玫瑰红。此时,琳茜终于明白大家为什么聚集在玉米地里了,妈妈的眼睛则始终没有离开手中的书本。

"他们在田里悼念苏茜,"琳茜说,"你听。"她推开窗户,迎面吹来一阵十二月的寒风,远处飘来阵阵歌声。

妈妈勉强打起精神说："我们已经举办过悼念仪式了，我觉得算是了结了。"

"什么是了结了？"

妈妈的手臂搭在沙发扶手上，身体微微前倾，灯光照不到她的脸，琳茜看不清楚她脸上的表情。"我不相信她会在那里等我们，我也不认为点蜡烛或是做些诸如此类的事情就能缅怀苏茜，我们可以用其他方式来纪念她。"

"例如什么？"琳茜说，她盘腿坐回妈妈面前的地毯上，妈妈坐在沙发上，手里拿着莫里哀的小说，用手指按住自己刚刚读到的那一页。

"我不想只当个母亲。"

琳茜觉得她理解妈妈，她也不想只当个女儿。

妈妈把小说放回咖啡桌上，再次往前一倾，身子一弯坐到了地毯上。我看了非常吃惊，妈妈从不坐在地上，她一向坐在付账单的书桌前、有靠背的扶手椅上或是和"假日"一起缩在沙发一角。

她握住琳茜的手。

"你打算离开我们吗？"琳茜问道。

妈妈不停地颤抖，答案已经再清楚不过，但她怎么说得出口呢？她只好撒谎："我答应绝不离开你们。"

她真想重回无忧无虑的青春时代。她想再回到瓷器礼品店工作，拿着被自己打破的韦奇伍德杯子躲开经理。她曾梦想像西蒙娜·波伏娃和萨特一样住在巴黎。她想起初次碰到杰克的情景，那天下班后，她一想到这个傻乎乎的男孩就忍不住大笑。他虽然讨厌别人抽烟，但长得倒是蛮可爱的。她告诉他巴黎的咖啡馆总是烟雾弥漫，他听了似乎相当动心。夏季接近尾声时，有次她请他到家里坐坐，两人第一次发生了关系。她是处女，他是处男。完事之后她拿出一支香烟，他开玩笑说他也要一支，她递给他一个断了把手的蓝色瓷杯当烟灰缸，这个瓷杯就是被她打破的韦奇伍德杯子，她把杯子藏在大衣里，偷偷拿回了家，她用自己最喜欢的词，生动地描述整个过程，讲得天花乱坠。

"靠过来一点儿，小宝贝。"妈妈说，琳茜乖乖照做，把背贴在妈妈胸前，妈妈抱着她在地毯上轻轻摇晃，姿态显得有些别扭。"琳茜，你表现得真好，有了你，你爸爸才活得下来。"话音刚落，她们就听到爸爸的车子驶进车道。

琳茜倚在妈妈怀里，妈妈则想着卢安娜站在后院抽烟的模样。登喜路香烟香甜的气味消失在马路尽头，妈妈的思绪也跟着飘向远方。她结识爸爸之前交的最后一个男朋友喜欢抽高卢烟，她觉得那人装腔作势，一副一本正经的样子，让她也不得不跟着严肃起来。

"妈，你看到蜡烛了吗？"琳茜凝视着窗外问道。

"去接你爸吧。"妈妈说。

琳茜到前厅迎接爸爸，他正把大衣和钥匙挂起来，他说他们会去，当然一定要去。

"爸爸！"弟弟在二楼大喊，爸爸和琳茜走上二楼找他。

"你决定吧。"爸爸说，巴克利兴奋地绕着爸爸跑来跑去。

"我不想再瞒着他了，"琳茜说，"这样太做作了。苏茜已经死了，他知道的。"

弟弟抬头看着琳茜。

"大家为苏茜办了一个聚会，"琳茜说，"我和爸爸要带你去。"

"妈妈生病了吗？"巴克利问道。

琳茜不想对他撒谎，更何况据她所知，妈妈确实处于某种生病的状态。

"是的。"

琳茜说她先带巴克利到房间换衣服，然后到楼下和爸爸会合。

"你知道吗？我看得到她。"巴克利说，琳茜低下头来看着他。

"她过来和我说话，你在练球时，她还来陪我。"

琳茜不知道该说什么，只好一把抱起他，紧紧地把他搂在怀里，巴克利也时常这样拥抱"假日"。

"你真是个特别的小男孩！"她对弟弟说，"不管发生什么事，我都会永远陪在你身边。"

爸爸慢慢地走下楼，左手紧抓着木头扶手，直到走到一楼楼梯口才松手。

爸爸沉重的脚步声越来越近，妈妈拿起莫里哀的小说躲进餐厅，这样爸爸才不会看到她。她站在餐厅的角落继续看书，远远地躲开家人。她听见大门开了又关上。

离我遇害地点不远的地方，我的邻居、师长、亲朋好友和家人选了一个地方围成一个圆圈。爸爸、琳茜和巴克利一出门就听到了歌声，爸爸一心只想飞向那片温暖的烛光，他如此希望我活在每个人的心中。可我看着大家，心中忽然明白：今晚每个人都要在此向我道别。许多小女孩都一去不复返，而我已成为其中之一。聚会结束，回家之后，大伙儿会让我安息在他们心中，像一封陈年信件，永远不会再把它打开或是拿出来重读。我也向大家说了再见，我祝大家健康，在冥冥之中为他们的好心祈福。祝福他们在街上碰到老友，贵重的东西失而复得，陌生人从远处的窗边向他们微笑挥手，可爱的孩子对他们扮起鬼脸。

露丝最先看到我的家人，她拉拉雷的衣袖说："过去帮帮他。"雷在警方开始侦查的第一天曾经见过我爸爸，听了露丝的话，他径直朝爸爸走去。塞缪尔也走过来，他们像年轻的牧师一样，把我的家人带到了人群中，众人给他们让出了一块宽敞的位置，四周渐渐安静下来。

已经好几个月了，除了开车上下班，或是到后院坐坐之外，爸爸没有在外面走动过，也没有和邻居打过照面。此时，他看着邻居们的一张张脸庞，终于明白我深受大家喜爱，连他不认识的人都在关心着我，心中顿时感到暖暖的。这种感觉已是久违了，过去这些日子以来，只有那些与巴克利父子相聚的短暂时刻，他的心头才有一丝暖意。

他看着奥德怀尔先生说："斯坦，以前苏茜夏天经常站在窗前，听你在后院唱歌，她非常喜欢你的歌声，你能为我们唱首歌吗？"

用悼念死者的歌声来抚慰生者，虽然没有人希望在这种场合受到垂青，但奥德怀尔先生把爸爸的请求当成一种难得的殊荣。他引吭高歌，刚开始时声音还有点颤抖，但很快变得清澈悠扬。

在场的每一个人都跟着哼唱起来。

我记得爸爸所说的那些夏日，我常觉得天怎么黑得那么晚，也希望天黑之后能够凉快一点。有时我站在前厅的窗户旁边，奥德怀尔家的歌声伴着微风飘来。我聆听着奥德怀尔先生的爱尔兰民谣，微风中带着一丝淡淡的泥土香气，空气也逐渐变得潮湿，我知道这只可能意味着一件事：暴风雨就要来了。

这种时刻，家中显得难得地安静，琳茜坐在她房里的旧沙发上用功，爸爸在书房看书，妈妈在楼下做针线活或是清洗碗盘。

而我喜欢换上长长的棉布睡袍，跑到后面的阳台上去。大滴的雨点落在屋顶，微风从四面八方吹来，吹得睡袍紧紧贴在我的身上，也透过纱门纱窗吹进了屋里。清新的空气中带着一丝暖意，令人身心愉悦，天际划过一道闪电，随之而来的是隆隆的雷声。

每当这时，妈妈就会走到阳台的纱门边，像往常一样警告说："再不进来，你非得重感冒不可。"说完，她也不催我进屋，而是安静地待在我身旁，我们俩一起听着大雨倾盆而下，远处传来阵阵雷声，大地的气息扑面而来。

"你看起来什么都不怕。"有天晚上妈妈这样说。

我喜欢这些母女俩心灵相通的时刻，我转身看着她，裹紧单薄的睡袍说：

"没错，我什么都不怕。"

快　照

　　我用爸妈给我的照相机，趁家人不注意时抓拍了很多照片，数量多到爸爸不准我把底片全部洗出来，他要求我把值得冲洗的底片挑选出来。我越拍越起劲，到后来我在衣柜里摆了两个盒子装底片，一个标示着"送去冲洗"，另一个标着"暂时保留"，妈妈说我只在这件事上显得有条有理。

　　我很喜欢柯达自动相机捕捉影像的那一时刻，方形闪光灯一闪，拍照的那一刻便一去不回，留下来的只有一张照片。闪光灯刚用完时热得烫手，我会把它放在两手之间翻来倒去，直到冷却为止。有时，灯泡里烧坏的钨丝变成诡异的蓝色，薄薄的玻璃也会被烧得焦黑。我用我的相机捕捉了宝贵的时刻，使时间停驻，得以保留。这些影像全是我的，谁也无法把它们从我手中夺走。

　　一九七五年夏天的一个晚上，妈妈对爸爸说：

　　"你在大海里做过爱吗？"

　　爸爸回答说："没有。"

　　"我也没有，"妈妈说，"我们假装这里就是大海吧，假装我明天就走了，说不定我们从此不再相见。"

隔天，她就去了外公在新罕布什尔州的小木屋。

同年夏天，琳茜、爸爸或是巴克利经常发现门口摆了一盘炖菜或是一个蛋糕，有时是爸爸最喜欢的苹果派。这些东西有的好吃，有的不怎么样，史泰德太太的炖菜令人难以下咽；吉尔伯特太太烤的蛋糕虽然太黏，但还可以接受；卢安娜烤的苹果派最可口，简直是人间美味。

妈妈离开之后，爸爸经常整晚待在书房里，长夜漫漫，他反复阅读南北战争时期玛丽·切斯纳特写给她丈夫的信，试图借此忘掉一切。他不想责怪任何人，也不抱任何希望，但事实上他做不到。只有一件事能让他脸上稍微展露笑容。

"卢安娜·辛格烤的苹果派真不赖。"他在笔记本上写道。

秋天的一个下午，爸爸接到外婆打来的电话。

"杰克，"外婆在电话里说，"我想搬过去和你们住。"

爸爸虽然没说什么，但他的犹豫尽在不言中。

"我想过去帮帮你和孩子们，我在这个空荡荡的大房子里浪费够多时间了。"

"妈，我们的生活才刚刚重上轨道。"他结结巴巴地说，但他知道不能一直麻烦奈特的母亲照顾巴克利。妈妈已经离开四个月了，他本以为她只是暂时离开，现在看起来她是不会回来了。

外婆相当坚持，我看着她强忍着不喝杯里剩下的伏特加，"我会控制自己不喝酒，最起码……"她认真地想了想，"嗯，最起码下午五点以前我不喝，哎呀，管他的，如果你觉得有必要，我就把酒给戒了。"

"你知道自己在说什么吗？"

外婆心里很清楚，从握着听筒的双手到穿着高跟鞋的双脚，她全身上下的每个毛孔都清楚得很，"是的，我知道自己在说什么。"

挂了电话，爸爸才开始想：该让外婆睡哪个房间呢？

每个人都知道外婆该睡哪个房间。

到了一九七五年十二月，哈维先生离开已经一年了，但大家仍然不知道他的行踪。有一阵子，附近店家都在窗户上贴了一张哈维先生的人像素描，到后来胶带纸变得脏兮兮的，草草绘制的素描也残破不堪。琳茜和塞缪尔经常在附近散步，或是待在霍尔的修车厂里，从不去其他年轻人常去的一家快餐店，这家店的老板相当奉公守法，他把乔治·哈维的人像素描放大两倍贴在了门口，客人一问是怎么回事，他立刻主动向客人描述所有可怕的细节：年轻女孩、玉米地、只发现一只胳膊肘。

后来琳茜终于请霍尔载她到警察局，她想知道警方究竟打算怎么办。

他们向留在修车厂的塞缪尔说了声再见，在十二月湿冷的风雪中，霍尔把琳茜送到了警察局。

琳茜年纪轻轻，警员们一开始并没有注意到她，但当他们知道她是谁之后，对她更是敬而远之。这个满怀怒气的十五岁女孩神情专注，胸部娇小而浑圆，双腿修长却颇具曲线美，她的眼睛虽然如花朵般娇艳，眼神却如铁石般冷酷。

琳茜和霍尔坐在局长办公室外的木头长椅上等候，屋里另一头有样东西，她觉得非常眼熟。东西摆在费奈蒙警探的桌上，因为颜色特殊，所以相当显眼。妈妈经常说这种红色是"中国红"，比鲜红的玫瑰花更耀眼，自然界中很难看到这种颜色，它是唇膏的经典色彩。妈妈穿上"中国红"的衣服非常漂亮，她也深以为傲，每次围上一条"中国红"的围巾，她总是得意扬扬地说，连外婆都不敢穿这个颜色的衣服。

　　"霍尔……"她越看费奈蒙桌上的那条围巾，越觉得眼熟，全身的肌肉也随之紧绷。

　　"什么事？"

　　"你看到那条红色围巾了吗？"

　　"看到了。"

　　"你能不能帮我拿过来？"

　　霍尔转过头来迷惑地看着她，琳茜对他说："我觉得那是我妈妈的围巾。"

　　霍尔走过去拿围巾时，赖恩从琳茜身后走进来，向他的办公室走去。他拍了拍琳茜的肩膀，忽然发现了霍尔的企图。一时之间，琳茜和费奈蒙警探目不转睛地看着对方。

　　"妈妈的围巾为什么在你这里？"

　　赖恩张口结舌地说："可能是哪天她留在我车上的。"

　　琳茜站起来面向他，眼神犀利，心里已朝最坏的方面想："她在你车里干吗？"

　　"嗨，霍尔。"赖恩说。

　　琳茜一把将霍尔手里的围巾抢过来，越说越生气："你为什么会有我妈妈的围巾？"

虽然赖恩是警探，但先看出琳茜表情骤变的是霍尔。琳茜脸上浮现出彩虹一样复杂的色彩，多少色的蜡笔都难以描绘。我妹妹上数学课时总是最先算出答案，也常向同学们解释英文课上的双关语，她的反应相当之快，这一次当然也不例外。霍尔把手搭在琳茜的肩膀上，推推她说："我们该走了。"

回到修车厂后，琳茜边哭边向塞缪尔诉说了这件她难以相信的事情。

弟弟满七岁时为我造了一座城堡——我们姐弟俩以前总说要一起盖城堡——但爸爸始终鼓不起勇气帮弟弟，一想到城堡，爸爸就会想起他曾和失踪的哈维先生一起搭过帐篷。

哈维先生的房子里又搬进了一户人家，新住户家里有五个小女儿。乔治·哈维潜逃后的那个春天，他们在后院盖了一个游泳池，女孩们的笑声经常飘进爸爸的书房。

这对爸爸来说实在太残酷了，他听在耳里，痛在心头。到了一九七六年春天，妈妈已经离家多时，他关上了书房的窗户，即使在最闷热的夜晚也不打开，唯有如此，他才听不到邻家小女孩的欢笑声。他看着小儿子孤单地在小柳树丛里自言自语。巴克利从车库里搬出了几个空陶罐，早被人遗忘在角落里的擦鞋器也被他拖了过来，凡是能当城墙的东西都被他搬到了后院。琳茜、塞缪尔和霍尔还帮他从大门口的车道边搬来两块大石头，塞缪尔没想到巴克利会用这么大的石头，他看着石头问："你打算拿什么盖屋顶？"

巴克利一脸疑惑，霍尔暗想着修车厂里有哪些东西能派上用场。

忽然，他想到后墙边立着两片皱巴巴的白铁皮。

就这样，巴克利的城堡有了屋顶。一个闷热的夜里，爸爸从书房往外看，却看不到儿子的踪影。巴克利安然地坐在城堡中，他半跪半爬地把陶罐拉进来，然后在前面竖起了一块高高的纸板，几乎触到了波浪形的铁皮屋顶。城堡里光线很暗，勉强可以看书，霍尔还遵照巴克利的要求，用黑色的喷漆在一边的胶合板门上喷出了"禁止入内"几个大字。

弟弟大多数时候都待在里面看《复仇者联盟》和《X战警》等漫画，他幻想自己变成《X战警》中的金刚狼，拥有一身全宇宙最坚硬的金属骨骼，无论伤势多么严重，隔天都能自动愈合。他偶尔会想到我，他想念我的声音，更希望我会从房里跑出来，用力拍打城堡的铁皮屋顶，大声叫他让我进去。有时他也希望琳茜和塞缪尔多待一会儿，或是爸爸能像以前一样陪他玩，笑容中不要总带有一丝忧伤——现在周围的每件事情都沾上了某种绝望的忧虑，好像隐形的磁场一样。但弟弟却不容许自己想念妈妈。他埋首在漫画书的世界里，书中孱弱的主角变成半人半兽的英雄，眼睛绽放出万道光芒，手执魔锤击穿铜墙铁壁，纵身一跃就跳上摩天大楼。他想象自己是蜘蛛人，或者一生气就变成绿巨人。只要心里难受，他就想象自己是漫画书里的英雄，转眼间，他不再是个敏感脆弱的小男孩，而变成了无坚不摧的超人，童稚之心也渐渐练成了铁石心肠。我看着弟弟这样长大，不禁想起外婆曾说过的一句话，以前我和琳茜在她背后扮鬼脸或是翻白眼时，外婆总是说："当心你们脸上的表情哦，现在摆什么表情，长大了会固定下来，一直是这副德行的。"

有一天，上了二年级的巴克利拿了一篇他写的故事回家，故事是这样的：从前有个叫作比利的小孩，喜欢探险。他看到一个地洞，就走了进去，从此以后再也没有出来。完。

爸爸成天心不在焉，看不出故事有什么不对。他学妈妈把故事贴在了冰箱上面，同一个地方还贴着巴克利好久以前画的蜡笔画，但早就没人注意图画上湛蓝的地平线了。弟弟年纪虽小，却知道自己写的故事有问题，他察觉出老师的反应很奇怪，好像漫画书中的人物一样含糊其辞。于是他把故事从冰箱上拿下来，趁外婆在楼下时悄悄把它拿到我以前的房间里，他把那张纸折成了小小的四方形，塞进了床垫下面，那是我以前放宝贝的地方，现在已空无一物。

一九七六年秋季的一个大热天，赖恩·费奈蒙到证物室，打开了一个大型保险箱，箱里放着在哈维先生地下室找到的社区失踪的小动物的骨头和一些粉末，化验结果证实这些粉末是生石灰。调查行动由他亲自主持，但无论查找得多仔细，警方依然没有找到其他骨头或尸体。车库的地上留有我的血迹，这是破案的唯一线索。赖恩花了好几星期甚至好几个月仔细研究琳茜偷到的素描，还带了一组人员回到玉米地里重新搜查，大家挖了又挖，最后终于在田里的另一头找到一个空的可口可乐罐，空罐上验出两枚可靠的指纹。警方在哈维先生家采集到他的指纹，又比对了我的出生证，结果证实可乐罐上正是我和哈维先生的指纹。赖恩终于确信：杰克·萨蒙从一开始就没错。

但是不管他多么努力地追查乔治·哈维的下落，此人似乎蒸发在空气中了，怎么找也找不到。他也查不出此人的任何相关记录，官方记录中根本不存在这个人。

他手边只有哈维先生留下的玩具屋，因此，他打电话询问哈维先生的代理商、精品店的采购，以及为自己的住宅订购纪念模型的有钱人，结果依然一无所获。玩具屋里有许多小椅子、附有铜制把手的小门和小型斜面窗，屋外还有些布做的灌木丛和小树，赖恩打电话给制造这些东西的厂商，却依然打听不出任何消息。

此刻，各种证据都摆在警察局地下室的一张桌子上。赖恩坐在桌前，检视着我爸爸印制的寻人海报，虽然早已熟知我的长相，眼前的海报依然让他看得发呆。最近这一带新盖了很多房子，他觉得破案的关键或许有赖于此。随着社区的开发，人们到处大兴土木，附近的土地都被彻底翻过，说不定警方会因此找到破案所需的证据。

保险箱的最下面有个袋子，里面装着那顶缀着铃铛的帽子。他记得他把帽子拿给我妈妈时，她难过得瘫倒在地毯上。他仍然不知道自己是从什么时候起爱上她的，但我却清楚地知道是哪一天：那天他和妈妈坐在我家客厅等爸爸回家，巴克利和奈特脚碰脚地在沙发上睡觉，妈妈在画纸上随意涂鸦。从那天开始，他就爱上了她。我为他难过。他竭尽全力想找到谋杀我的凶手，却徒劳无功；他全心全意爱着我的母亲，结果也是枉然。

赖恩看着琳茜偷到的玉米地素描，心里不得不承认一个事实：正因为自己的犹豫不决，凶手才会从警方的手里逃脱。就算没有其他人知道，他心里也很清楚，就因为他和妈妈在购物中心幽会，所以乔治·哈维才有机会逃走，这全是他的错，他摆脱不了心中的罪恶感。

他从后裤兜里拿出皮夹，皮夹里的照片代表着一桩桩他曾经参与却无法侦破的案件，其中一张是他的亡妻。他把所有照片都摆在桌上，逐一将照片翻成面朝下，然后在每一张照片的背面写上"殁"字。以前他期待着在照片背后写下破案日期，记下凶手是谁、为什么行凶、如何行凶，如今这些问题对他已毫无意义。他永远猜不透他太太为什么自杀，也永远无法理解为什么有这么多小孩失踪。他把证物和照片放回保险箱，关上电灯，离开了冷飕飕的证物室。

但他对以下这件事毫不知情：

一九七六年九月十日，一名猎人在康涅狄格州打猎，他走回车子时看到地上有个闪闪发光的东西，那就是原本挂在我银手镯上的宾州石。过了一会儿，他又看到附近的地面仿佛被熊掘过，乱七八糟的地面上有些碎骨，一看就知道是一只小孩的脚。

妈妈在新罕布什尔州只待了一个冬天，而后就决定开车去加州。她一直想开车横越美国，却始终没机会实现心愿。她在新罕布什尔州遇到的一个人告诉她，旧金山北边的一家葡萄酒厂正在招人，是体力劳动，条件不苛刻，而且如果自己不想说，他们也不会过问你的背景，她觉得这三点听起来都不错。

那人想和她上床，但她拒绝了。此时她已经知道不能靠性爱来解决问题，从第一次和赖恩在购物中心发生关系开始，她就知道两人绝对不会有好结果——她无法真切地感受到他的爱怜。

她收拾好东西，起程前往加州，沿路上每在一个小镇停留，她都会寄明信片给妹妹和弟弟，明信片上写着："嗨，我在俄亥俄州的达顿市，红雀是俄亥俄州的州鸟。"或是"昨天傍晚抵达密西西比州，密西西比河真是辽阔。"

就这样，她来到了亚利桑那州，以前她只在家附近旅行，而现在离她以前去过的最远的地方已有八州之遥。她从旅店房间外的制冰机里拿了一桶冰块，明天即将抵达加州，她买了一瓶香槟酒来为自己庆祝。她想起新罕布什尔州的那人曾说，他曾经花了一整年的时间清洗酒厂里装酒的大桶，他仰卧在地，用刀子刮掉酒桶内的一层层霉菌。霉菌的颜色和质感都像肝脏，等到下班后，不管洗多少次澡，果蝇依然绕着他飞舞。

她一面从塑料杯里啜饮着香槟，一面看着镜中自己的影像。她强迫自己一定要看。

她记得有次新年前夜，她和爸爸、我、琳茜、巴克利一起坐在客厅里，那是我们全家人第一次熬夜守岁。她让巴克利白天先睡了一觉，这样弟弟才能得到足够的睡眠。

巴克利睡到天黑才起床，他觉得晚上一定比圣诞老人要来的平安夜更好玩，他以为午夜的钟声一响，他就会置身于五光十色的玩具王国。

几小时之后，弟弟边打哈欠边靠在妈妈的大腿上，妈妈用手指轻轻梳理弟弟的头发，爸爸悄悄地走到厨房泡热可可，琳茜和我则帮大家切德国巧克力蛋糕。午夜时分，钟声敲了十二下，远处隐约传来人们的尖叫声，夹杂着附近稀稀落落的鞭炮声，除此之外，四下里一片寂静。弟弟难以相信这就是新年夜，小脸上写满了疑惑与失望，妈妈看了不知如何是好，她觉得这情景就像佩姬·李早期的一首歌《就只有这样吗》，泪水不禁涌向了眼眶。

她记得爸爸把弟弟举到肩膀上，开始放声高歌，我们也跟着一起唱《友谊地久天长》："怎能忘记旧日朋友，心中能不怀想；旧日朋友岂能相忘，友谊地久天长……"

巴克利瞪着大家，歌词里生僻的古英语像泡泡一样飘在空中，他完全不知道是什么意思。"什么是 Lang syne？"他一脸疑惑地问道。

"对啊，这是什么意思？"我也问爸妈。

"过去的日子。"爸爸回答。

"没错，早已过去的日子。"妈妈说，忽然间，她低下头，将盘子里的蛋糕屑堆在一起。

"嗨，海眼姑娘，"爸爸说，"怎么了？"

她记得自己躲过了爸爸的问题，她的心里好像有个开关，往右一拧就阻断了自己的思绪。过了一会儿，她站起身来，叫我帮她收拾杯盘。

一九七六年秋天，妈妈来到加州。她把车直接开到了海边。一路上的四天里她目睹了许多家庭，他们不是吵架、咆哮，就是扯着嗓门大喊大叫，大家似乎每天都面临着无穷的压力。现在她隔着风挡玻璃观海，心情总算松弛下来。她想起大学时代读的书——《觉醒》，以及作家弗吉尼亚·伍尔夫的一生，那时的一切都显得那么美好，充满了罗曼蒂克的情调。读书读累了，便到海边漫步，捡块石头装进口袋里，优游于岸边的波浪之间。

她把毛衣松松地绑在腰际，然后沿着岸边的岩石爬了下去。岩石下除了陡峭的巨大砾石和奔腾的海浪之外，其他什么也没有。虽然她很小心，我仍然紧盯着她迈出的每一步，顾不上随她欣赏眼前的美景，我真担心她会不小心滑倒。

妈妈只想爬到下面去看看海，她想在这个离家数千英里的海滩上，踩踩由大海另一端涌过来的海浪。她一心想要接受大海的洗礼：或许海浪"啪"地一拍，一切就都可以重新开始。还是说，生命就像是体育馆里的那种枯燥的游戏，在密闭的空间里跑来跑去，不停地捡木块、堆木块，反反复复，永无休止？此时她只想着走向大海、大海、大海，我则紧张地看着她跨越每一块岩石。忽然，我们同时听到一个声音，抬头一看也都吓了一跳。

沙滩上有个小婴儿。

妈妈看到岩石之间有片小沙滩，沙滩上铺了一块毯子，毯子上有个戴着粉红色针织帽、穿着背心和靴子的小女婴。小宝宝一个人躺在毛毯上，旁边有个白色的毛绒玩具，看起来像只小绵羊。

妈妈继续慢慢往下爬。沙滩上站了一大群人，他们背对着妈妈，每个人都穿着黑色或深蓝色的衣服，帽子和靴子上还有很酷的线条，看起来一本正经，却又神色慌张。我用我野生动物摄影师的双眼一瞄，马上看到了几个三脚架和银色圆盘，周围还围了一圈铁丝。有个小伙子正拿着圆盘左右移动，光线也随之落在毛毯上的小婴儿身上。

妈妈开始放声大笑。沙滩上的每个人都很忙，只有一位助理抬头看了看岩石间的妈妈。我想他们大概是在拍广告吧，拍什么广告呢？建议人们买一个健康活泼的小女婴来取代死去的女儿吗？我看着妈妈，她脸上逐渐绽放出光彩，我也看到隐藏在她笑声背后的奇怪表情。

她看着小女婴身后的海浪，心想它真是美得令人目眩。海浪可以在转眼之间，静悄悄地把小女婴从沙滩上卷走，夺走她的性命，这些衣着时髦的大人再怎么追也追不上。四周虽然平静，但随时可能发生灾难，海浪一来，小生命就会随波而逝，没有人救得了她，即使是时刻提防着意外之灾的母亲也束手无策。

那星期稍后，她在库索葡萄酒厂谋得一份工作，葡萄园在海湾上方的一个山谷里。她写了好些明信片寄给琳茜和巴克利，她在信中断断续续地诉说目前生活中的快乐片段，希望自己在这些篇幅有限的明信片里听起来快乐一点。

休假时她常到索萨利托或是圣罗莎的街上走走，在这些富庶的小镇上，似乎大家彼此都是陌生人。她尽力专注于周遭新奇的一切，但无论她怎么试，一走进礼品店或咖啡厅，她马上就觉得四面八方的墙壁像肺一样开始呼吸，悲伤顿时袭上心头。她心中一阵苦楚，哀愁从皮肤渗入五脏六腑，渐渐蔓延到全身，泪水像战场上勇往直前的士兵一样奔涌而出，她深深吸一口气，拼命克制自己不要在公共场所落泪。有时她会走进一家餐厅，点一杯咖啡和一份烤吐司，和着泪水把吐司吞下去。她常到花店去买黄水仙花，要是买不到，她会觉得好像被人抢走了什么。她对生活别无他求，只求有朵鲜黄娇嫩的水仙花。

众人自发地在玉米地里为我举行悼念仪式，这让爸爸大为感动，也让他开始想办更多这样的活动。从那之后，他每年都组织悼念仪式，但参加的邻居和朋友却越来越少。露丝、吉尔伯特夫妇等人年年准时参加，但其他人大多是附近路过的高中生。随着时间的推移，学生们渐渐只听过我的名字，众人以讹传讹，我的遭遇被用来警告那些独来独往的学生，特别是女孩们。

每当这些陌生人提到我的名字，我心里总是一阵刺痛。不像爸爸叫我或是露丝在日记本里提起我时，感觉那样安慰。这些陌生人说起我时，我觉得他们好像刚刚让我复活，转眼间又把我埋葬了似的。好像我被贴上了一个标签，上面写着：被谋杀的女孩。只有几个老师还记得我的模样，伯特先生就是其中之一。他有时会利用午休时间到他的红色菲亚特车里坐坐，一个人在车里想着因白血病过世的女儿。透过车窗隐约可见远处的玉米地，他望着玉米地，默默为我祈祷。

短短几年内，雷·辛格变成了一个英俊的青年。他散发出一股逼人的英气，走到哪里都相当引人注目。十七岁的他依然一脸稚气，但再过不久他就将成为一个真正的男人。他双眼深邃，睫毛又密又长，一头浓密的黑发，再加上年轻男孩特有的细致轮廓，使他带着一丝神祕的中性气质，男人女人都为他着迷。

我看着他，心里升起一股不寻常的渴望。他经常坐在书桌前看他最喜欢的《格雷解剖学》，同时按照书本中的内容，用手指轻按颈动脉，或是用大拇指轻压由臀部外侧延伸到膝盖内侧的缝匠肌。他很瘦，皮下的骨骼和肌肉分明可见，很容易就能找到这条人体最长的肌肉。我看着他的拇指沿着缝匠肌移动，不带感情地检视自己的身体，我多么想触碰他、拥抱他，探索这副年轻的身躯啊。

等到收拾行囊准备去宾州大学读书时，他已经熟记了许多冷僻的字词及其含义。我越看这些术语越担心，他的脑子里怎么还装得下其他东西呢？眼球的水晶体构造、耳朵的半规管，或是我最感兴趣的交感神经系统，为了牢记这些字眼，他难免会把露丝的友谊、母亲的关爱，以及对我的回忆丢到脑后。

但其实我是多虑了。卢安娜在家里东翻西找，希望帮儿子找到一本能与《格雷解剖学》匹敌的闲书让他带去学校——一些能让雷永葆赤子之心的东西。她趁儿子不注意时把一本印度诗集偷偷塞进了行李，诗集里夹了一张我的照片。他在宿舍一打开行李，这张早已被他遗忘的照片就掉落在床边的地板上。雷盯着照片，试图专注于分析我的脸部构造，他细细地检视着我眼球中的微血管，鼻骨的结构以及皮肤的色泽……但无论如何，他依然无法避开那曾被他吻过的双唇。

一九七七年六月，如果我还在世的话，现在也已经高中毕业了。毕业典礼当天，露丝和雷早已离开了学校：学校课程一结束，露丝就带着她妈妈的红色旧皮箱搬去了纽约市，皮箱里装满了她新买的黑色衣服。雷比其他人早毕业，已经在宾州大学结束了他大学一年级的生活。

就是这同一天，外婆在厨房里给了巴克利一本讲园艺的书。她告诉他种子是如何长成植物的：偏偏是他讨厌的萝卜长得最快，但好在他喜欢的花卉也一样能从种子萌芽，慢慢长大。外婆还教他许多植物的名称：百日草、金盏草、三色紫罗兰、紫丁香、康乃馨，以及牵牛花。

🌱

妈妈偶尔会从加州打电话回家，她和爸爸总是匆忙地进行着艰难的交谈。她问巴克利、琳茜、"假日"好不好，房子的状况如何，最后还问爸爸有没有什么话想告诉她。

"大家还是很想念你。"爸爸在电话里说，当时是一九七七年十二月，叶子已经掉光了，枯黄的树叶不是掉了一地，就是被扫成一堆堆在路旁，虽然大地已做好了迎接风雪的准备，但到目前为止还没下雪。

"我知道。"她说。

"教书工作如何？我想那是你的计划。"

"我是这么想过。"她坦白地说道。午餐后比较清闲，此刻，她正在酒厂的办公室里打电话，但再过不久，就会有五车老太太前来参观，另外她还得处理三张订单。她沉默了一会儿，然后缓缓地说："但计划改变了。"没人能说她不对，爸爸更是什么也不能说。

露丝在纽约下东区向一位老太太租了一间小房，房间原本只是老太太放衣服用的步入式壁橱，但露丝只负担得起这样的房租，况且，她也不打算花太多时间待在房里。每天早上，她得先把双人床垫卷起来放到角落里，才能腾出点地方来穿衣服。她一天只回来一趟。每天出门之后，若非万不得已，绝不回来在这里多待一分钟。这里只是她睡觉、接收信件的地方，房间虽小，但总是个实实在在的落脚处。

她在餐厅当女侍，不上班时就徒步游走在曼哈顿。我看着她用胶水修补破旧的靴子，她知道自己所到之处都有可能发生妇女谋杀案，无论是在阴暗的楼梯间或是美丽的高楼大厦，处处隐藏着危险。她尽可能在亮处逗留，也特别留心周遭的动静，借此保护自己的安全。她随身带着日记本，走累了就到咖啡店或酒吧里点个最便宜的饮料，坐下来写点零碎的小东西，再用下店里的洗手间。

她相信自己具有别人所没有的感应力，但除了详细记下她看到的景象以备将来之用以外，对于如何运用这种能力她却一无所知。尽管如此，她已逐渐不再感觉到害怕。她常看到已经过世的女人和小孩，在她心目中，这些鬼魂和凡间的活人一样真实。

在宾州大学的图书馆里，雷读到一篇名为《死亡状况》的研究报告，这份研究以养老院的老人为对象，报告中指出，院中有很多老人曾向医生或护士说，他们晚上常看到有人站在床边，这个人通常试图和他们说话或是叫出他们的名字，有时，产生这种幻象的老人会变得非常激动，医生必须给他们开镇静剂，甚至把他们绑在床上。

报告进一步解释说，病人在临死前经常发生连续的轻度中风，这就是他们产生这些幻觉的原因。报告中指出："与病人家属讨论这种现象时，我们时常称之为'死亡天使来访'，但其实这种现象是由于连续的轻微中风，病人的健康原本就在逐渐恶化，中风更使他们神志不清。"

雷用手指指着这部分内容逐字读过，他想象自己站在一个上了年纪的患者床边。如果抛开任何成见，他说不定也会像露丝多年前在停车场一样，感觉到有人轻轻飘过他的身旁。

哈维先生这几年来居无定所，他只在东海岸北部的波士顿郊区以及南方各州北部的被称为"东北走廊"的范围内活动，这些地方找工作比较容易，也没有那么多的人问东问西。他甚至偶尔想要重新做人。他向来喜欢宾州，也时常绕回来看看。我家附近公路旁有家 7-11 便利店，商店后面有片树林，他有时露宿于此，眼见树林里的烟蒂和啤酒罐越来越多。只要有机会，他依然喜欢开车到以前住的地方转转，他通常利用凌晨或深夜冒险一试，那时周围空空荡荡的，只有野鸡在路上游荡。以前这一带有很多野鸡，现在仍有一些在公路上跑来跑去，哈维先生的车灯时常照到它们空洞的双眼。以前大家还经常让小孩到新开发区的边缘一带采集黑莓，而如今，黑莓满枝的篱笆早已被推倒，拔地而起的是更多的住宅。哈维先生有时也在福吉谷国家历史公园过夜，他睡在公园里草木茂盛的田野中，采集林中的野菇充饥。有天晚上，他在公园里发现两具尸体，是两个经验不足的露营者，不慎吃了长得很像野菇的毒香菇，结果中毒身亡。他小心地拿走两人身上值钱的东西，然后头也不回地离开了。

巴克利只允许霍尔、奈特和"假日"进入自己的城堡。随着时光流逝，大石块下的草地早已干枯，一下雨城堡里就泥泞不堪，而且散发出阵阵恶臭。尽管如此，城堡依然没有倒塌，只是巴克利自己已经越来越少进去，后来霍尔终于开口叫巴克利赶快修理。

"巴克，我们得做些防水设施。"有天霍尔对弟弟说，"你十岁了，应该可以用压胶枪了。"

外婆向来喜欢年轻的男孩子，她鼓励巴克利照霍尔说的去做，每次听到霍尔要来我家，她事先都会精心打扮一番。

"你在干吗？"一个星期六的早晨，爸爸在书房里就闻到了柠檬和奶油的香味，他急匆匆地下到厨房，只见锅里有个金黄色的面团。

"我在做松饼。"外婆说。

爸爸冷静地凝视着外婆，心想这老太太是不是发疯了。现在还不到十点，他还穿着睡袍，而外面的气温已经高达九十华氏度，外婆却穿着丝袜，脸上还化了妆。忽然间，他注意到霍尔穿着汗衫站在后院里。

"我的天啊，妈，"爸爸说，"这个男孩子年纪轻到足以——"

"但他赏心悦目，不是吗？"外婆一字一顿地说。

爸爸无可奈何地摇了摇头，然后坐到厨房的餐桌前说："好吧，玛塔·哈里夫人[①]，美味的松饼什么时候才会好啊？"

一九八一年十二月，赖恩接到一个来自特拉华州的电话，他并不想接到这样的电话，但当地的警探依然找上了他。特拉华州威明顿附近发生了一起谋杀案，警方判断这个案子和一九七六年康涅狄格州发现女孩尸体的案子有关，经过锲而不舍的追踪调查发现，在康州找到的一个链饰，恰好是我失踪时遗物清单上的东西。

"这个案子已经被迫搁置了。"他在电话中告诉对方。

"我们想看看你手边有什么证据。"

"嫌犯叫作乔治·哈维，"赖恩大声说，坐在附近的同事都转过头来看他，"案发时间是一九七三年十二月，受害者叫作苏茜·萨蒙，十四岁。"

"你们有没有找到这个'西蒙'女孩的尸体？"

"是萨蒙，读起来就像'三文鱼'。我们只找到一只胳膊肘。"赖恩说。

"她有亲人吗？"

"有。"

"警方在康涅狄格州找到一些牙齿，你们有她的牙医记录吗？"

---

① 玛塔·哈里夫人，二十世纪初荷兰的红牌舞女，后因间谍罪被判死刑，现用来泛称以美貌勾引男人的交际花。

"有。"

"这也许可以解除她家人的一点悲伤。"那人告诉赖恩。

赖恩走到证物室，他原本希望永远不必再碰这个装着证据的保险箱，可现在却又不得不把它拿出来。他知道他必须打电话通知我的家人，但他决定尽量拖久一点，等到确定特拉华州的警探查出了什么之后再说。

自从塞缪尔告诉哥哥琳茜偷到玉米地的素描之后，将近八年来，霍尔一直悄悄地通过他的车友追查乔治·哈维的下落。他也像赖恩一样，除非得到确切的线索，否则绝不透漏任何的风声，因此八年来并没有什么可靠的进展。一天深夜，一名"地狱天使"帮派的重型摩托车手洛夫·西契提和霍尔闲聊，此人坦言自己曾经坐过牢，还说他怀疑他家的房客谋杀了他的母亲。洛夫说这人不叫乔治·哈维，但这并不能说明此人就不是哈维先生。霍尔随即问了一些他常问别人的问题，例如这名房客的身高、体重、嗜好等。但洛夫的母亲和其他受害者不同，索菲·西契提是个四十九岁的中年妇女，是在自己家里遭到谋杀，凶手用一个钝物把她打死，然后把尸体丢到了附近的河岸上，尸体被人发现时依然完整。霍尔读了不少犯罪小说，得知凶手的作案手法通常有固定的模式。既然洛夫提到的案子不符合乔治·哈维的作案模式，霍尔便不再多问。他一边修理洛夫破旧的"哈雷"摩托车，一边和洛夫聊些其他事情。但洛夫忽然提起一件事，霍尔听了顿时毛骨悚然。

"那个家伙盖玩具屋。"洛夫说。

霍尔马上打电话给赖恩。

时光飞逝，年复一年，我家后院的树木越长越高。这些年来，我一直留心家人、朋友及邻居的动静，也时常去看看那些曾经教过我的老师或我想上他们课的老师，还有我一直想上的高中。我坐在天堂广场的眺台上，时常假装自己还在家中后院的大树下——就是在那棵树下，巴克利不小心吞下了一截小树枝，但此后还是不长记性地跟奈特疯玩。有时我来到纽约市的一角，在某个楼梯间等待露丝走过。我还陪雷一起用功；也跟妈妈一起开车经过太平洋海滨公路，和她分享温暖咸湿的海风。然而，无论白天我跑到哪里，晚上一定回到书房陪爸爸。

我亦步亦趋地跟着他们、观察他们，我要把这些场景如照片一样印在心头。我知道，是我的死把这些场景连在了一起。也许我的死只带来了一些微小的变化，但我珍惜这些小小的改变，把它们偷偷地藏在了心里。我始终觉得，只要一直在他们身边观看，我就不会失去我所爱的人。

有天晚祷时，霍莉吹着萨克斯风，贝瑟尔·厄特迈尔太太像往常一样跟着合奏，忽然间，我看到"假日"了！一只毛茸茸的大白狗飞快地奔了过来。"假日"晚年在人间过得很好，妈妈离开之后，它每晚睡在爸爸脚边，一刻都不让爸爸离开它的视线。它还陪着巴克利盖城堡。琳茜和塞缪尔在后院阳台亲吻时，也只有它可以在场。在它寿终正寝的前几年，外婆每个星期天的早晨都会帮它做个平底锅大小的花生松饼，"假日"则每次都要试着用鼻子把饼从地上顶起来，看得外婆忍俊不禁，开怀大笑。

我等"假日"过来嗅我，我真担心它上了天堂就不认得我了。我可是那个曾搂着它一起睡觉的小女孩啊。我没有等太久，它一看到我就高兴地冲了过来，一头把我撞倒在地。

十七

二十一岁的琳茜是个大人了，虽然我永远无法像她一样长大，但我几乎已经不再为此难过。她到哪里，我就跟到哪里——我获得了大学文凭，我坐在塞缪尔的摩托车后座，手臂紧紧地搂住他的腰，身子紧贴着他的后背取暖……

好吧，我知道，我知道，那不是我，而是琳茜。尽管如此，我发现，琳茜比其他人更容易让我忘了自己是谁。

从天普大学毕业的那天晚上，琳茜坐塞缪尔的摩托车回家。他们再三向爸爸和外婆保证，到家之前绝不碰放在挂斗里的香槟，"放心吧，我们毕竟是大学毕业生嘛。"塞缪尔说。爸爸向来信任塞缪尔，这些年来塞缪尔对他仅存的女儿始终好得没话说。

从费城一路骑至 30 号公路，天空忽然飘起雨丝。刚开始雨势不大，琳茜和塞缪尔仍以五十英里的时速稳步前进。时值闷热的六月，冰冷的雨滴落在滚烫的柏油路面上，激起一股沥青的焦味。琳茜把头埋在塞缪尔的肩胛骨之间，深深地吸了一口柏油路面和两旁的灌木丛散发的气息。她想起刚才在梅西礼堂前面站着，那时还没下雨，微风吹拂着每个毕业生的白袍。在那短暂的一刻，每个人都轻飘飘的，好像就要随风飘走。

到了离家八英里的地方，雨下得越来越大，豆大的雨滴打在身上发痛，塞缪尔对身后的琳茜大喊说他要暂时把车停下来。

他们慢慢骑到公路旁的空地，这里很像是两片商业区之间的荒地，现在虽然长满了杂草，但不久后恐怕就会出现一排商店或是修车厂。摩托车在湿滑的路面上摇摇晃晃，但幸好没有滑倒在满是碎石的路肩上，塞缪尔用双脚帮助刹车，然后像霍尔教他的一样先让琳茜下车，等琳茜离摩托车远一点之后，自己再跳下车子。

他打开安全帽上的防护镜，对琳茜大喊说："我看这样不行，我得把摩托车推到树底下去。"

琳茜跟在他后面，隔着安全帽，雨滴的声音若有若无。他们小心翼翼地走过湿滑泥泞的小路，踩过公路旁边的枯枝和垃圾堆。雨似乎越下越大，琳茜庆幸自己早已换下了毕业典礼上穿的礼服，当时塞缪尔坚持叫她换上皮夹克和皮裤，她还抗议说自己会看起来像个大变态。

塞缪尔把车推到路旁的一棵橡树下，琳茜紧跟在后面。一星期前，他们一起去剪了头发，虽然琳茜的发色较淡、发质也比较细，发型师依然把她的头发剪成像塞缪尔一样短短尖尖的板寸。一脱下安全帽，大颗的雨滴马上透过树梢落在了他们的头发上，琳茜的睫毛膏晕开了。我看着塞缪尔用拇指抹去琳茜脸上的花痕，"毕业快乐！"他站在昏暗的树下说，然后弯下身来吻她。

我死后两星期，他们俩在我家厨房第一次接吻。以前我和琳茜经常抱着芭比娃娃或是对着电视上的青春偶像，一面咯咯傻笑，一面幻想心上人的模样。从他俩第一次接吻的那一刻起，我就知道塞缪尔是琳茜此生唯一的真爱。塞缪尔处处为琳茜着想，两人从一开始就建立了默契。他们一起进入天普大学，四年来形影不离。塞缪尔不怎么爱学习，在琳茜的督促之下才勉强完成学业。要不是看到琳茜在学校里那么快乐，塞缪尔一定撑不过这大学四年。

"来，我们找找看哪一带的树林比较茂密。"他说。

"摩托车怎么办？"

"等雨停了，恐怕得让霍尔来接我们。"

"该死！"琳茜抱怨了一声。

塞缪尔笑笑，然后拉起琳茜的手，两人一起往前走。他们刚跨步就听到雷声，琳茜吓得跳了起来，塞缪尔马上把她抱紧。闪电这会儿离他们还有一段距离，不出意外的话，雷声将越来越大。和我不同的是，琳茜向来害怕雷声，她总想象闪电把大树劈成两段，火势蔓延点燃附近的房子，整个社区的小狗都在地下室狂吠不已。

他们穿过矮树丛，即便有树冠遮挡，地上依然是湿漉漉的。虽然已是下午三点左右，天色却相当昏暗，只有塞缪尔手上的手电筒发出一点光亮，但无论如何，他们知道这里不是人迹罕至的荒郊野外，否则不会随便一踩就踩到空罐和玻璃瓶。他们继续往前走，透过茂密的树丛，在黑暗中，他们隐约看到了一栋维多利亚风格的老房子，屋子顶端的窗玻璃残破不堪。塞缪尔马上关掉了手电筒。

"你说里面有人吗？"琳茜问道。

"里面黑洞洞的。"

"嗯，看起来怪怪的。"

他们互相看了一眼，最后是琳茜先开口说出了两人同样的念头："进去看看吧，最起码屋子里比较干。"

倾盆大雨中，他们手牵手以最快的速度冲向房子。地上越来越泥泞，他们得十分小心才不会滑倒。

跑到房子附近时，塞缪尔渐渐辨认出尖斜的屋顶，以及悬挂在三角墙上的十字形木头装饰。一楼大部分的窗户都被木头封住了，但大门没有封死，门扇一开一合，狠狠地撞在屋里的灰墙上。塞缪尔很想站在外面观察一下房子的屋檐和上楣，但他还是跟着琳茜一起直接冲进了屋子。他们站在前厅里瑟瑟发抖，凝视着环绕四周的树林。我很快地检查了一下这栋老房子，屋里没有可怕的怪兽躲在角落，也没有流浪汉落脚，只有他们两个人。

附近的田地这些年来已经逐渐消失，但正是这些地方留有我最多的童年回忆。这一带原本全是农田，我们住的社区算得上是这里最早兴建的一批住宅区，后来的建筑商都以我们社区为样板，同样的房屋越盖越多。我小时候常想象大路尽头是什么模样，那里应该没有随处可见的色彩鲜艳的房屋、铺了柏油的车道和特大号的信箱吧。塞缪尔也有同样的想法。

"哇！"琳茜说，"你看这栋房子有多少年啦？"

琳茜的声音在屋内回荡，他们好像站在教堂里一样。

"我们四处走走看看吧。"塞缪尔说。

一楼的窗户钉上了木板，不透光，他们很难看清屋里有些什么东西，幸好塞缪尔带着手电筒，借着手电筒的光线，他们看到屋内有座壁炉，墙边还靠着一把椅子。

"看这地板，"塞缪尔说，他拉着她一起跪下来，"看到这些木工活儿了吗？这户人家显然比他们的邻居有钱。"

琳茜露出微笑，就像霍尔钟情于摩托车的内部构造和运转原理一样，塞缪尔对木工也是情有独钟。

他用手指轻轻滑过地板，同时示意琳茜也跟着做，"这栋破旧的老房子真是太漂亮了。"他说。

"会不会就是维多利亚时期的呢？"琳茜尽其所能地猜测。

"我可不敢乱讲，"塞缪尔说，"但我想这应该是哥特复兴时期的。我注意到三角墙的墙椽有些交叉的桁柱，可以推测这栋房子建于一八六〇年之后。"

"你看。"琳茜说。

看来很久以前有人在地板中间点过火。

"唉，这太糟了。"塞缪尔说。

"他们为什么不用壁炉呢？每个房间都有一个啊。"

大火在天花板上烧出了一个大洞，塞缪尔抬头透过洞口往上看，试图辨认二楼窗架的木工式样。

"我们到楼上看看。"他说。

"我感觉好像在一个山洞里，"琳茜边爬楼梯边说，"这里好安静，几乎听不到外面的雨声。"

塞缪尔一边上楼，一边用拳头轻轻敲着墙壁说："你可以把人藏进墙壁里。"

他们忽然安静下来，气氛变得有点尴尬。碰到这种时候，他们都知道最好什么都不说，过一会儿自然会好。我知道此刻他们心里都想着同一个问题：苏茜在哪里？该不该提起她，议论她呢？答案通常是否定的。我虽然有点失望，但也知道自己已不再是人间关注的焦点。

但今天是琳茜毕业的日子，生日及毕业典礼之类的场合总会勾起她的回忆，我比平时更生动地出现在她脑海中。此时此刻她的心中充满了对我的思念。尽管如此，她依然什么也没说。她想起独闯哈维先生家时曾强烈地感受到我的存在，从那之后，她始终觉得我就在她身旁，在她心中，我如影随形地跟着她，我们俩就像双胞胎一样思想同步、行动一致。

到了楼上，他们发现了刚才抬头看到的那个房间的入口。

"我想要这栋房子。"塞缪尔说。

"你说什么？"

"这栋房子需要我，我能感觉得到。"

"不如再等一会儿，等太阳出来之后再做决定吧。"她说。

"我从没见过这么漂亮的房子。"他说。

"哦，塞缪尔·汉克尔，"我妹妹说，"你就是爱修理东西。"

"你还不是一样。"他说。

他们静静地站了一会儿，嗅着透过壁炉的烟囱传来的、弥漫在整个房子里的潮湿空气。大雨依旧声声入耳，但琳茜觉得已找到了栖身之所。她安全地躲在世界的一角，身边有自己最心爱的人相伴。

她拉着他的手，我跟着他们走到二楼的一个八角形的小房间门口，这个房间应该是位于一楼的前厅之上。

"凸肚窗，"塞缪尔指着窗户对琳茜说，"你看，窗户的形状就像一个个小房间似的，这样的窗户就叫作'凸肚窗'。"

"它们让你'性'致高昂吗？"琳茜笑眯眯地问道。

我把他们单独留在雨中漆黑的大房子里。我不知道琳茜是否注意到，她和塞缪尔拉开彼此皮裤的拉链时，外面已经不再雷电交加。闪电停止了，可怕的雷声也销声匿迹了。

爸爸坐在书房里，手里握着雪花玻璃球。玻璃触感冰凉，摸着觉得很舒服。他摇了摇玻璃球，看着里面的企鹅消失无踪，不一会儿，雪花缓缓飘落，企鹅又慢慢地现身。

霍尔也冒雨从毕业典礼会场骑车回到我家。看到霍尔平安无事，爸爸本来应该觉得放心才对，换句话说，如果霍尔能够平安地闯过风雨，那塞缪尔应该也没问题。但爸爸仍然感到不安，他朝最坏的方面想，越想越担心。

琳茜的毕业典礼让他悲喜交加，巴克利坐在他旁边，很尽责地告诉他什么时候该微笑，什么时候该鼓掌。他倒不是反应不过来，但现在他的反应比一般人慢，最起码他自己是这么认为的。他的反应就像在公司处理保险索赔一样，等一阵子才能看到结果。大部分人看到疾驰而来的车子或是从高处滚落的石头都会赶快跑开，爸爸却要等一下才反应得过来。他仿佛被人狠狠挤压过，从此知觉失灵，无法精确地感受一切。

巴克利敲了敲书房半开的门。

"进来。"爸爸说。

"别担心，他们会平安回来的。"十二岁的弟弟已经相当老成，而且善解人意。虽然买菜做饭的不是他，但家里的一切事情如今全都由他一手打点。

"儿子啊，你穿西装看起来真帅。"爸爸说。

"谢谢。"弟弟听了很高兴。他想让爸爸以他为荣，一早就花了不少时间琢磨衣着，甚至请外婆帮他修剪了垂到眼前的刘海。弟弟正值尴尬的青春期，他不再是个小男孩，却也算不上大人。大部分时间，他都穿着宽大的T恤和松松垮垮的牛仔裤，但今天他觉得应该穿上西装。"霍尔和外婆在楼下等我们。"他说。

"我过一会儿就下去。"

巴克利把门紧紧地带上。

我的衣柜里依然留有那个标示着"暂时保留"的盒子。那年秋天，爸爸把盒子里的最后一卷底片送去冲洗。每当晚饭前好不容易有一点时间独处时，或是从电视、报纸上看到什么让他伤心的消息时，他就会打开抽屉，小心翼翼地拿出这些照片。

以前我拍这些自己所谓的"艺术照"时，爸爸总是一再告诫我不要浪费底片，但正因为这种浪费，我拍出了他最好的一面。比如这一张，我的角度就选取得非常好，他的脸清楚地呈现在三英寸见方的照片上，绽放出钻石般的光芒。

爸爸曾教过我如何取景和构图，我拍这些"艺术照"时，大概就是听了他的建议。他把底片送去冲洗，却不知道它们按照什么顺序排列，或是我究竟拍了些什么。洗出来的照片中有一大堆"假日"的独照，我还拍了许多草地和自己的脚，有一张照片，上空中的那一团模糊的灰影其实是一群小鸟，很显然，我还试着拍过柳树梢的落日，结果照片中只呈现出一个黑点。有段时间我决定只拍妈妈，有一天，爸爸从照相馆拿回那卷底片，他坐在车里翻看手中的一沓照片，几乎认不出照片中的女人是谁。

在那之后，他就一再把这些照片拿出来看，次数多到自己都记不清了。每一次他注视照片中女子的面容，便会感到内心有什么东西在萌生、滋长。隔了很久，直到最近，他渐渐愈合的伤口终于允许自己坦然面对心中的情愫，他才发现自己重新爱上了这个女人。

他不知道为什么一对朝夕相处的夫妻，居然会忘记对方长什么模样。底片中的最后两张照片提供了这问题的答案。那天，爸爸刚下班回家，"假日"听到车子开进车库的声音就开始大叫，我则忙着叫妈妈看镜头。

"他马上进屋，"我说，"站直一点。"妈妈按我说的站直了，这就是我喜欢摄影的原因之一，一拿起相机，我就可以指挥被拍照的人，就连爸妈也得听我的话。

我从眼角瞥到爸爸从侧门走进院子，手里拿着轻便的公文包。很久以前，我和琳茜曾经好奇地检查过公文包里到底有些什么，看了半天也没发现任何我们感兴趣的东西。爸爸放下公文包的那一刻，我趁机拍下了妈妈的最后一张独照，照片中的她已经和平常没有两样，显得心烦意乱、焦躁不安，却又努力摆出一副没事的样子。在最后一张照片里，我抓拍的是爸爸靠过来亲吻妈妈的脸颊，她的眼神中依然带着一丝失落。

"是我把你变成这样的吗？"爸爸把妈妈的照片排成一排，对着它们喃喃自语，"你是怎么变成这样的呢？"

"闪电停了。"我妹妹说，此时，汗水已取代了雨水，濡湿了她的肌肤。

"我爱你。"塞缪尔说。

"我知道。"

"不，我的意思是我爱你，我要娶你，我要和你一起生活在这栋房子里！"

"你说什么？"

"无聊透顶、毫无意义的大学生活终于结束了！"塞缪尔大喊，他的声音充满了这个小小的房间，在坚实的墙壁间回荡。

"大学生活对我来说可不是这样。"我妹妹说。

塞缪尔本来一直躺在我妹妹旁边，此时他站起来，跪在她面前说："嫁给我吧。"

"塞缪尔？"

"我不想再照着什么规矩来，嫁给我吧，我会把这栋房子收拾得漂漂亮亮的。"

"谁来养活我们呢？"

"我们可以养活自己，"他说，"总会有办法的。"

她坐起来，和他一起跪在地上，两个人都衣冠不整，身体越来越冷。

"那好吧。"

"你答应了？"

"我想我没问题，"我妹妹说，"我的意思是，好的，我答应嫁给你。"

有些怪异的比喻我从来都不明白它们到底是什么意思。比方说，我从来没看见过无头的公鸡，也不知道被斩了头的公鸡为什么还能高兴地跳来跳去，但此时此刻，我高兴得……嗯……就像无头公鸡一样在我的天堂里跳来跳去！我兴奋地不停尖叫，我妹妹！塞缪尔！哈！哈！哈！我的梦想成真啦！

眼泪顺着她的双颊流下来，他把她抱在怀里，轻轻摇晃。

"亲爱的，你高兴吗？"他问道。

她靠着他赤裸的胸膛点点头说："是的。"说完整个人忽然呆住了，"我爸爸，"她抬头看着塞缪尔说，"他现在一定在担心咱们呢。"

"没错。"他回答，试着和她一起调整自己的心情。

"这里离我家几英里？"

"大概十英里，"塞缪尔说，"或许八英里吧。"

"我们走回家吧？"她说。

"你疯了。"

"摩托车的挂斗里有我们的运动鞋。"

穿着皮裤没法跑步，所以他们只套上了内衣裤和T恤，就这么光着双腿向前奔跑，我们家里还从来没有人像他们这么大胆。塞缪尔像这些年来习惯的那样在前面带跑，路上几乎没有车，但偶尔有车子经过时，路旁的积水会溅起一道水墙，淋得两人几乎喘不过气来。两人倒不是没在雨中跑过步，但雨势从来没有像现在这么大。刚开始，他们的步伐还算轻快，虽然腿上沾满了泥巴，他们依然边跑边比赛谁能找到树荫避雨，就这样，两人在一个又一个树荫下进进出出。跑了两三英里之后，两人安静下来，按照多年训练出来的自然节奏，提起劲来一步步向前跑，只专心听着自己的呼吸以及湿球鞋踩踏路面的声音。

跑着跑着，琳茜不再刻意避开地上的水坑。水花四溅，她忽然想到以前常去的游泳池就在这条路上，我们家曾是那里的会员。我死之后，家人们承受不了众人异样的眼光，就不再去了。此刻，琳茜并没有抬起头去寻找那个熟悉的篱笆环绕的游泳池，而是低头回想起另一件往事：有一次，她和我穿着带有小褶边裙的连身泳衣在水下练习屏气，还张大眼睛看着对方，我们刚刚学会这个把戏，琳茜还不如我得心应手。我们的头发像水草一样在水中摇曳，小褶边裙随着水波摆动，两个人拼命屏住呼吸，脸颊都胀得鼓鼓的，拼命屏住呼吸。过了一会儿，我们手拉着手一跃而起，破水而出。浮出水面之后，我们的耳朵都轰隆作响，一面大口大口地吸气，一面开怀大笑。

我看着漂亮的妹妹快步奔跑，她呼吸规律、步伐稳健，显然还记得以前在游泳课上学到的技巧。她尽力穿过雨幕打量周围的一切，双腿起起落落，努力依照塞缪尔设定的速度前进。我知道她如今已不再逃离我，也不再奔向我，就像中枪后的生还者一样，八年前我在她心头留下的伤口，现在终于只剩下一道疤痕。

两人跑到离家只有一英里时，雨势已经变缓，邻居家有人向外张望，查看街上的状况。

塞缪尔放慢速度，琳茜也跟着慢了下来，他们的 T 恤紧贴在身上。

琳茜的一条腿有点抽筋，但过一会儿就好了，便又跟着塞缪尔全力往前冲去，忽然间，她感到全身战栗，脸上绽放出灿烂的笑容。

"我们要结婚了！"她说，他停下来，一把将她拥入怀里。两人热情地拥吻，全然不顾过路的司机对他们猛按喇叭。

下午四点，我家的门铃铃声大作。霍尔系着我妈妈的一条白色旧围裙，正在厨房里帮外婆切巧克力蛋糕。他闲不下来，喜欢帮忙，而外婆正好也喜欢指挥他做东做西，两人刚好是绝佳组合。在一旁观看的巴克利则喜欢吃。

"我来开门。"爸爸说，雨一直下个不停，他喝了几杯外婆调的掺有冰水的威士忌来提神。

他的精神颇为振奋，体态也很优雅，好像退休的芭蕾舞演员，多年后依然保持着良好的身形。

"我好担心啊。"他打开门，说道。

琳茜狼狈地把双臂抱在胸前，爸爸忍俊不禁，连忙把目光移开，从门边的柜子里拿出了几条备用的毯子。塞缪尔先帮琳茜裹上毯子，爸爸又笨手笨脚地把毯子披在了塞缪尔的肩上，门口的石板地上积了一摊水。琳茜刚把毯子披好，巴克利、霍尔和外婆就过来了。

"巴克利，"外婆说，"去拿几条毛巾过来。"

"你们真的冒雨骑回来了？"霍尔难以置信地问道。

"不，我们跑回来的。"塞缪尔说。

"你说什么？"

"大家到客厅坐吧，"爸爸说，"我来生炉火。"

🌱

琳茜和塞缪尔披着毯子，背对着炉火取暖。刚开始，他们全身发抖，外婆让巴克利用银盘端来小杯的白兰地，大家一边喝，一边听琳茜和塞缪尔讲述摩托车、林中造型典雅的老房子，以及那个让塞缪尔兴奋不已的八角形房间。

"摩托车还好吗？"霍尔问道。

"我们已经把车子推到了树下，"塞缪尔说，"但还是需要一部拖车过去。"

"我很高兴你们俩平安无事。"爸爸说。

"萨蒙先生，为了你，我们才冒雨跑回来。"

外婆和弟弟坐在客厅的另一端，离炉火比较远。

"我们不想让任何人担心。"琳茜说。

"嗯，琳茜尤其不想让你担心。"

客厅里忽然静了下来，塞缪尔说的话固然不假，但他也过于清楚地指出了一个大家心照不宣的事实：我们的爸爸是如此脆弱，琳茜和巴克利始终关心爸爸的感受，这已成为他们生活的一部分。

外婆迎上琳茜的目光，对她眨眨眼说："霍尔、巴克利和我烤了一些巧克力蛋糕，如果你们饿了，冰箱里还有一些冷冻的意大利千层面，我可以帮你们解冻。"说完她就站起来，弟弟也跟着起身帮忙。

"我想吃点巧克力蛋糕，外婆。"塞缪尔说。

"你叫我'外婆'？嗯，听起来不错，"她说，"你也要改口叫杰克'爸爸'吗？"

"很可能。"

巴克利和外婆离开之后，霍尔察觉出气氛有点紧张，于是他也站起来说："我想我最好过去帮忙。"

琳茜、塞缪尔和爸爸听着厨房里传来的嘈杂声音，以及客厅一角的大钟嘀嗒作响的声音——妈妈以前常把这座大钟叫作"质朴的殖民地大钟"。

"我知道我是太爱担心了。"爸爸说。

"塞缪尔不是这个意思。"琳茜说。

塞缪尔沉默不语，我也静静地看着他。

"萨蒙先生，"他终于开口，但他还是没有勇气叫"爸爸"，"我向琳茜求婚了。"

琳茜的心几乎提到了嗓子眼，但她看的不是塞缪尔，而是我们的爸爸。

巴克利端来一盘巧克力蛋糕，霍尔随后拿了一瓶一九七八年的

"唐·培里侬"走进来，手里还夹着好几只高脚杯，"外婆特地准备了这瓶香槟，庆祝你们毕业。"霍尔说。

外婆最后才进来，手上只有一杯兑了威士忌的姜汁酒，酒杯在灯光的映衬下，闪烁出钻石般清澈的光芒。

但在琳茜眼中，客厅里似乎只有她和爸爸，"爸，你什么意见？"她问道。

"我想——"他挣扎着站起来和塞缪尔握手，"我再也找不到比你更好的女婿了。"

外婆兴奋地接口道："我的老天，小宝贝，我的甜心，恭喜！恭喜！"

连巴克利也放松了下来，他放下平日里的一本正经，露出了难得的笑容。只有我还在看着那条缠绕在我妹妹和爸爸之间的微微颤动的细线，那是父女之间的牵绊，而这样的牵绊是会伤人的。

香槟酒的瓶塞"砰"的一声打开了。

"像个主人的样子！"外婆对正在斟酒的霍尔说。

爸爸和琳茜加入众人的行列，大家高兴地听着外婆不断地举杯道贺。一片祝贺声中，只有巴克利看到我站在客厅角落的大钟旁。他啜饮着香槟，眼睛盯着站在一旁的我，我身上飘出一条条细细的白线，向四方八方延伸，缓缓地在空中飞舞。有人递给他一块蛋糕，他拿在手里却没有吃。朦胧之中，他看到了我的脸庞和躯体，我的头发还是中分，胸部还未发育，臀部也依然平坦。他想叫出我的名字，但片刻之后，我就消失了。

❧

这些年来，看家人看累了的时候，我经常到途经费城车站的火车里坐坐。乘客上上下下，人潮熙攘，而我在一旁听他们说话。人声混杂着火车车门开关的声音，列车员们大声地报出站名，皮鞋和高跟鞋踩过水泥月台、金属车阶，然后登上铺了地毯的车厢走道，急速的脚步在柔软的地毯上发出沉闷的声响。就像琳茜跑步时，有时会稍微放慢脚步休息一下（她说这也算是运动），此刻我坐在车里，依旧观察着四周的动静，只不过不像往常那么专心罢了。我听着火车站里的各种声音，感觉到火车的移动，有时还听得到其他鬼魂的说话声。这些鬼魂和我一样已经离开人间，我们都在一旁观看。

天堂里几乎每个人都有人间的牵挂：可能是我们的挚爱、亲人或好友，甚至也可能是在紧要关头伸出援手、送给我们热腾腾的食物或是对我们微微一笑的陌生人。当我自己没有专注于人间的动静时，便能听到其他鬼魂和他们心爱的人说话。我想他们可能和我一样，再怎么试也没用。就像父母对小孩的循循善诱、单恋的男女对另一半的絮絮私语，这些都只是单方面的努力，我们这边再怎么殷切地叮咛，人间的人永远都不可能响应。

火车通常会在第三十街和欧文布鲁克之间停下来，我的耳际充满了鬼魂叫出的名字和发出的叮咛："小心玻璃杯""听你爸爸的话""喔，她穿这件连衣裙看起来像个大人""妈，我跟在你后面"……艾丝米拉达、莎莉、露培、奇莎、弗兰克……"好多好多名字！火车逐渐加速，这些凡间听不到的声音也越来越大，逐渐达到了顶点，大到震耳欲聋，震得我不得不睁开双眼。

车厢内顿时一片寂静，我透过车窗往外瞄，看到女人在院子里晾衣服或是收衣服。她们弯腰从洗衣篮中拿出衣物，沿着晒衣绳把白色、黄色或粉红色的床单拉直。我数着男人和小男孩的内衣裤，也看到小女孩穿的小棉裤。衣服在风中噼啪作响，充满了生气，鬼魂们无穷无尽的呼喊声逐渐销声匿迹。

啊，湿衣服的声音！厚重的双人床单湿漉漉地垂吊在晾衣绳上，水滴沿着床单流下来，滴滴答答、噼噼啪啪，这声音总让我想起童年往事。我以前经常躺在滴水的衣物下，伸出舌头来接水。我和琳茜还总是假装滴水的衣服是交通标志，不是她追我，就是我追她。妈妈总是再三警告我们：手上沾的花生酱绝不能抹在干净的床单上。有时她发现爸爸的衬衫上沾了一块柠檬糖果的印记，我们就难免被训斥一番。此时此刻，现实、回忆与想象中的景象和气味一起涌上我的心头。

那天离开我家客厅之后，我坐上了火车，脑海中始终萦绕着一幅画面：

"扶稳喽。"爸爸说。我扶着装有小船的玻璃瓶，爸爸小心翼翼地烧掉升起桅杆的细绳，小船随即在蓝色的海面上扬帆起航。我静候着爸爸完成这项重要的任务，在这个紧要时刻，我知道，瓶中的世界完完全全掌握在我一人手中。

十八

　　露丝的爸爸在电话里提到落水洞时，露丝正待在她租来的小房间里。她一面把长长的黑色电话线绕在手腕和臂膀上，一面简短回答"是"或"不是"，表示她在听爸爸说话。房东老太太喜欢偷听，因此，露丝不喜欢在电话里多说什么。她打算过一会儿再到街上去打对方付费电话，告诉家人说她准备回去看看。

　　她早就想好，在建筑商把落水洞封起来之前，一定要再回去看一次。她对落水洞之类的地方有着不为人知的强烈喜爱，但正如她没有告诉任何人她曾在停车场看到过我的鬼魂一样，她也没有告诉任何人她迷恋落水洞。她在纽约看到过太多酒鬼为了引人注意，或是想免费得到一杯酒，就在众人面前大谈家人和伤心往事。她绝不会这么做，她觉得一个人的私事不应该成为众人说三道四的谈资，她只把心事一五一十地记在日记里，写进她的诗里。每当想找人倾吐心事的冲动袭来时，她就轻声警告自己："藏在心里，藏在心里。"为了转移注意力，她总是去街上漫步。她徒步走过纽约市的大街小巷，脑中只有故乡的玉米地和她父亲检视古董的神情。纽约市成了冥思的最佳场所，虽然她喜欢徜徉于它的大街小巷，但这个大都会在她心中激不起任何涟漪。

现在她看起来已不像高中时代那样怪，但如果仔细观察，你还是可以感觉到她的眼神有如跳跃的兔子一般机警，很多人看了会相当不自在。她脸上时常带着一种特殊的表情，好像在等着什么人到来，或是留心防备一些还没发生的事。她的身体总在前倾着询问些什么，她上班的小酒馆经常有人说她的头发或是双手很漂亮，偶尔她从吧台后面走出来，有些客人看了还会赞美她的腿，但从来没有人提到她的眼神。

她总是匆匆忙忙套上黑色紧身裤、黑色短衬衫、黑色靴子和黑色的T恤——她上班、休闲都穿同一套衣服，衣服上早已布满污渍。这些污渍只在阳光下才特别明显，露丝本来不知道，但有一次她走到一家露天咖啡屋，点了一杯咖啡坐下来休息，低头看了看自己的裙子，这才发现上面满是伏特加或威士忌的污渍。酒渍似乎让裙子显得更黑了，露丝觉得很有趣，特别在日记里记上了一笔："酒精不仅能改变人，还能改变布料。"

她习惯一出门先到第一大道的露天咖啡座喝杯咖啡，路旁的台阶上总是坐着几个乌克兰女人，每个人腿上都抱着一只小狗，露丝喜欢在心里假装和这些吉娃娃、博美狗说话，这些狗个子虽小，却充满敌意，每次走过它们旁边，它们总是叫得惊天动地。

喝完咖啡之后，她继续在城中漫步，经常走到脚跟发痛，精疲力尽。除了一些奇怪的人之外，没有人和她打招呼，她自己发明了一个游戏，看能够连续走过多少条街道，中途不因过往车辆而停步。她从不因任何人而放慢脚步，有时，一群纽约大学的学生或是拿着洗衣篮的老妇人会与她擦身而过，人来人往，她只感觉行人像风一样飘过她的身旁，面目模糊，如同幽灵。她经常想象自己走过之后，会有人转头回望她，但她其实也知道，自己只是一个默默无闻的小人物，除了同事之外，没有人知道她住在哪里，也没有人等候她回家。在这座城市，她已经成功地隐姓埋名。

她不知道塞缪尔向我妹妹求婚了，唯一和她保持联络的同学就是雷，所以除非雷告诉她，否则她永远也不会知道这件事。在高中时她已经听说我妈出走了，这件事再度掀起新的波浪，她看着我妹妹勉力支撑，她们偶尔会在走廊上碰面，她只好在不增加琳茜困扰的前提下，找机会说几句话为琳茜打气。露丝知道同学们都觉得她是怪人，也知道琳茜在天才生夏令营之所以会对她吐露心事，只是因为那天晚上就像做梦一样，梦中所有该死的规矩全部松绑，她们才得以畅所欲言。

雷却和其他人不同。对她而言，他们的亲吻、推搡和碰触就像玻璃柜里的宝贝一般，她非常珍惜这些回忆。每次回家探望父母，她总会去见他一面，一想到要去落水洞，她也马上想到邀他一起去。她想他应该会欣然应允，因为他平常课业压力相当大，有机会探一下险也不错。而对她来说，运气好的话，他也许会讲述观摩某次临床治疗的全过程给她听，他经常这么做。雷的描述让露丝有身临其境之感，她不但了解他说的每一句话，更能体会他的感受。他并不知道自己的话有如此强大的力量，但他确实唤起了她内心所有的感觉。

她沿着第一大道朝北走，她能清楚地指出自己曾在哪些地方逗留，因为感觉到曾有女人或小女孩在这些地方遇害。每天晚上写日记时，她尽量把这些地方都列出来，不管是在报上读到的凶杀案发生地，还是她自己知道有人被害的地方。只是一想到那些阴暗狭窄的小巷，以及在那里发生的事情，她就感到思绪沉重，精疲力竭。她每天都把心思放在这些悬而未决的谋杀案上，只好忽略了其他那些比较简单明了的案件，如果她在报上读到某个遭到谋杀的女人，她都会去现场悼念死者。

她不知道她在天堂里相当出名，我告诉朋友们露丝是谁以及她都做了什么：她每天在大都会中漫步，走到曾经发生凶杀案的地方就静静地哀悼，回家之后还在日记里为每个受害者祈祷。很快，天堂里的每个人都听说了这件事，特别是那些在纽约遭到谋杀的女人，她们都想知道露丝是否发现了她们的遇害地点。在天堂里有很多人是露丝的粉丝，但这群人恐怕会让露丝失望，因为她们聚在一起热切讨论露丝的模样，就好像一群小女生围着偶像杂志大谈影视红星似的，而不像露丝想象中崇拜一个知名鼓手那样，只是满怀敬意地窃窃私语。

我还是继续跟着露丝四处游荡。大家都觉得露丝天赋异禀，令人羡慕，其实不然，我发现虽然这种超级感应力相当惊人，但有时也令人相当痛苦。每当有影像在露丝的脑中闪现，都会留下不可磨灭的印记。有时，它们如闪电一样稍纵即逝——有人从楼梯上被推下来，一声尖叫，一双紧紧勒住脖子的手；而另一些时候，某个女人或小女孩遇害的全过程，会完整地呈现在她脑中。

露丝一身黑衣，游走于喧扰的纽约大都会中。曼哈顿城中人来人往，行色匆匆，没有人注意到这个驻足于路边的女孩。一身艺术系学生打扮的露丝走到哪里都不会引人注目，大家只当她是个平常的大学生。但对身居天堂的我们而言，她正进行着一项伟大的工作，凡间绝大多数的人甚至连想都不敢想。

琳茜和塞缪尔的毕业典礼后的第二天，我又跟着露丝一起出去漫游。她走到中央公园，虽然早已过了午餐时间，公园里依然相当热闹。情侣们坐在修剪后的草地上，露丝偷偷地望着他们。在这个晴朗的午后，她的窥伺显得格外醒目。那些年轻人一旦接触到她的目光，便马上把头低下去，或是转头去看其他地方。

她在中央公园的各处穿行，显而易见，她有很多地方可以去，比如说漫步道，那里的树下发生过数不清的暴力事件。但更多的时候，她还是选择了那些大家认为比较安全的地方，比方说公园东南边的小鸭池塘，池面波光潋滟，池边凉爽宜人，而且附近人来人往，比较热闹。她也常去公园里的人造湖，那里相当清幽，湖边常见老人为他们手工雕刻的美丽帆船扬帆起航。

此外，公园里有个动物园，这一天，她坐在了通往动物园小径旁的一张长椅上。只见碎石路的另一头有保姆带着小孩在玩，还有一些成年人独自坐在树荫下看书。虽然走得很累，她还是从背包里拿出了日记，翻开放在膝上，手上拿支笔，假装在思考。她知道一个人坐在公园凝望远方时，最好装出有事情做的样子，不然就会有奇怪的人过来搭讪。日记是她最亲密、最重要的朋友，里面装着她所有的心事。

坐了一会儿，她眼前忽然走过来一个小女孩，保姆在毯子上睡着了，小女孩一个人走来走去迷了路，眼看就要走进公园和第五大道之间的玫瑰花丛。露丝回过神来，正想大声警告小孩的保姆，但冥冥之中仿佛有什么东西先她一步惊醒了保姆，她忽然惊醒，猝然坐直，高声喝令小女孩回来。

在这种时候，露丝总觉得天堂与人间仿佛存在着两组相互对照的密码，一组是平安长大的小女孩，另一组则是不幸遇害的小女孩，两者之间好像有着某种神秘的无法摆脱的关联。保姆收拾好东西装进包里，卷起毛毯，准备带着小女孩离开，露丝这才看到刚才是谁警告了保姆，那是另一个小女孩。很久以前，小女孩迷路走进玫瑰花丛，自此就消失无踪。

　　从小女孩身上穿的衣服判断，露丝知道这是一件发生在很久以前的事，但其他细节都不得而知。她只看到小女孩一个人，不知道事情发生在白天还是黑夜，小女孩身旁没有保姆，也没有妈妈，就这么失踪了。

　　我和露丝一起坐下来，她翻开日记，在里面写道："时间不详。小女孩在中央公园迷路走向树丛。白色衣领绣着蕾丝边，十分精致。"写完之后她合上日记，顺手放回背包里。不远处的动物园里有座企鹅馆，到那里坐坐通常能减轻她的痛苦。

　　我们整个下午都待在馆里，展场四周的座椅上铺着绒毯，她一身黑衣，静静地坐在椅子上，远远看去只能看到她的脸庞和双手。企鹅摇摇摆摆地前进，一面发出咯咯的叫声，一面潜进水里。它们姿态笨拙地滑下栖息的岩石，一到水里却变成穿着燕尾服的勇士。小孩子把脸贴在玻璃箱上兴奋地大叫。露丝数着活生生的小孩，也数着孩童的阴魂。馆内四处洋溢着小孩愉快的笑声，只有在这短暂的一刻，她才能将鬼魂的哀鸣逐出脑外。

　　毕业典礼后的那个周末，弟弟像平常一样早起。七年级的他每天在学校买午餐，参加学校的辩论队，上体育课时，他也像当年的露丝一样，总是拖到倒数第一二个才走进体育馆。他不像琳茜那么喜欢运动，外婆说他只会练习摆出"使性子的姿态"。他最喜欢的不是某位任课老师，而是一位图书馆管理员，这个高瘦、苍白、一头硬发的女人，保温壶里总是装着热茶，时常一边喝茶一边说着自己年轻时住在英国的事情。受到她的影响，弟弟好几个月讲话都带着英国腔，琳茜看 BBC 制作的名著剧场时，他也显得非常有兴趣。

妈妈离开后，家里的花园就荒芜下来，前一阵子弟弟问爸爸，能不能让他重新整理花园，爸爸回答说："当然可以，巴克，好好干吧。"

他果然非常认真，甚至到了不可思议的疯狂地步。晚上睡不着时，他就详细翻阅园艺目录，看得几乎出神。他还翻阅了学校图书馆里所有关于园艺的藏书。外婆建议他种些荷兰芹和紫苏，霍尔则说茄子、香瓜、小黄瓜、胡萝卜和豆子之类"有用的植物"比较好，弟弟觉得两人说的都没错。

他不喜欢书上说的方法。书上建议将花卉和西红柿分开种，香料最好种在花园的角落，他觉得这些说法都没什么道理，就决定照自己的方式试试看。他每天缠着爸爸帮他买种子回家，还主动跟着外婆去买菜，外婆看他在杂货店里殷勤地帮忙取东西，买完菜之后只好带他到花店去买一小盆花。就这样，他凭着一把铁锹，慢慢地种出了满园花草。他现在正等着他的西红柿、雏菊、牵牛花、紫罗兰和鼠尾草萌出嫩芽，小时候搭盖的城堡现在成了工具间，里面摆着他的各种工具和补给品。

外婆知道总有一天，巴克利会明白他不能把花草蔬果全部种在一起，而有些花草也不会按时萌芽。胡萝卜和马铃薯在地底下愈长愈大，最后一定会干扰到细嫩低垂的黄瓜秧的生长；生命力旺盛的杂草说不定会盖过荷兰芹；在园中乱蹦的害虫也可能咬坏脆弱的花蕊。但她现在已不再相信说教，只是在一旁耐心等着巴克利自己发现这些事情。进入古稀之年的她如今相信，只有时间能证明一切。

巴克利把地下室里的一箱衣服拖进厨房时，爸爸正好下楼喝咖啡。

"你拿了什么东西啊，小农夫？"爸爸说，他早上心情总是特别好。

"我要打桩把西红柿围起来。"弟弟说。

"它们已经冒芽了吗？"

爸爸穿着蓝色的睡袍，光脚站在厨房里，外婆每天早上都给大家准备一大壶咖啡，此刻，爸爸从咖啡壶里倒了一杯出来，边喝边看着他的小儿子。

"我今天早上刚看到一些嫩芽，"弟弟兴奋地说，"它们卷在一起，好像正要张开的手掌一样。"

过了一会儿，当爸爸靠在厨台旁边，把弟弟的话重复给外婆听时，他从后窗看到了弟弟从箱子里拿出的东西。箱子里的衣服是我的，琳茜先挑过一次，把她想要的衣服拿走了，剩下的留在我房间里，外婆搬进我房间之后，她趁爸爸上班时，悄悄把琳茜挑剩的衣服收到箱子里，放进地下室，上面只贴了张写有"保留物品"的小标签。

爸爸放下咖啡杯，穿过纱门，边走边叫巴克利。

"爸，怎么了？"巴克利察觉到爸爸的语气有点不对劲。

"这些是苏茜的衣服。"爸爸走到巴克利旁边，平静地说。

巴克利低头看了看手上那件黑色的方格呢连衣裙。

爸爸走近了一点，从弟弟手上拿起裙子，然后沉默着把弟弟散放在草地上的衣服捡起来，他紧抓着我的衣服，一语不发地走回屋里，看起来几乎快要喘不过气来。就在这时，弟弟心中冒起一股无名火。

只有我看到了弟弟的脸色变化，一抹潮红从他的耳后蔓延到脸颊和下巴，白皙的脸上逐渐染上一抹红晕。

"我为什么不能用这些衣服？"他问道。

爸爸听了感觉好像有人在他背上重重地打了一拳。

"为什么我不能用这些衣服来围西红柿？"

爸爸转过身，看着满脸怒容的小儿子，儿子身后是一排挖得整整齐齐的园圃。"你怎么可以问我这个问题？"

"你必须做个选择，这太不公平了。"弟弟说。

"巴克？"爸爸把我的衣服紧抱在胸前。

我看着巴克利越来越生气，他背后的秋麒麟树丛绽放出金黄色的光芒，从我死到现在，已经长高了一倍。

"我烦死了！"巴克利大喊，"奇莎的爸爸过世了，她还不是好好的！"

"奇莎是你的同学吗？"

"没错！"

爸爸愣在那里，他可以感觉到自己光溜溜的脚踝和双脚沾满了露水，脚下的土地又湿又冷，仿佛带着某种征兆。

"噢，真令人难过啊。她爸爸什么时候过世的？"

"爸，他什么时候死的不重要，你还是不明白！"巴克利猛地转身，开始狠狠践踏刚刚冒出来的西红柿嫩芽。

"巴克，停下！"爸爸大喊。

弟弟转身看着爸爸，泪流满面。

"爸，你就是不明白！"他说。

"对不起，"爸爸说，"这些是苏茜的衣服，我不能……唉，可能没什么道理，但这些是她的衣服，她以前穿过这些衣服啊。"

"你把小鞋子拿走了，对不对？"弟弟说，此时他已经不哭了。

"你说什么？"

"你拿走了小鞋子，你从我房间里拿走了小鞋子。"

"巴克，我不知道你在说些什么。"

"我把玩'大富翁'的小鞋子收了起来，但它后来不见了。一定是你拿走的！你这么做就好像她只属于你一个人！"

"你把话说明白。这和奇莎的爸爸有什么关系？"

"把衣服放下。"

爸爸把衣服轻轻地放在了地上。

"这和奇莎的爸爸没有关系。"

"那告诉我跟什么才有关系！"爸爸现在只能靠直觉猜测，他好像回到了那个刚动完膝盖手术的晚上，止痛药让他整个人昏昏沉沉的，清醒之后，他模模糊糊地看到五岁的儿子坐在身边，小巴克利专等着爸爸张开眼睛，然后他就可以说："爸，你看，我在这里！"

"她已经死了。"

时隔多年，爸爸听了心中依然刺痛，"我知道。"

"但你表现得却像是不知道，奇莎的爸爸在她六岁时就死了，奇莎说她几乎不会去想他。"

"她会想的。"爸爸说。

"可我们怎么办呢？"

"谁怎么办？"

"我们！爸爸，我和琳茜！妈妈就是因为受不了，所以才走的。"

"不要这么激动，巴克。"爸爸说，他呼吸越来越困难，但依然尽力保持镇定。忽然间，他心中响起一个微弱的声音：放手吧，放手吧，放手吧。"什么？"爸爸说。

"我什么都没说。"

放手吧，放手吧，放手吧。

"对不起，"爸爸说，"我觉得不太舒服。"他站在潮湿的草地上，感到双脚越来越冷。他的胸口好像有个大洞，园中的蚊虫绕着空荡荡的胸腔飞舞，耳际依然回荡着那个微弱的声音：放手吧。

爸爸忽然跪倒在地上，双臂不由自主地摇晃，他全身开始抽动，仿佛在被针扎一样。弟弟立刻冲到他身旁。

"爸？"

"巴克。"爸爸语带颤抖，声嘶力竭地呼喊弟弟。

"我去叫外婆。"巴克利飞快地跑回屋内。

爸爸倒在地上，脸颊歪向我的旧衣服，虚弱地喃喃自语："永远也做不出选择的。因为你们三个，我个个都爱。"

那天晚上，爸爸躺在医院的病床上，连在他身上的监视器发出沉闷而规律的低鸣。此刻，我可以安安静静地把他带走，但我能把他带到哪里呢？

病床上方的时钟分分秒秒地移动，我想起一个常和琳茜玩的游戏，以前我们经常待在院子里，一边摘下雏菊的花瓣，一边不停重复：他爱我、他不爱我。墙上的钟声嘀嗒作响，此刻，我跟着钟声的节奏，默念着我的两个最大的愿望："为我死，别为我死；为我死，别为我死。"我控制不了自己，眼看着爸爸的心跳越来越弱，我心里也充满了挣扎，如果爸爸死了，他就可以永远陪伴我，这样想难道错了吗？

巴克利躺在自己的房间里，他把被单拉上来抵着下巴，一个人静静地躺在黑暗中。呼啸的救护车带走了我们的爸爸，随后琳茜开车和他一起到了医院，但他们却只能跟到急诊室的外面。琳茜不停地重复着两个问题："你们到底谈了些什么？他为什么这么激动？"弟弟心中升起一股强烈的罪恶感。

弟弟最怕失去爸爸，爸爸是他生命中最重要的人，虽然他也爱琳茜、外婆、塞缪尔和霍尔，但没有人能像爸爸这样让他牵肠挂肚。不管是白天还是黑夜，他总是小心翼翼地走动，留心爸爸的举动，好像一不留神就会失去他。

爸爸的这一边是我，另一边则是弟弟；一边是已经死去的女儿，一边是活生生的儿子，两个都是他的孩子，两个都有着同样的心愿。我们都希望爸爸永远陪在身旁，但他不可能同时满足我们的愿望。

巴克利从小到大，爸爸只有两次没有送他上床睡觉。一次是爸爸到玉米地找哈维先生的那个晚上，一次则是现在。此时此刻，爸爸躺在医院里，医生们正在监测他的病情，以免心脏病再度发作。

弟弟知道他已经长大了，不应该再计较这种小孩子的事，但我理解他的心情。爸爸非常会哄小孩子睡觉，睡前的亲吻十分美妙。每晚巴克利睡觉之前，爸爸总是先拉下百叶窗，用手顺顺叶片，确定没有叶片翘起来，以防次日的晨光在他进来叫醒儿子之前弄醒巴克利。接着，爸爸走到床边，弟弟兴奋得胳膊和腿上都起了鸡皮疙瘩，这种期待是如此甜蜜。

"巴克，准备好了吗？"爸爸问道，弟弟有时大喊"信号收到"，有时大叫"起飞"，但如果他既害怕又兴奋，只想快点迎接宁静时，就只是大叫"好了！"爸爸会用双手的拇指和食指分别捏住被单的两角，然后两手一掀，整张被单就轻飘飘地落下。如果是巴克利的被单，落下的便是一团淡蓝色的云彩，如果是我的被单，飘下的则是浅紫的云雾。被单像降落伞一样在弟弟的头顶奇妙地张开，轻盈地落下，飘得很慢、很美，最后才柔柔地盖住弟弟光溜溜的膝盖、额头、脸颊和下巴。被单在空中飘着，带起阵阵微风。弟弟裹在被单里，幸福得浑身发抖，心里觉得既自在又安全。他多想恳求爸爸再玩一次。微风轻扬、被单落下，微风轻扬、被单落下，两者之间似乎有着某种说不出来的关联，就像他和躺在病床上的爸爸之间，也有一种难以形容的牵连一样。

那天晚上，弟弟头靠着枕头，像婴儿一样蜷缩在床上。他没拉百叶窗，邻居家的灯光照了进来，他瞪着房间另一头的衣柜，以前他曾想象邪恶的女巫会从衣柜里跑出来，和躲在床下的恶龙联手欺负他，现在他不害怕了。

"苏茜，请你别带走爸爸，"他轻轻地说，"我需要他。"

离开弟弟之后，我走下天堂广场的眺台准备回公寓，街灯投射出蘑菇般的光影，我像往常一样数着街灯往前走，眼前忽然出现一条铺了砖块的小径。

我沿着小径继续往前走，砖块变成了平坦的石头，石头又变成了尖锐的小石块，最后连石块也没有了，放眼望去都是被翻搅过的大片泥土地。我静静地等待着，我在天堂里待得够久了，知道等下一定会看到些什么。夜幕逐渐低垂，天空染上了一抹柔和的淡蓝，就像我离开人间的那个夜晚一样。朦胧之中，我看到有人向我走来，那人离我太远，我还分辨不出是男是女，是大人还是小孩。月亮冉冉升起，照到这个人身上，我渐渐看出那是一个男人，我的呼吸变得急促，心里也越来越害怕。我跑上前去，想要看个清楚。那会是爸爸吗？还是从我上了天堂之后，就非常希望看到的罪有应得的哈维先生？

"苏茜！"我向前走了几步，停在离他几英尺远的地方，他朝我伸开了双臂。

"还记得我吗？"他说。

我觉得自己又变成了六岁的小孩子，站在伊利诺伊州一栋大房子的客厅里。现在，我就像从前一样，把双脚轻轻踏在了眼前这个男人的脚背上。

"爷爷！"我高声大叫。

四周只有我们祖孙二人，因为我们都已经上了天堂，所以我还像六岁时一样轻巧，祖父也像他五十六岁那年，爸爸带我们去探望他时一样健康。音乐声响起来，祖父在世时，每次听到这段音乐他都会潸然泪下。

"还记得这段音乐吗？"他问道。

"巴伯！ ①"

"没错，巴伯的弦乐慢板。"他说。

---

① 巴伯，美国著名作曲家。

我们随着音乐起舞，以前我们在人间总是笨手笨脚，现在的舞姿则轻盈流畅。我记得以前问过祖父，听这首曲子他为什么会哭。

"苏茜，有时候，即使你心爱的人已经过世很久了，想起来还是会伤心掉眼泪。"当时，他边说边把我抱在怀里，我三两下就挣脱了他的怀抱，然后就跑到后院去找琳茜玩，那时我们觉得祖父家的后院好大。

那天晚上，我们祖孙俩没有多说什么，天空似乎总是一片湛蓝，我们在永不消逝的蓝光中跳了好久。我知道在我们跳舞的同时，天堂与人间都起了变化。我们在自然课上曾读过这种转变，刚开始也许很慢，可忽然间就天旋地转，时间和空间都随之改变。我贴近祖父的胸膛，嗅着他身上老年人的气味，就像爸爸身上多了樟脑丸的气味一样。我开始想自己喜欢的各种气味：金橘、臭鼬、特级烟草。人间的地上沾着鲜血，天堂的天空却一片湛蓝。

乐声停止时，我们仿佛已经跳了很久很久。祖父往后退了一步，他身后的天空逐渐转为黄色。

"我得走了。"他说。

"去哪里？"我问道。

"亲爱的，别担心，你很快也会去那里的。"

祖父说完就转身离去，他的身影很快化为数不尽的光点与细尘，消失在我眼前。

十九

　　那天早上妈妈到酒厂上班时，看到值班的工人用不纯熟的英文留了一张字条给她。妈妈每天开始工作之前，总是习惯边喝咖啡，边看看窗外成排成架的葡萄，但那天早上她一看到"紧急"这两个字，也顾不得喝咖啡了。她马上打开公共品酒区的大门，灯都来不及开，便摸黑找到了吧台下面的电话，直接拨了宾州家里的号码，但响了半天无人应答。

　　试了两三次之后，她打电话给宾州地区的接线员，询问阿希尔·辛格博士家的电话号码。

　　"是啊，"卢安娜在电话里告诉妈妈，"雷和我几小时前看到救护车停在你家门口，我想现在大家应该在医院里。"

　　"谁出了事？"

　　"我不太清楚，可能是你母亲吧？"

　　但她从纸条中得知，打电话来的正是她妈妈，这表示出事的一定是她的哪个孩子或杰克。她谢过卢安娜，然后挂了电话。她握住沉重的红色话机，把它从吧台下面拿了上来。话机下面原本压着一堆为品酒顾客准备的不同颜色的纸张。一拿起电话，这些标示着

"柠檬黄 = 年份短的霞多丽干白""草莓红 = 苏维农干红"的便条纸便全部散落在地。她不由得庆幸自己习惯早到,满脑子想的全是家附近有哪些医院。她还记得以前我们莫名其妙地发烧或是可能摔断了骨头时,她曾带我们去过的那几家医院。她赶紧一一致电,最后终于在我开车送巴克利去的那家医院打听到了消息:"有位叫作杰克·萨蒙的病人被送进了急诊室,他现在还在里面。"

"您能告诉我出了什么事吗?"

"请问您和萨蒙先生是什么关系?"

她说出多年以来没有说过的几个字:"我是他太太。"

"他心脏病发作。"

她挂了电话,颓然地坐在雇员区的橡胶地板上,直到值班经理走进来时,她依然坐在那里喃喃地重复着:丈夫,心脏病。

当她回过神来时,发现自己已经坐在了值班工人的卡车上,这个沉默的工人平常很少离开酒厂,现在他载着她直奔旧金山国际机场。

她买好机票,登上一班在芝加哥转机、飞往费城的班机。随着飞机逐渐上升,乘客和空服人员已置身于云雾之中,妈妈恍惚间听到"叮"的一声,机长像往常一样播放乘机的注意事项;随后,空姐推着装有鸡尾酒的车子穿过狭窄的走道,车子叮当作响。但妈妈对周遭的一切都视而不见,她只看到酒厂那个阴凉的石头拱廊,拱廊后面放着空橡木桶,白天工人们经常坐在那里乘凉,但此刻在妈妈眼中,这些工人全都不存在,拱廊中只有爸爸握着那只缺了把手的韦奇伍德瓷杯,看着她。

飞机在芝加哥降落,有两个小时的转机时间。她的心情总算稍微平复了一些，便去买了一把牙刷和一包香烟，然后又打电话到医院，这次她请外婆过来听电话。

"妈，"她说，"我现在在芝加哥，再过几个小时就到家了。"

"谢天谢地，阿比盖尔，"外婆说，"我又打了一次电话到酒厂，他们说你已经去机场了。"

"他情况如何？"

"他在找你。"

"孩子们在医院里吗？"

"是的，塞缪尔也在。我原本打算今天打电话告诉你的，塞缪尔已经向琳茜求婚了。"

"太好了。"妈妈说。

"阿比盖尔？"

"怎么了？"妈妈听得出外婆好像欲言又止，这绝非外婆平日的作风。

"杰克还在找苏茜。"

她一走出芝加哥机场，马上点燃一支香烟，一群学生经过她身旁，个个都提着乐器和简易的旅行袋，乐器盒上都系着一个鲜黄色的名牌，上面写着"爱国者之家"。

芝加哥闷热又潮湿，路边的车辆又排放出废气，浊重的空气更加令人窒息。

她以前所未有的速度抽完了手上的香烟，随后立马又点上了一支。她一只手紧紧地贴在胸前，另一只手拿着香烟，每吸完一口就把这只手臂尽力向前伸。她还穿着酒厂的工作服：下身是一条褪色的干净牛仔裤，上身则是口袋上绣着"库索酒厂"、有点泛白的橙色T恤。她的肤色比以前黑了，但更衬托出淡蓝色的大眼睛。她把头发放下来，在颈下松松地扎了个马尾，我可以看到她耳后和鬓角边夹杂着几根白发。

从沙漏一端漏下的沙子终将复位，她想，离家这些年来她一直只身独处，可是对家人的牵挂终究会把她拉回来，比如现在，女儿即将结婚，丈夫又心脏病发作，这两股力量终于迫使她重返家门。

她站在航站楼外，伸手从牛仔裤后面的口袋拿出一个男用皮夹，自从到酒厂上班之后，她就不再随身携带皮包，而是把钱和证件放在了男用皮夹里，这样就不用担心工作的时候皮包放在吧台下安不安全了。她随手把烟蒂丢到出租车车道上，转身在路旁的水泥花坛边坐了下来，花坛里有些杂草，还有一棵小树可怜兮兮地挺立在乌烟瘴气的空气中。

皮夹里放着一些照片，她每天都把它们拿出来看，唯独有一张被反过来，夹在了放信用卡的夹层。警察局证物室的保险箱里也摆着同样一张照片：雷离家上大学之前，卢安娜也把同一张照片夹在了一本印度诗集里，放进他的行囊；我出事之后，警方印制的传单、塞在邮箱里的寻人海报，以及刊登在报纸上的也是这张在学校拍的照片。

时隔八年，但对妈妈而言，这张照片依然时刻出现在她眼前。好像明星的宣传海报一样，它无处不在，我的身影已经深深地烙印在其中。照片中的我，脸颊特别红润，眼睛也比我其他照片中的更蓝。

她抽出照片，把它翻过来正面朝上，轻轻地合在手中。她想念我的牙齿，以前她看着我一天天长大，总觉得我那一口锯齿状的白牙非常有趣。拍照的那一天，我答应妈妈会对着相机露齿微笑，但一看到摄影师却又变得很害羞，差点连抿嘴笑也笑不出来。

航站楼外的扩音器呼叫转机的乘客登机，她转身看看那棵在烟雾中挣扎的小树，在扩音器的催促声中，她把我的照片摆在了瘦小的树干旁，然后匆匆走进了自动门内。

在飞往费城途中，她坐在一排三个座位的中间，两边都没人。她不禁想到，如果她是个尽责的母亲，孩子一定是跟着她一起出门，她两旁的座位会一边坐着琳茜，另一边坐着巴克利，座位绝不会空着。虽然她现在名义上还是两个孩子的妈，可近十年来，她在他们的生命中彻底缺席，早已失去了做母亲的权利。母性是一种强烈的冲动，很多年轻女孩都梦想着当妈妈，但她始终没有这股冲动。她想，或许正因为她从未真正想过要我，所以才会受到如此惨痛的惩罚。

我看着她坐在飞机上，托白云送上我的祝福，希望妈妈不要再苛责自己。想到即将面对家人，她的心情顿时变得非常沉重，但沉重之余，却也感觉到一丝解脱。空姐递给她一个蓝色的小枕头，她沉沉地睡了一会儿。

飞机终于抵达费城，降落之后，飞机在跑道上滑行，她再次提醒自己今年是哪一年，以及她人在哪里。她在脑中飞快地盘算见到两个小孩、她妈妈以及杰克之后该说些什么，想了半天，脑中却一片空白，最后，当飞机抖动着停稳时，她干脆不想了，只等着下飞机。

她的女儿在长长的走道尽头等候，她却几乎认不出她来了。这些年来，琳茜已长成一个高挑的女孩，很瘦，完全看不出小时候胖嘟嘟的模样。站在琳茜旁边的塞缪尔看起来像是她的双胞胎兄弟，只是他更高一点，肌肉也更发达一些。妈妈目不转睛地看着他们两人，他们也凝视着妈妈，刚开始，她甚至没注意到候机室里还坐了一个胖胖的小男孩。

大家在原地站了几分钟，每个人都好像被钉在地上一样无法动弹，好像只有等到妈妈先迈开脚步，大家才会跟着移动。正当妈妈要走向琳茜和塞缪尔时，她看到了巴克利。

在机场的广播声中，她迈步走上铺有地毯的走道，其他乘客匆忙地从她身边经过，边跑边向前来接机的家人打招呼，感觉比她正常多了。她看着候机室中的巴克利，感觉好像穿越时光隧道回到了过去。她想起一九四四年的温涅库卡夏令营，当时她十二岁，一张脸圆鼓鼓的，大腿也很粗壮。她时常庆幸两个女儿长得和她年轻时不一样，可她的小儿子遗传到了这些特点。她离开得太久，也错过了太多。时间一去不复返，有些事情她永远也无法弥补了。

我数着妈妈的脚步，如果她自己也数了的话，她会知道她走了七十三步；短短的七十三步内，她完成了过去七年不敢去做的事情。

我妹妹先开口。

"妈。"她说。

妈妈看着琳茜，回过神来——时光瞬间向前移动了三十八年，她再也不是那个在夏令营的寂寞小女孩了。

"琳茜。"妈妈说。

琳茜目不转睛地看着妈妈，巴克利也站了起来，但他只是低头看看鞋子，然后又回过头去看窗外的停机坪。那里停了好几架飞机，乘客正井然有序地穿过通道登机。

"你爸还好吗？"妈妈问道。

琳茜一叫"妈"就僵住了，这个字听起来好陌生，叫起来感觉怪怪的。

"我想他情况不太好。"塞缪尔说，到目前为止，还没人说出这么长的句子，妈妈在心里十分感谢塞缪尔。

"巴克利？"妈妈装出若无其事的样子和弟弟打招呼——她终归是他的母亲，不是吗？

他转头面向她，略带敬意地说："大家都叫我巴克。"

"巴克，"她一面轻声重复，一面低头看着自己的手。

琳茜想问妈妈：你手上的戒指呢？

"我们该走了吧？"塞缪尔问道。

四人一起走上了通往中央航站的长长走道，正准备前往拿行李的转盘时，妈妈忽然说："我没有行李。"

大家忽然停步，气氛显得相当尴尬，塞缪尔四处张望，看能否找到通往停车场的标志。

"妈。"琳茜再度试图和妈妈说话。

"我骗了你。"琳茜还没来得及说什么，妈妈就先开了口。她们目光相遇，交换着说不出口的秘密。在炽热的目光中，我感觉得出，这个秘密就像刚被蛇吞下肚子还没消化的小老鼠一样，在两人的心里蠢蠢欲动——赖恩。

"我们先搭扶梯上去，"塞缪尔说，"然后再从上面的通道去停车场。"

塞缪尔大声喊巴克利，巴克利看机场安全人员看得出神，他向来对穿制服的军警人员非常感兴趣。

他们开车上了高速公路，一片寂静中，又是琳茜先开口："医院说巴克利还小，所以不让他进去看爸爸。"

妈妈在前座上转过身来说："我会想办法跟他们商量的。"她边说边看着巴克利，头一次试着对他微笑。

"去你妈的。"弟弟头也不抬，低声咒骂。

妈妈愣住了，弟弟终于开口，脱口而出的却是这种话。他的心中充满了恨意，满腔怒火如波涛般汹涌。

"巴克，"妈妈及时记起现在大家都这样叫弟弟，"你看看我好吗？"

他定定地瞪着她，满怀怒意。

妈妈只好转身看着前方，过了一会儿，前座传来低低的啜泣声，妈妈虽然拼命压抑，但塞缪尔、琳茜和弟弟依然听得一清二楚，只可惜，再多泪水也软化不了巴克利。日复一日、年复一年，恨意已经层层包裹住了那个天真无邪的四岁小男孩，童稚之心已化为铁石心肠。

"等看到萨蒙先生，大家的心情就会好一点了。"塞缪尔说，说完之后，连他也受不了车内的气氛，于是俯身打开了控制板上的收音机。

八年前的一个深夜，她也曾经来过这家医院。虽然她现在身处不同的楼层，墙壁和地面上漆的颜色也和当年不同，但走在医院的长廊上，她依然记得自己当初做了什么。回忆如潮水般淹没了她，赖恩的身体贴在她身上，她的背靠在粗糙的水泥墙上，想到这里，她体内的每一个细胞都想逃得远远的，逃回加州去——在那里，她可以重拾平静的生活，默默地在一群陌生人之间工作，在熙熙攘攘的外国游客与奇花异草之间，她找到了一个安全的栖身之所。

她远远地看到了外婆的脚踝骨，那脚上的牛筋底高跟鞋一下子就将她拉回了现实。这些年来她走得好远，几乎忘了一些最习以为常的事，比方说外婆常穿的高跟鞋。七十岁的她，居然还穿着高得不像话的鞋子，看起来可笑，其实却显示了外婆结实的身体和幽默的个性，这正是妈妈记忆中的外婆。

一走进病房，妈妈马上忘了巴克利、琳茜和外婆。

爸爸虽然虚弱，但一听到妈妈走进来的声音，依然挣扎着睁开了双眼。他的手腕和肩膀上插满了管子，头靠在一个小小的四方枕头上，显得非常脆弱。

她握住他的手，无言地低声啜泣；她再也不想压抑自己，任凭泪水肆意滑落。

"嗨，我的海眼姑娘。"他说。

她点点头，默默地看着自己饱经风霜、苍白虚弱的丈夫。

"我的小姑娘啊。"他的呼吸十分急促。

"杰克。"

"你看，我非得变成这副德行，你才肯回家。"

"你这么做值得吗？"妈妈勉强笑笑说。

"时间会证明的。"他说。

看到他们两人在一起，我小小的心愿终于成真。

妈妈的蓝眼睛闪烁着光芒，爸爸急切地想要牢牢把握住它。他和妈妈曾是同船共渡的有缘人，可后来，一阵巨浪击沉了帆船，两人不得不各奔东西。在残余的碎片中，他只记得她湛蓝的双眼。而如今，她又出现在他眼前，他不能再让她离开。他拼命想伸手摸摸她的脸颊，但孱弱的手臂却不听使唤，她探身向前，把自己的脸颊贴紧他的掌心。

外婆虽然穿着高跟鞋，走路却依然静悄悄的。她蹑手蹑脚地走出病房，出来之后才恢复平常走路的姿态，昂首阔步地走向亲友等候区，走到一半的时候，有位护士把她拦住，说有位先生留了张纸条给582病房的杰克·萨蒙，纸条上写着："赖恩·费奈蒙，稍后再访，祝早日康复。"外婆将纸条仔细折好，她虽没见过赖恩，却早已听闻他的大名。琳茜和巴克利已经到等候区去找塞缪尔了，外婆打开皮夹，把纸条塞进了粉盒和梳子之间，然后才去和他们碰面。

二十

那天晚上哈维先生来到康涅狄格州的铁皮屋时，天空已飘起了雨丝。几年前他在这里杀死了一个年轻的女侍，还用她口袋里的小费买了几条长裤。他边走边想，事情过了这么久，尸体现在应该已经完全腐烂了。在他走近时，附近确实没有什么难闻的气味，但铁皮屋的门却开着，看得出，屋内的地面被翻过，他屏住呼吸，警惕地走进屋内。

屋内埋尸的地方已看不到尸体，他在空荡荡的洞穴边躺了下来，不一会儿就睡着了。

有一阵子，我觉得自己对鬼魂留意太多，为求平衡，我决定多观察活人的动静。我注意到赖恩·费奈蒙也和我一样，不上班时，他经常悄悄观察周围的年轻女孩、老妇人，以及所有其他不大不小的女人，尽力为她们做一些事以支撑自己。我和赖恩在购物中心看到一个年轻女孩，她身上那件孩子气的连衣裙和修长白皙的双腿有点不搭调，看上去娇弱而动人，深深打动了我们的心。我们看到扶着支架蹒跚前进的老妇人，她们坚持把头发染成年轻时的颜色，看来却非常不自然。中年的单亲妈妈在超市里忙着买菜，她们的孩子却只知道从架上抓下一包包糖果。这些人我都一一记在心里，她们都是活生生的女人。有时我还看到一些受到伤害的可怜女人，她们有些遭到丈夫殴打，有些被陌生人强暴，还有些小女孩被亲生父亲凌辱。每次看到她们，我总是想伸出援手。

赖恩更是每时每刻都看得到这些可怜的女人，她们经常出现在警察局，而就算不在局里，他也总能敏锐地发现她们。比方说，有次他在廉价商店看到一位太太，她的脸上虽然没有伤痕，可举止畏缩得就像一条狗，讲话很小声，好像生怕打扰到别人似的。还有那个他每次去找他姐姐都会看到的女孩，几年下来，她越来越瘦，脸颊也越来越凹陷，苍白的脸上，是一对充满了无助与忧伤的大眼睛。没看到她时，他总是担心会出什么事；看到她，他虽然松了一口气，却又忍不住替她难过。

很久以来，他都找不到可以加进我档案里的新证据，但就在过去几个月里，却突然多出几条新线索。警方发现了另一个可能的受害者索菲·西契提，知道她有个儿子叫洛夫，而哈维先生也另有化名。除此之外，赖恩还得到了我的宾州石，石头上刻着我名字的缩写，他不停用手指轻抚这几个字母。警方已经仔细地检查了这个小饰物，但到目前为止，警方只知道它出现在另一个女孩遇害的现场，除此之外，即使在显微镜下反复查看，也找不出任何线索。

一证实这是我的东西，他当时就想要把它还给爸爸。虽然这样做是违法的，可这些年来，警方始终没找到我的尸体，证物室的保险箱里只有一本泡过水的课本、几页自然课的笔记、夹在笔记里的一个男孩写的情书、一个空可乐罐和一顶缀了铃铛的帽子，让爸爸保留一样属于我的东西也不为过。当然，之前的物证他已经列了清单，封存在了警方的档案里，但这个宾州石和其他东西不一样，它是我的贴身饰品，他想要把它交还给我的家人。

妈妈离开之后，他交了一个护士女朋友，是她看到住院名单上有个叫杰克·萨蒙的病人，便赶紧打电话通知了赖恩。于是赖恩决定到医院看望爸爸，顺便把宾州石交给他，在赖恩看来，这个小饰物就像护身符一样，爸爸看了一定能快点康复。

我看着赖恩，忍不住想到霍尔修车厂后面的铁道边，那些装了有毒液体的铁桶。铁道旁边凌乱不堪，当地的公司时常把一些装了污染物的铁桶丢在这里。铁桶都是密封的，但时间一长，桶里面的东西开始外泄。同样地，随着时光流逝，赖恩也压抑不了自己心中的感觉。妈妈离开之后的这些年来，我开始变得同情赖恩，对他也有一丝敬意。他遵循自然法则，努力去理解那些无法理解的事物，就这方面而言，我知道他是我的同道中人。

医院外面有个卖花的小女孩，她把黄色的水仙花扎成了一束束的，嫩绿的茎梗上绑着紫色的缎带，我看到妈妈买下了她手中所有的水仙花。

医院里的艾略特护士八年前见过妈妈，她还记得妈妈是谁，看到她手里抱满了花，便马上跑过去帮忙。她把储藏室里闲置的水瓶通通拿了出来，然后和妈妈一起往水瓶里注水，两人趁爸爸睡觉时，在病房里摆满了水仙花。艾略特护士暗想，如果悲伤可以用来衡量女性之美的话，满脸落寞的妈妈比以前更漂亮了。

当晚稍早时，塞缪尔、琳茜和外婆已经带着巴克利回了家。妈妈还没有准备好面对曾经居住多年的老屋，更何况此刻她心里只有爸爸。至于房子，以及儿女沉默的指责，这一切都可以等过一阵子再处理。她需要吃点东西，静静地思考一会儿，但并不想去医院餐厅，那里灯火通明，咖啡淡如开水，椅子也是硬邦邦的，而且如果想要搭乘电梯离开，会发现那该死的电梯几乎每层都停——所有的这一切都仿佛是成心要让大家保持清醒，以便迎接更多的坏消息。于是，她走出医院，沿着大门旁边的斜坡走了下去。

外面天已经黑了，她还记得从前曾经半夜披着睡袍开车到这里，现在停车场里只稀稀落落停了几辆车。她把身上那件外婆留给她的毛衣外套拉紧了一点。

她穿过停车场，边走边看黑暗的车子里都有些什么东西，借此猜测待在医院的是哪些人：一部车子的驾驶座旁摆了一堆录音带，另一部车子的前座放了一个大号的婴儿座椅。做这件事可以让她感觉不那么孤单和无助，就像她小时候在爸妈朋友家里玩间谍游戏一样——"阿比盖尔探员呼叫控制中心！"我也跟着妈妈一起探查：一个毛茸茸的小狗玩具，一个橄榄球，一个女人！一个陌生女子坐在驾驶座上，刚开始并没注意到妈妈在看她，而两人的目光一旦相接，妈妈就马上转头去注视远处餐厅的灯光，她本打算去那里吃饭，此时只是拉紧毛衣继续前行，不用再回头看，她已经对那名陌生女子的心情了然于心。此刻那女子和她一样，宁愿走到世界的任何一个角落，就是不愿待在眼前这个地方。

住院部和急诊室之间有块狭长的草坪，她站在那里，真希望手边能有包香烟。早上她什么都没想就上了飞机，杰克心脏病发作，她一心只想赶回家，但现在却不知道该怎么办了。接下来会发生什么？她得等多久才能再次离开？她听到身后的停车场传来车门开关的声音，车内的女人下车走进医院了。

餐厅的一切都显得朦朦胧胧，她一个人坐下来，点了一份酥炸牛排——加州似乎没有这道菜。

想着想着，她忽然发现对面坐在另一张桌边的男人在好奇地看着她，她马上也偷偷地观察起对方来了。她在加州绝不会这么做，可回到宾州之后，这几乎成了她一种条件反射性的动作。我遭到谋杀之后，她一看到可疑的陌生男子，心里马上就乱了。与其假装没事，还不如诚实面对心中的疑惧，好歹能让自己安心一点。侍者端来她点的晚餐，她开始聚精会神地吃饭，一边啜着带点金属味的冷茶，一边咀嚼着那口感不佳的牛排。她心想自己最多只能再撑几天，回家之后，她到哪里都看得到我，就连在餐厅里无意间瞅见的男人都可能是谋杀我的凶手。

她吃完牛排，付了账，低着头走出餐厅，视线一直没有超过人的腰部。门上挂了一个铃铛，一听到铃铛声，她心里马上一阵抽痛。

她强装镇定，安全地过了马路，但走过停车场时，她几乎又要喘不过气来了。那个忧心忡忡的女子的车还停在那里。

医院大厅里空空荡荡的，没什么人，她决定先在这里坐一小会儿，等呼吸恢复正常再说。

她在心里对自己说，再待几个小时，等爸爸醒来之后再离开。想好之后，她高兴地发现自己顿时轻松了不少，肩头的重担忽然消失了，她又可以借助一张车票逃到天涯海角。

十点多，时间不早了，她搭了一部空电梯到五楼。一出电梯，她便发现走廊里的电灯调暗了。她走过护理站，那里有两个值班护士压低声音讲着闲话，她依稀听到她们说得兴高采烈，言谈中充满了朋友间的那种亲昵，说着说着，其中一个护士忍不住放声大笑，妈妈在笑声中推门走进了爸爸的病房，随后把房门紧紧关上。

除了躺在床上的杰克，这里只有她一个人。

房间里出奇地安静，仿佛进入了真空状态。我明知道自己不属于这里，也知道自己最好离开，但双脚却像被粘在地上，想动也动不了。

爸爸在黑暗中睡得很沉，又是只有病床上方的日光灯发出微弱的光芒。看到爸爸这副模样，妈妈想起八年前的那个晚上，当时她像现在一样站在他的病床边，一心只想离开这个男人。

我看她拉起爸爸的手，想到以前我和琳茜时常坐在二楼楼梯口的拓片底下，我假装是上了天堂的骑士，"假日"是骑士的忠犬，琳茜则是骑士的爱妻。"你死都死了，我下半辈子怎么可能守着你呢？"琳茜总喜欢这么说。

妈妈握着爸爸的手，静静地在床边待了好久。她想如果爬到医院新铺的床单上，躺在爸爸旁边，感觉一定很美妙，但想归想，她很清楚自己不可能这么做。

她靠近一点，虽然此刻房里充斥着消毒药水和酒精的味道，她依然闻得到爸爸身上微微的青草香。爸爸有一件她最喜欢的衬衫，离开家时，她把这件衬衫放在行李箱里一起带走了。抵达加州之后，她有时会把衬衫围在身上，只为了感受一丝他的气息。她从不把衬衫穿到室外，好让他的气味保存得久一点。她记得有天晚上特别想念他，便把衬衫套在枕头上，像痴情的高中小女生一样把枕头紧紧地抱在怀里。

透过紧闭的窗户，她依然听得到远处公路上的车声，而医院中夜阑人静，只有夜班护士的橡胶鞋底在走廊上发出轻微的声响。

酒厂里有个年轻的女孩，她们周末一起在品酒区的吧台工作。

去年冬天她们在一起聊天时，她对这个年轻的同事说，男女关系中总有一方比较坚强、另一方比较脆弱，她还特别声明："但这并不表示比较脆弱的一方不爱比较坚强的一方。"女孩听了面无表情，她自己却说着说着忽然领悟到，在自己的婚姻关系中，她才是脆弱的一方。但为什么这些年来，她总觉得自己比杰克坚强呢？想到这里，她不由得眩晕起来。

她把椅子拉近病床，让自己尽量靠近丈夫的头，这样她就能把脸轻贴在他的枕边，默默地看着他呼吸。他的眼皮不停地颤动，显然是好梦正酣。这些年来，她逃得很远，每天醒来都在离家数千里之外，怎么可能依然深爱眼前这个男人，并且把爱意埋藏在心底？这些年来，她一直刻意拉开两人的距离——她跳上车子，笔直地往前开；她扯掉后视镜，打定主意绝不回头，但这样就能让他从记忆中消失吗？他们的过去，还有他们的孩子，难道就此一笔勾销吗？

看着他，听着他规律的呼吸，她逐渐恢复平静，心情也不觉起了变化。她想起家里的每一个房间，过去的这段日子，她花了好多时间想忘掉与这些房间有关的记忆，可现在，往事却一一浮现心头，回忆就像存放在罐子里的水果一样，你不记得把它放在哪里，可一旦找到它，沉淀的果香似乎更加醉人。家里的架子上随处可见两人新婚时稚气的面孔和纯真炽烈的爱，窗帘的穗带上留有他们共同的梦想，他们共同努力，打下了兴旺之家的牢固根基，而最初的实实在在的证明便是——我。

她摸摸爸爸脸上新出现的皱纹，爱怜地抚摩他鬓角的一丝白发。

虽然尽力想保持清醒，午夜过后，妈妈仍然不知不觉地睡着了。临睡前，她盯着爸爸的脸，试图紧紧抓住所有的回忆；等他一醒过来，她就可以安心地挥手道别。

她闭上双眼，悄悄地在他身边入睡，我看着沉睡中的爸妈，轻轻地在他们耳边哼起爸爸以前常唱的儿歌：

石头和骨头

冰雪与霜冻

种子、豆豆、小蝌蚪

小径、树枝、什锦糖

我们都知道苏茜想念谁……

午夜两点左右开始下雨，雨丝飘落在医院、我家的老房子，以及我的天堂中。雨点也落在哈维先生过夜的铁皮屋上，发出打鼓般的声响。雨声中，哈维先生做了一个梦，出现在梦中的不是那个尸体被人移走、也许正在被解剖分析的女孩，而是琳茜·萨蒙。在他的梦中，琳茜匆忙地穿过邻居家的接骨木树丛，背上的球衣号码是"5！5！5！"。每当他感到即将受到威胁，就会做这个梦，在琳茜忽隐忽现的身影中，他的生命就此失控。

快四点时，我看到爸爸睁开眼睛，他感觉到妈妈温暖的鼻息，知道妈妈已经睡着了。我真希望爸爸此刻能抱抱妈妈，爸爸自己也这么想，但他身体太虚弱了，没办法举起手臂。他决定用另一种方式向她表达爱意。我死之后，他一个人想了好多事情，它们经常萦绕在他心头，但除了我之外，没有人知道他都想了些什么。现在，他决定把这些心里话，一五一十都说给妈妈听。

不过他不想叫醒她，除了雨声之外，医院里鸦雀无声。他觉得雨似乎一直跟着他，印象中天空好像总是灰蒙蒙的，地上也一片潮湿。他想到那天，琳茜和塞缪尔面带微笑，全身湿淋淋地站在门口，他们冒雨跑了那么远的路回家，只是为了不让他担心。这些年来，他经常提醒自己把注意力放到两个活着的孩子身上，他强迫自己不断在心里念叨：琳茜、琳茜、琳茜，巴克利、巴克利、巴克利。

　　他隔着窗户观看外面的雨丝，在停车场的灯光下，雨点聚成一团团明亮的圆圈，让他想起小时候电影里的人造雨。他闭上双眼，妈妈沉稳的鼻息轻拂着他的脸颊。他听着妈妈的呼吸声，以及雨点轻拍窗台的声响，他听到小鸟的鸣叫，却遍寻不到小鸟的身影。他想窗外说不定有个鸟巢，雏鸟被雨声惊醒，醒来却找不到妈妈——他真想去安抚它们。他摸了摸妈妈纤细的手指（她原本紧握着他的手，睡着之后却不知不觉地松开了）心里做出了一个决定：不管接下来发生什么事，这次他要放手让她追寻她想要的人生。

　　就在这时，我溜进房间和爸妈待在了一起。以前我只在他们周围默默盘旋，这次我隐约现出人形，出现在他们面前。

　　我把自己缩小，房里一片漆黑，我不知道他们能否看得到我，过去八年半来，我虽然每天都看着爸爸、妈妈、露丝、雷、妹妹、弟弟，当然还有哈维先生，但我并没有二十四小时紧随着他们。现在我才知道，过去这些年来，爸爸片刻都不曾离开过我。他对我不停地付出，让我一再感到来自人间的关爱。在父爱的照耀下，我始终是当年的苏茜·萨蒙——大好前程正等着我去发掘。

　　"我常想如果我一点声都不出，说不定能听到你说话，"他轻轻地说，"如果我保持一个姿势不动，说不定你就会回来。"

"杰克？"妈妈半睡半醒地说，"我准是睡着了。"

"你回来了真好。"他说。

妈妈看着他，忽然之间，所有的顾虑都烟消云散，"你是怎么撑过来的？"她问道。

"我别无选择，艾比，"他说，"我还能怎么办呢？"

"逃得远远的，重新开始。"她说。

"可这么做有用吗？"

他们俩都不说话，我向前伸出双手，身影却消逝了。

"你为什么不过来躺在这里呢？"爸爸说，"值班护士等一下才会来轰人，我们还有不少时间在一起。"

她没有动。

"医院的人对我很好，"她说，"艾略特护士趁你睡觉时，帮我放好了这些花。"

他抬头看了看四周，"啊，黄水仙。"他说。

"是苏茜最喜欢的花。"

爸爸露出了欣慰的笑容："你看，这样就对了。面对现实，勇敢地过日子，给她一束鲜花，就是个新的开始。"

"唉，想了就让人伤心。"妈妈说。

"没错，"他说，"的确让人伤心。"

妈妈小心翼翼地爬到床上，身体的一侧抵着床栏，两人并肩躺在病床上，面对面，默默地凝视着对方。

"和琳茜、巴克利见面感觉还好吗？"

"太难了。"她说。

沉默了一会儿之后，他捏捏她的手。

"你看起来跟以前大不一样了。"他说。

"你是说我变老了？"

我看着爸爸伸手抚着妈妈的一绺发丝，帮她把头发别到耳后。"你离家之后，我重新爱上了你。"他说。

此时此刻，我多么希望自己处在妈妈的位置上。爸爸不是因为看在过去的分上，或是因为某些出众的优点才爱她，他爱她的一切，也接纳了她的脆弱与逃避。现在她又回到了他的身旁，在太阳升起之前的这一刻，没有人进来打扰他们，他用手指轻触她的发梢，明知她湛蓝的双眼中蕴藏着无尽的忧伤，却依然毫不畏惧地凝视着她。

妈妈想说"我爱你"，却怎么也说不出口。

"你会留下来吗？"他问道。

"我会待一阵子。"

听到她这么说已经很不容易了。

"好，"他说，"加州那边的人问起你的家人，你都怎么回答的？"

"我坦白告诉他们我有两个小孩，然后我在心里悄悄说，其实我有三个。每次那么说我都觉得对不起苏茜。"

"你没说过你还有个丈夫吗？"他问道。

她看着他说："没有。"

"嗯。"他轻叹一口气。

"杰克，我不是回来说假话的。"她说。

"那是为什么回来？"

"妈妈打电话给我，说你犯心脏病，我马上想到你爸。"

"因为我可能会死，所以你才回来？"

"是的。"

"你刚才睡得好熟，"他说，"没有看到她。"

"看到谁？"

"刚才有人走进来，然后又出去了，我想那是苏茜。"

"杰克？"妈妈轻叹，但口气不像以前那样惊惧了。

"别告诉我你看不到她。"

妈妈终于敞开了心扉。

"到哪里我都能看到她，"话一出口，她顿时觉得轻松无比，"即使在加州，她也无处不在。有时我开车经过学校，看见学生上下校车或是站在校门口，总会发现一个女孩的头发好像苏茜，但脸却一点也不像。有些学生的模样或是她们走路的样子也让我想到她。而每次我看到姐姐带着弟弟或是一对长得很像是姐妹的女孩，我都会想到琳茜，琳茜本来也有个姐姐，巴克利也是，可苏茜一走，他们就永远失去了大姐。想到这些就让我心痛。然后我也想到自己还雪上加霜地抛下他们不管，我对不起他们，对不起你，甚至也对不起我妈。"

"琳茜一直都很好，"他说，"她很坚强。虽然心里有些疙瘩，但还撑得下去。"

"我看得出来。"

"好，如果我告诉你，苏茜十分钟前就在这个房间里，你怎么说？"

"我会说你又在讲傻话了，但你说的或许没错。"

爸爸伸手抚摩妈妈的鼻梁，然后把手指轻轻盖在她的唇上。随着他手指的移动，她微微地张开了双唇。

"你得往下靠一点，"他说，"我还是个病人呢。"

我看着爸妈拥吻，他们都睁着眼睛。妈妈先掉了眼泪，泪水顺着爸爸的脸颊往下流，到最后，爸爸也开始低声啜泣。

二十一

　　离开在医院里的爸妈之后，我去看望雷·辛格。我和他曾共度了十四岁的一段时光。此刻，我看着他的头倚在枕头上，黑色的头发和深色的肌肤紧贴着黄色的床单，我一直爱着他，自始至终都没有改变。我看着他紧闭的双眼，细数他的每一根睫毛。如果我没死的话，他应该已经成了我的男朋友，而且很可能成为我的终身伴侣。我不愿离开家人，更舍不得离开他。

　　我们曾经一起旷课，躲在舞台后面的支架上，而露丝在支架下接受老师的训斥。当时，雷离我很近，我可以感觉到他的鼻息，也闻得到他身上淡淡的丁香与肉桂味——我想他一定每天早上都把丁香和肉桂粉撒在麦片上当早餐吃。此时，从他身上还飘来一股浓重的男性气息，和我的气味完全不同，感觉相当神秘。

　　从那一刻起，我就知道他会吻我，但直到他真的吻了我之前，我在校里校外都尽量不和他单独待在一起。虽然非常期待他的吻，但我心里也很害怕。每个人都告诉我说初吻是多么美妙，我也读了不少《十七岁》《时尚》《魅力》等杂志刊载的故事，可我就是怕我们的初吻不像别人描述的那么美好。说得更明白一点，我是怕自己不够好，我怕献上初吻之后，他不但不会爱上我，反而会甩了我。尽管如此，我仍到处收集初吻的故事。

"初吻是上天注定的。"有天外婆在电话里对我说，每次爸爸去厨房里叫妈妈，总是让我帮忙拿着话筒。我听到他在厨房里说"醉得不行了"。

"如果能重来一次的话，我一定要涂上'冰火佳人'那样诱人的口红，可惜那时露华浓还不生产这样的唇膏，不然那个男人的脸上一定会留有我的口红印。"

"妈？"妈妈在卧室的分机里说。

"阿比盖尔，我和苏茜在讨论接吻问题。"

"妈，你喝了多少？"妈妈说。

"苏茜啊，你瞧，"外婆说，"不善于亲吻的人，讲话都是酸溜溜的。"

"亲嘴的感觉如何？"我问道。

"啊，又是亲嘴的问题，"妈妈说，"你们说吧，我挂了。"我已经不知道逼问了爸妈多少次，想听听看他们怎么说，却一直都问不出个所以然来。我只能想象爸妈被笼罩在香烟的烟雾中，两人的嘴唇如蜻蜓点水般碰在一起。

过了一会儿，外婆轻声说："苏茜，你还在听吗？"

"是的，外婆。"

外婆又沉默了几秒钟，然后对我说："我在你这个年纪的时候被一个大人吻了，那是我的初吻，那个人是一个朋友的爸爸。"

"外婆！真的吗？"我真的吓了一跳。

"你不会泄露我的秘密吧？"

"不会。"

"那感觉可真是美妙极了，"外婆说，"他很会接吻。在那之后，所有吻我的男孩都让我觉得难以忍受，我只得把手抵在他们的胸前，把他们推远一点儿。要知道，麦格汉先生可不一样，他是个接吻高手。"

"嗯，那后来怎么了？"

"我觉得好像腾云驾雾一样，"她说，"明知这是错的，但感觉真的太好了，最起码我很喜欢。我从未问过他的感觉如何，在那之后也没有机会和他单独待在一起。"

"你想再试一次吗？"

"当然想，我一直都在寻找那种初吻的感觉。"

"外公怎么样？"

"不太高明，"她说，我听到电话那头传来杯子里冰块碰撞的声音，"虽然那只是非常短暂的一刻，但我永远记得麦格汉先生。有哪个男孩想吻你吗？"

爸妈都没问过我这个问题，但我现在知道，他们其实心里早就有数，早就在我背后偷偷地交换过会心的微笑。

我在电话这头使劲咽了一下口水，犹豫地说："有。"

"他叫什么名字？"

"雷·辛格。"

"你喜欢他吗？"

"喜欢。"

"那你们还犹豫什么呢？"

"我怕我不够好。"

"苏茜？"

"什么？"

"小宝贝啊，你只需要好好享受就好。"

那天下午，我站在寄物柜旁边，忽然听到雷在叫我。这次他站在我后面，而不是在我头顶上方，我觉得一点都不好玩，当然也不至于无趣。我的心里七上八下的——不是真的有人把我摇得七上八下，而是我感觉七上八下。快乐＋紧张＝七上八下。

"雷——"我还没来得及打完招呼，他已经靠近我，低头把嘴唇贴在了我微微张开的嘴上。虽然我已经等了好几个星期，但这个吻来得这么突然，让我还想要更多——我多想再吻吻雷·辛格啊。

露丝回到家后的第二天早上，康纳斯先生帮露丝从报上剪下了一篇报道，文中描述了建筑商打算如何填满斐纳更家的落水洞，还附了一张详尽的地势图。露丝在楼上穿衣服时，康纳斯先生又写了一张纸条附给女儿：这个工程简直是扯淡，将来一定会有个倒霉鬼开车掉进去。

"爸爸说这个落水洞根本就是死亡陷阱。"雷把蓝色的雪佛兰停在露丝家的车道上，露丝一边挥着手里的剪报，一边上了车，"建筑商打算把这附近的土地分割成好几块盖房子，过不了多久，我家就会被这些房子团团包围。你看这剪报上的四个立方块，画得就跟美术初级班学生的作业似的。"

"早啊，露丝，我也很高兴看到你。"雷半开玩笑地打着招呼，他一面倒车驶离车道，一面向还没有系上安全带的露丝眨眼睛。

"对不起，我忘了打招呼。"露丝说，"嗨。"

“剪报里说些什么？”雷问道。

“说今天天气真好。”

“好了，别闹了，告诉我剪报里到底说了些什么。”

他和露丝几个月才见一次面，每次看到他，她都性急地喋喋不休，不过也正是因为她的急性子和好奇心，他们俩才一直是好朋友。

“前三个立方块画得都差不多，唯一的区别是箭头指向不同的地方，上面还标着'表层土''碎石灰''乱石'等字样，最后一张图上面有个'填满落水洞'的大标题，下面还有一行小字：'水泥填满喉管，灰浆补上裂缝。'”

“喉管？”雷怀疑地问道。

“没错，”露丝说，“可这还没完呢。图的另一边又画了个箭头，旁边写着'然后落水洞就填满了泥土'。他们认为这个工程过于浩大，得先停顿一下，让读者喘口气，才能领会他们的设想。”

雷听了大笑起来。

“说得好像医学手术一样，”露丝说，“我们要动个精密手术来修补地球喽。”

“我想很多人都打心底害怕像落水洞一样的地洞。”

“没错，”露丝说，“它还有喉管呢，天哪！我们去看看吧。”

开了一两英里之后，路旁出现了一些新建工程的指示牌，雷向左转，开进一片新铺的路，这一带的树木都被砍光了，路边插了许多间距相等、与腰部齐高的标牌，红色和黄色的小旗子在它们的顶端飘扬。

他们本来以为附近只有他们两个人，正想开始探索这片尚无人居住的土地，忽然间看到乔·艾里斯走在前面。

露丝和雷都没有打招呼，乔也像不认识他们一样。

"妈妈说他还住在家里，也找不到工作。"

"他成天都在做什么呢？"雷问道。

"忙着吓唬人吧，我想。"

"唉，他还是忘不了那件事吧。"雷说。露丝看着窗外一排排空地，雷又把车开回了大路上。他们越过铁道，朝着 30 号公路进发，一直往前开就可以开到落水洞。

露丝把手伸出窗外，早上刚下过雨，她的手臂上感到一股湿气。我失踪之后，雷虽然遭到误解，但他理解警方为什么会找上他，也知道警方只是在尽他们应尽的责任。但乔·艾里斯不一样，大家都说他虐杀了社区里的猫狗，殊不知其实是哈维先生干的好事。乔无法走出这个阴影，成天晃来晃去，刻意和邻居保持距离，只希望从小猫小狗身上得到一点慰藉。最令我难过的是，小动物们似乎嗅得出他的颓丧，一看到他就跑得远远的。

雷和露丝开车在 30 号公路上前进，车子经过伊尔斯罗德公路，这附近有家理发厅，我看到赖恩从理发厅楼上的公寓里走出来，手里拿着一个瘪瘪的学生用的小背包钻进了车里。背包是公寓的女主人给他的，这个女人在社区大学修犯罪学的课，有天她跟着大家到警察局参观，碰到了赖恩，参观完毕之后，她问赖恩要不要出去喝杯咖啡，两人就这么认识了。此刻，小背包里塞了一些东西，有些他想拿给爸爸看，有些则是天底下所有父母都不愿目睹的证物，其中包括一些最近才发现的尸体的照片，每具尸体都可以看到死者两只完整的胳膊肘。

他打电话到医院询问情况，护士告诉他萨蒙先生正和他的太太及家人在一起。他把车开进了医院的停车场，在车里坐了好一会儿。烈日透过车窗晒进来，车内热得像烤箱一样，他心中的罪恶感越来越强。

我可以感觉到赖恩内心的挣扎，他在仔细盘算自己该说些什么，但想了半天，脑中依然只有一个念头——从一九七五年底至今，将近七年的时间里，他和我家人的联络越来越少，他知道我爸妈多么希望警方能找到我的尸体，或是听到哈维先生已被逮捕归案的消息，但他能给我父母的只有一个小饰物。

他抓起背包，锁上车门，走过医院门口卖花的小女孩身旁，小女孩已在桶里重新摆上了一束束水仙。他知道爸爸的病房号，因此，他没问五楼的值班护士就直接走到病房门口，进去前轻轻地敲了几下敞开的房门。

妈妈本来背对着他站着，听到声音转过身来，我立刻看出她惊讶的表情。妈妈握着爸爸的手，忽然间，我感到一阵可怕的寂寞。

妈妈迎上赖恩的目光，刚开始她还有点不自在，但很快就用她一贯的方式打起了招呼。

"嗨，赖恩，看到你难道会有什么好事吗？"她试着开玩笑说。

"赖恩，"爸爸勉强打了个招呼，"艾比，你能扶我坐起来吗？"

"萨蒙先生，你好点了吗？"赖恩问道，妈妈按了一下病床旁箭头向上的按钮。

"请叫我杰克。"爸爸坚持。

"请先不要太高兴，"赖恩说，"我们还是没有抓到他。"

爸爸听了显然相当失望。

妈妈帮爸爸调整了一下垫在颈部和背部的泡沫枕头，然后开口问道："那么，你来这里做什么？"

"我们找到一样苏茜的东西。"赖恩说。

妈妈依稀记得，赖恩当初拿着那顶缀着铃铛的帽子到家里来时，说的几乎也是同一句话，她的脑海里出现了一个遥远的回声。

昨天晚上，先是妈妈看着爸爸沉沉入睡，爸爸醒来之后，又看到靠在他枕边睡得正熟的妈妈。长久以来，他们都试着回避那段回忆——八年前那个风雪交加的夜晚，外面天寒地冻，他们紧紧地依偎着对方，两人都不肯说出心中那股越来越强烈的预感。昨天晚上，爸爸终于率先开口："她永远不会回家了。"过去八年来，每个认识我的人都接受了这个无法否认的事实，但爸爸还是需要自己把它说出口，妈妈也需要听到爸爸这么说。

"这是从她手镯上掉下来的小东西，"赖恩说，"一块刻着她名字缩写的宾州石。"

"这是我买给她的，"爸爸说，"有一天我到城里办事，在30号街的车站给她买的。那里有个小摊，摊主是个戴着护镜的男人，免费帮人刻名字。我给琳茜也买了一个，阿比盖尔，你记得吗？"

"我记得。"妈妈说。

"是我们在康涅狄格州的一具尸体附近找到的。"

爸妈听了就像突然被困在冰里的动物一样，动弹不得，他们大睁着双眼，眼神呆滞。拜托，拜托，哪个人赶快过来叫醒他们吧。

"死者不是苏茜，"赖恩赶紧解释，"但这表示哈维和几起发生在特拉华州以及康涅狄格州的谋杀案有关。死者是在康涅狄格州的哈德福特郊外被发现的，警方就是在那里找到这块宾州石的。"

爸妈看着赖恩笨拙地拉开有点卡住的背包拉链，妈妈把爸爸的头发顺到脑后，试着转移他的注意力，可爸爸一心只想着赖恩说的话——这表明警方开始重新侦办我的谋杀案了！妈妈有点不知所措，她好不容易才觉得自己和爸爸终于开始面对现实了，偏偏又冷不防冒出这么个消息，她根本不想再从头折腾了。一听到乔治·哈维这个名字，她整个人都呆住了，不知道该做何反应。对妈妈而言，与其将她的生活执着于将哈维先生逮捕归案，看到他受到应有的惩罚，倒不如让他从记忆中彻底消失，学着去过世上完全没有我的日子。

赖恩掏出一个密封的大塑料袋，只见一个闪闪发光的东西躺在袋子的一角，赖恩把塑料袋递给妈妈，她接了过来，却又尽量让自己离它稍微远一点。

"警方不需要这个东西吗？"爸爸问道。

"我们已经仔细检查过了，"赖恩说，"我们记下了发现的地点，也按照规定拍了照片，将来我或许会请你们把它还给我，但在那之前，你们可以保留它。"

"艾比，打开袋子吧。"爸爸说。

妈妈照做了，然后她俯身凑向病床，"杰克，你拿着吧，"她说，"这是你送给她的礼物。"

爸爸颤抖着把手伸进袋子里，用手指轻抚宾州石细小尖锐的边缘，摸了好一会儿才把它拿出来。看他谨慎的模样，我想起小时候和琳茜玩的动手术游戏，他好像生怕一碰到塑料袋的外壁就会触动警铃，东西也会被全部没收。

"你怎么能确定是他杀了其他那些女孩？"妈妈问道，她盯着爸爸手上的宾州石，小小的饰品在爸爸手中闪闪发光。

"没有什么事情是百分之百确定的。"赖恩说。

他以前也是这么说的，那些话依然回荡在她耳边。赖恩说话有些口头禅，爸爸也曾借这句话来安慰家人，这句话暗示着无谓的希望，但其实是最残酷的托辞。

"我想请你现在就离开。"她说。

"阿比盖尔。"爸爸低声抗议。

"我听不下去了。"

"赖恩，我很高兴拿到了这个小东西。"爸爸说。

赖恩对爸爸做了个脱帽致意的手势，然后转身离去。妈妈离家之前，他曾用身体对妈妈表达了某种特殊的爱意。人们常借着性爱来刻意忘掉一切，现在他也是一样，所以他才越来越常去理发店楼上，找那个请他喝咖啡的女人。

我朝南走，本来想去找露丝和雷，途中却看到了哈维先生。他开着一辆橙色的老爷车，车子由同一车型不同车辆的零件拼装而成，看起来像是弗兰肯斯坦造的怪物装了轮子一样。一条松紧绳钩住车子的引擎盖，车子一动，空气就涌进去，引擎盖一路拍动着啪啪作响。

可不管他怎么用力地踩油门，引擎就是不听话，他始终无法加速。头一天晚上，他睡在一个空荡荡的墓穴旁边，梦中还看到"5！5！5！"的球衣号码，不到天亮他就醒来，开车直奔宾州。

哈维先生远去的身影渐渐变得模糊。这些年来，他尽量控制自己不去想那些死在他手下的女人，但现在，她们似乎一个接着一个出现在他眼前。

他第一次对女孩做那种事纯属意外，当时他发狂一般，控制不了自己。不管事实是否如此，最起码后来他是这么告诉自己的。他和那个女孩上同一所高中，事发后，女孩再没有去学校上课，但他也并不觉得奇怪——从小到大他搬了太多次家，以为女孩也和他一样居无定所。他闷声不响地强暴了那个女孩，虽然后来想想有点后悔，但他觉得此事不会在两人心中留下永久的伤疤。那天下午他仿佛是受到了什么外力的驱使，才会发生这种事情，完事之后，女孩呆呆地望着前方，眼神一片空洞。过了一会儿，她穿上被撕裂的内裤，并用裙子的腰带把它固定住。两个人都没有说话，然后她就走了。他用小刀在手背上划了一道口子，这样一来，如果爸爸问起他身上的血迹，他就可以指着手背辩解说："你看，我不小心割伤了手。"

但他爸爸问都没问，也没有人找他兴师问罪，女孩的爸爸、兄弟或警员都没有出现。

开到半路，他隐约觉得身旁有个人，我则清楚地看到正是那个被他强暴的女孩。几年之后，有天晚上她哥哥抽烟抽到一半睡着了，她因而葬身火海。看到她坐在车子前座，我心里想，不知道哈维先生什么时候才会想到我。

哈维先生把我的尸体丢弃在斐纳更家附近之后，这一带唯一明显的改变就是四周多了一些橙色的高压电塔。落水洞变得越来越大，斐纳更家房子的东南角和前庭都已经塌陷。

为了安全起见，雷把车子停在了大路另一侧繁茂的灌木丛下，车身抵到了马路的边缘。"斐纳更一家怎么样了？"雷边下车边问。

"爸爸说建筑公司买下了这块地，他们拿了钱之后就走了。"

"露丝，这里感觉阴森森的。"雷说。

他们穿过空旷的马路，淡蓝色的天际飘着几片烟雾般的云朵，从他们站着的地方往前看，他们只认得出铁道另一侧是霍尔的修车厂。

"嗯，不知道霍尔·汉克尔还是不是修车厂的老板？"露丝说，

"我以前喜欢过他。"

她说完就转身看着工地，两人都默不作声。露丝绕着越来越小的圈子，朝着模糊的洞口前进，雷紧随其后。远远看去，落水洞好像一个刚要开始变干的大泥潭，洞口周围长了一些杂草，看起来并不可怕。可一旦走近，你就会发现土地消失了，取而代之的是一个淡巧克力色的大洞，软绵绵的，中央部分略微突起，好似有生命一般，东西一放上去，就会马上被吸进去。

"你说落水洞会不会把我们吞进去？"雷问道。

"我们体重还不够重。"露丝说。

"小心点儿，一旦觉得脚往下沉，就马上停下来。"

我看着他们，不禁想起那天爸爸带我们来这里丢冰箱。他和斐纳更先生在一边说话，而我紧紧拉着巴克利的手，一起走到落水洞的边缘。那里的地面有些坡度，软绵绵的，我发誓我感觉到脚下在轻微地颤动，就好像有一次我走在教堂的墓园里，忽然间陷进了鼹鼠挖的小洞一样。

我曾在书上见过鼹鼠的照片，它们是些视力不佳、嗅来嗅去、爱磨牙的小家伙，这让我渐渐接受了自己被埋在落水洞的事实。至少，我现在躺在一个厚重的金属保险箱里，鼹鼠想咬也咬不到我。

露丝蹑手蹑脚地走到洞边，我想起那天丢完冰箱回家，爸爸途中发出的笑声。当时，我编了个故事讲给弟弟听，说落水洞底下其实住了一整村的人，只是没有人知道他们住在那里，村民们非常喜欢那些被丢进落水洞的家电用品，他们把这些东西视为来自"地面天堂"的礼物。"我们家的冰箱一到村里，"我说，"他们可高兴了。那些小矮人喜欢修东西，最喜欢把支离破碎的东西恢复成原来的样子。"爸爸听了放声大笑。

"露丝，"雷说，"行了，不要再往前走了。"

露丝的脚尖踮在柔软的洞里，脚跟踩在坚硬的洞口，我看着她，忽然觉得她好像打算伸出双臂，纵身一跃，跳进洞里和我做伴。但雷上前一步，站到了她的身后。

"你看，"雷说，"地球打了个饱嗝。"

我们三人同时看到角落里浮出一样金属物品。

"啊，一九六九年的梅塔格牌洗衣机。"雷说。

但那不是洗衣机，当然也不是保险箱，而是一个陈旧的红色煤气炉，正缓缓地在洞边移动。

"你有没有想过苏茜·萨蒙的尸体会被埋在哪里？"露丝问道。

灌木丛隐约遮住了他们的蓝色汽车，我真想从车旁的地面现身，穿过马路，走下落水洞，然后再走上来拍拍露丝的肩膀说："是我啊！你找到了！得分！"

"没有，"雷说，"我把这个问题留给你。"

"这里变化好快，每次我回来都发现有些东西不见了，我们这里和其他地方越来越像了。"她说。

"你要不要到房子里去看看？"雷嘴里这么问着，心里却想着我，十三岁那年，他莫名其妙地就迷上了我。有一次从学校走路回家，我走在他前面，穿着一条古怪的方格裙，外套上沾着"假日"的毛，我甩动头发，自以为下午的阳光会在我金棕色的头发上投映出一圈圈光影——让他喜欢上我的，都是一些简单的细节。几天之后，他在社会学课上站起来朗读报告，他应该念"一八一二年战争"的报告，一不留神却念成了《简·爱》的读书心得，我看了他一眼，而他觉得我看他的样子很可爱。

雷走向斐纳更家的旧房子。房子即将被拆除，露丝的爸爸已经在某天深夜把屋里值钱的门把手和水龙头拆了下来。雷走进屋里，露丝却依然站在落水洞边，就在此时，露丝清清楚楚地看到我站在她旁边，我的目光锁定在哈维先生弃尸的地方。

"苏茜。"露丝轻轻呼唤着我，这让她更加实实在在地觉得我就在她身旁。

但我什么也没说。

"这些年来，我一直为你写诗。"露丝说，她想说服我留下来。她等这一刻已经等了太久。"苏茜，你难道不想要点什么吗？"她问道。

话音未落我就消失了。

露丝一阵晕眩，站在宾州昏黄的阳光下继续等待。而她的问题则始终萦绕在我的耳际："你难道不想要点什么吗？"

铁路另一头的修车厂空荡荡的，霍尔决定休假一天，带塞缪尔和巴克利到拉德郡去看摩托车展。我能看到巴克利不停地抚摩着一辆红色小型摩托车的前轮，霍尔和塞缪尔则站在一旁看着他。巴克利的生日快到了，霍尔本来想把塞缪尔的中音萨克斯风送给弟弟，但外婆却有不同的意见："他需要一些可以敲打的东西，亲爱的，那些精妙的乐器你还是自己留下来吧。"于是霍尔和塞缪尔一起出钱帮弟弟买了一套二手鼓。

外婆此刻正在购物中心挑选一些简约高雅的衣服，说不定妈妈会听她的话，换上这些她亲手挑选的连衣裙。凭借多年的经验，外婆熟练地翻检着架子上的衣服，最后从整排的黑衣服当中挑出一件深蓝色的连衣裙。我看到旁边有个女人流露出了艳羡的神情。

在医院里，妈妈正大声念昨天的晚报给爸爸听。爸爸看着她嘴唇上下移动，却并没有专心听她念些什么，只等着有机会再吻她一次。

还有琳茜。

光天化日之下，我看到哈维先生转弯开到我家附近，他以为自己还像以前一样不起眼，不怕被人看见，殊不知有很多邻居都说他们永远记得哈维先生的模样。大家始终觉得他是个怪人，后来大家也很快就推论出，他提到亡妻时那些变来变去的名字，说不定就是他手下的受害者。

琳茜一个人在家。

哈维先生开车经过奈特家，奈特的妈妈正在前院椭圆形的花坛里，摘掉枯萎了的花。车子一经过，她马上抬头看了一眼，虽然这部七拼八凑的老爷车看起来相当陌生，但她没有看到坐在驾驶座上的哈维先生，还以为是邻居家小孩的大学同学开车来这里玩，所以没有多加注意。哈维先生向左转，顺着下坡的弯路绕到他以前住的街上。"假日"在我脚边发出呜呜的哀鸣，以前我们每次带它去看兽医，它也会发出同样的声音。

卢安娜·辛格背对着哈维先生。透过她家饭厅的窗户，我看到她正把新买来的书按字母顺序摆放在井然有序的书架上。眼下，社区里的很多孩子都在自家院子里荡秋千，或踩着弹簧高跷、拿着水枪追来追去，他们都可能是下一个受害者。

他绕到我家附近，然后开车经过吉尔伯特家对面的市政公园。吉尔伯特夫妇都在家，吉尔伯特先生的身体已经大不如前。过了小公园之后，哈维先生看到了他以前住的那栋房子，虽然房子的外漆已经不再是绿色，但家人和我却始终管它叫"那栋绿色的房子"。新屋主把房子漆成了薰衣草般的淡紫色，还加盖了一个游泳池，靠近地下室窗户的地方也多了一个杉木搭建的大阳台，上面摆满了常春藤盆栽和小孩子的玩具。屋子前面本来有一排花坛，现在却被铺成了走道，新屋主还在前厅装上了防雾玻璃窗，隔着窗户，他隐约看到一个像是书房的地方。他听到后院传来小女孩的笑声，有个女人拿着修剪树叶的大剪刀，戴着遮阳草帽从房门走了出来。她看着坐在橙色老爷车里的男人，忽然觉得心里一阵抽搐，像是有人在她空空的子宫里拳打脚踢似的，让她恶心。她猛然转身走回屋内，隔着窗户盯着车内的男人，等着他到底想做什么。

他顺着路继续往前开，经过好几户人家。

我的宝贝妹妹在家。隔着窗户，他可以看到琳茜在我家楼上。她把头发剪短了，这些年来也变得更纤细了，但他知道她就是琳茜。二楼的窗边有张绘图用的小桌板，此刻她把它当成书桌，正坐在那里看一本心理学的书。

就在此时，我看到鬼魂逐一从马路那头现身。

哈维先生瞄了我家一眼，心想我家的其他人不知道在哪里，以及我爸的脚是不是还有点跛，而在天堂的我，看到了小动物和女人的鬼魂正一起缓缓飘离哈维先生家。他们是最后一批盘踞在哈维先生家的鬼魂。哈维先生盯着我妹妹，想到那张他搭在新娘帐篷上的床单。搭帐篷的那一天，他和爸爸谈起我，还直视爸爸的双眼，没有露出丝毫破绽。啊，还有那只在他家外面狂吠的狗，它肯定已经死了。

琳茜的身影在窗内晃动，哈维先生看着琳茜，我则紧盯着他。她站起来，转身走向房间另一侧的大书柜，伸手取下了另一本书，然后又回到窗边的小桌前面。他看着她在房里走动，目光停留在她的脸上，忽然间，他发现后视镜里出现了一辆黑白相间的警车，正从后面的街上慢慢向他逼近。

他知道自己甩不掉它，因此，他坐在车里，准备好面对警方时的一贯表情。过去几十年来，他已经很习惯摆出一副无精打采的样子，警员看了会觉得他很可悲，甚至讨厌他，但从不会把他当成罪犯。警员把车停在了他的旁边，几个女人的鬼魂飘进了他的车里，小猫的幽灵则蜷缩在他的脚边。

"你迷路了吗？"年轻的警员问道，橙色的车身映得他两颊通红。

"我以前住在这附近。"哈维先生说。我听了吓了一大跳，他居然敢说真话！

"有人报警说看到一部可疑的车辆。"

"嗯，我看到玉米地里好像要盖房子了。"哈维先生说。鬼魂依然在空中飘荡，他所肢解的尸块像下雨一样，从天空急速地掉落到他车里，我也可以加入他们的行列。

"他们想扩建学校。"

"我觉得这一带看起来更繁荣了。"他神情热切地说。

"你最好还是离开吧。"警员说，虽然他为这个坐在破旧老爷车里的男人感到难为情，不过他还是抄下了车牌号。

"我无意惊吓任何人。"

哈维先生是个老手，但此时此刻，我不在乎他怎么应付警方，我只关心在屋里看书的琳茜。她专心阅读教科书，逐页汲取书本里的知识。从上大学的时候起，她就决定要当一名心理医师，我真希望她永远都这么聪明、健康。我想到刚才发生在前院的小插曲，幸好现在是白天，邻家的妈妈起了疑心，警员又及时出现，所以妹妹才安然无恙。但谁能担保她每天的安危呢？

露丝没有告诉雷她看到了我，她决定把这件事情写在日记里。正当他们穿过马路走回车里时，雷看到路旁的一堆废土上有一株建筑工人丢弃的像是紫罗兰的植物。

"你看，那是常春花，"他对露丝说，"我要过去帮妈妈采一两枝。"

"好，你慢慢采。"露丝说。

雷钻进车道旁的灌木丛，小心翼翼地爬到废土堆上摘花，露丝则静静地站在车旁。此刻的雷已经不再思念我，他只想到他妈妈的笑容，采一些像这样的野花带回家，妈妈看了一定会很开心。他想象着妈妈笑逐颜开地把花瓣摊平，然后从书柜上拿下厚重的字典或是工具书，仔细地把花朵夹在白纸黑字的书页里。想到这里，他打算再去另一边看看有没有更多野花，很快就不见了人影。

我看着雷消失在废土堆的另一边，就在这一刻，锥心的刺痛忽然沿着脊椎蔓延而上。我听到"假日"从喉咙深处发出低沉的叫声，叫声中夹杂着恐惧。原来，哈维先生开车来到了落水洞附近，这里曾是他抛弃一具尸体的地方，他看着四周和他车子颜色一样的橙色高压电塔，想起他妈妈的琥珀项链坠儿，她把项链坠儿递给他时，那东西还暖暖的呢。

露丝看到女人们身穿血迹斑斑的长袍，一个个被塞进了车子里，她不由得朝着她们走过去。哈维先生开车经过露丝，她满眼全是那些血迹斑斑的女人，然后就昏了过去。

就在这一刻，我坠落到人间。

二十二

露丝昏倒在地上，这我是知道的；哈维先生悄然离开，没人看到他，没人在乎他，甚至也没人躲避他，这我却没能亲眼看到。

恍惚中，我跌了一跤，完全失去了平衡。我从天堂广场的眺台跌下，穿过草坪一路滚到我多年居住的天堂最远的边缘。

我听到雷在我上方大叫，他的声音在我耳边隆隆作响。"露丝，你还好吗？"说完他伸手抱住露丝。

"露丝，露丝，"他大喊，"你怎么了？"

我透过露丝的双眼抬头看去，她的背贴在地面上，她的衣服被割破了，尖锐的小石头划破了她的肌肤，这些我都感觉得到。不但如此，我还感到了阳光的温暖，闻到了柏油路的气味，我所有的感官似乎都活了过来，唯独就是看不到露丝。

我听到露丝用力地呼吸，感受到她体内的晕眩，但空气不断涌入她的肺部，她的身体放松下来。雷紧张地蹲在露丝旁边，灰色的眼睛一开一合，他抬头张望，想看看能不能找到人帮忙，却失望地发现路上看不到半个人。他没有看到哈维先生的车，只是帮妈妈采完野花，高高兴兴地抱着它们从废土堆的另一端走过来，想不到却发现露丝躺在地上。

露丝的灵魂拼命地想离开她的躯体，而我拼命地告诉她不能这么做。眼下，我和她陷在同一副肉身中，她执意要挣脱出去。没有任何东西，也没有任何人能够阻止她。她要飞向天际。这些年在天堂里，我看到过太多这样的场景，但此时我却身处人间，感受着我身旁露丝急切的、带着愤怒的渴望。

"露丝，"雷说，"露丝，你能听见我说话吗？"

露丝闭上双眼，光亮消失，宇宙颠倒。我看着雷灰色的双眸、深色的肌肤，以及我曾吻过一次的双唇。忽然间，就像有人扭开了门把一样，露丝脱离了她的躯体，飘过雷的身旁。

雷用目光求我动一动，我不再只是看着他，取而代之的是一股可耻的欲望。

我又回到了人间，再也不用在天上眼巴巴地看着他，而是活生生地在他身旁，这种感觉真是甜蜜。

我在湛蓝的阴阳界与赤裸的露丝擦身而过，我从天堂坠落到人间，她则像闪电一样飞跃过我身旁。我看不出她的形体，她也不是鬼魂，露丝这个聪明的女孩，打破了所有的规矩。

而我完全进入了她的身体。

我听到弗兰妮在天堂上叫我，她一边跑向眺台，一边叫着我的名字，"假日"也叫得声嘶力竭，几乎停不下来。忽然间，弗兰妮和"假日"的声音都消失了，四周顿时寂静无声，我感到有人抱着我躺下来，有人握住我的手。我的耳朵好像大海，所有熟悉的声音、脸孔和往事都在其中沉浮。我过世至今已有十年，此时我第一次睁开双眼，看到一双灰色的眼睛注视着我，我僵直地躺着，好一会儿才反应过来，那压在我身上的重量，是人的躯体。

我试着说话。

"别急着说话，"雷说，"出什么事了？"

我死了，我想告诉他我死了；但你要怎么告诉一个人"我死了，但我现在又回到了人间"？

雷跪在地上，他帮卢安娜采的野花散落在他的周围和我身上。在露丝黑色衣服的衬托下，我认出了花瓣那椭圆形的轮廓。雷弯下身，把耳朵贴在我的胸前，静听我的呼吸，还把手指放在我的手腕上摸了一下脉搏。

"你昏倒了吗？"他做完这些检查之后问我。

我点点头。我知道自己不可能永远待在人间，露丝的心愿也持续不了多久。

"我想我还好。"我试着回答，但声音虚弱，雷没听到我在说什么。我睁大眼睛盯着他，有股力量逼着我起身，我以为自己要飘回天堂，但其实只是我试着要站起来。

"露丝，"雷说，"觉得虚弱的话就不要动，我可以抱你回车上。"

我对他露出灿烂的笑容："我没事。"

雷仔细地看着我，他暂时松开了我的手臂，但仍紧抓着我的另一只手。他扶我站起来，我身上的野花散落到地上。此刻在天堂里，露丝·康纳斯一出现，女人们就把玫瑰花瓣撒在她身上。

我看到他英俊的脸上露出惊讶的笑容。"你没事了吧？"他说。他小心翼翼地靠近我，距离近到可以吻我，但他说他只是想检查一下我的瞳孔，看看两个瞳孔是不是一样大。

我继续感受着露丝身体的重量，她的胸部和大腿上下颤动，感觉很性感，但也是不小的负担。我是个回到人间的灵魂、暂时逃离天堂的逃兵，感谢上帝给了我这个难得的机会。我凭着意志力站了起来，尽量挺直身子。

"露丝？"

我试着让自己习惯这个名字，"嗯？"我回答。

"你变了，"他说，"你好像跟刚才不太一样。"

我们俩几乎就站在马路中央，但我一点也不在乎，这个时刻是属于我的。我多么想对他说出真话，但我能说什么呢？我能说"我是苏茜，我只有一点点时间"吗？我说不出口。

"吻我。"

"什么？"

"你不想吻我吗？"我伸手摸摸他的脸庞，他的胡子有点扎手，十年前可不是如此。

"你怎么了？"他一脸疑惑地问道。

"有时候小猫从十楼跌下来，落地时却还是四脚着地、毫发无伤，要不是在报纸上看到，有些人怎么都不会相信有这种事。"

雷先是大惑不解地看了我一会儿，然后就低下头来，我们的嘴唇轻轻地碰在一起。他冰冷的双唇似乎吻到我的内心深处。我终于又偷得了一个吻，这真是上天赐给我的最珍贵的礼物。他的眼睛靠得很近，灰色的双眸中闪烁着绿色的光芒。

我牵着他的手，两人默默走回车里。我知道他走在后面，边走边拉着我的手臂，并细细打量着露丝的身体，想确定她走起路来有没有问题。

他帮我打开副驾驶一侧的车门，我钻进车里，把脚放在地毯上。

他绕到另一边，坐进驾驶座，再一次仔细地凝视着我。

"怎么了？"我问道。

他再次轻柔地吻上我的双唇，我等这一刻已经等了太久，此刻，时间似乎慢了下来，我完全沉醉其中。他的嘴唇轻轻擦过我的嘴唇，胡子扎得我痒痒的。还有我们亲吻时的声音：先是轻轻一啄，然后用力压上彼此的双唇，发出细碎的声响，最后"啵"的一声分开，这些年来，我在天堂看着人间的人拥抱、亲吻，只觉得越来越孤单。我还来不及感受亲昵的亲吻就死了，只有哈维先生碰过我，可他那双残酷的大手却一点也不温柔。上了天堂之后，雷当初的一吻像月光一样伴随着我，不时在我心头闪烁。不知道为什么，露丝居然也明白我的心思。

想到这里，我的头忽然一阵抽痛。没错，我的确是躲在露丝的身体里，但雷吻的女孩不是露丝，而是我。是我想牵他的手，是我想让他吻我，这些都是我想要的，而不是露丝的愿望。这么说来，是我驱使她离开这副躯壳的吗？我仿佛看到了霍莉，她歪头微笑着；我还听到"假日"可怜的叫声，好像舍不得我回到人间。

"你想去哪里？"雷问道。

这真是个大问题，我可以说出千百种答案。我看看雷，心里很清楚自己为什么回到人间；我之所以在这里，不是为了追踪哈维先生，而是为了带回一片未知的天堂。

"我想去霍尔·汉克尔的修车厂。"我说，口气相当坚定。

"什么？"

"是你问我想去哪里的。"我说。

"露丝？"

"嗯？"

"我能再吻你一次吗？"

"好。"我听了脸红通通的。

车子引擎开始变热，他靠过来，我们的双唇再次相触；与此同时，天堂里的露丝正对着一群戴着扁帽、身穿黑色高领毛衣的老人演讲，他们手中高举着发光的打火机，像唱歌一般低诵露丝的名字。

雷坐正身体看着我，"怎么了？"他问道。

"你吻我的时候，我看到了天堂。"我说。

"天堂是什么样子的？"

"每个人的天堂都不一样。"

"我要知道细节，"他笑着说，"真相。"

"和我做爱，"我说，"我就告诉你。"

"你到底是谁？"他问道，但我看得出来他并不知道自己在问些什么。

"引擎热了。"我说。

他把手搭在了闪闪发亮的变速杆上，然后开车上路。我们看起来就像一对普通的青年男女。金色的阳光洒在破旧的路面上，他娴熟地掉头，一片破碎的云母石发出耀眼的光芒。

我们开到大路的尽头，我指指公路另一侧的泥土小径，从那里我们可以开车穿过铁路，抵达目的地。

"他们应该尽快重修这段路。"他边开车边说，车子冲过一片瓦砾碎石，驶入了泥土小径。小径前方的铁路分别通往费城和哈里斯堡两座城市，沿着铁路的房子早已残破不堪，以前住在这里的人家早就搬走了，这附近已成了工业用地。

"毕业之后，你打算留在这里吗？"我问道。

"没有人打算待在这里，"雷说，"你知道的。"

我听了几乎蒙了。如果我还活着的话，是不是也可以离开家到另一个地方，想去哪里就去哪里？但我转念一想：在天堂是不是也一样？我是不是也得先放手，然后才能任意遨游呢？

我们开到霍尔的修车厂，修车厂两边各有一小块清理过的路面，雷在这里熄火停车。

"你为什么想来这里？"雷问道。

"记得吗？"我说，"我们是出来探险的。"

我带他走到修车厂的后门，然后伸手在门框上摸索一阵，不一会儿就找到了藏在那里的钥匙。

"你怎么知道钥匙藏在这里？"

"我看到过好多人这样藏钥匙，"我说，"猜也猜到了。"

里面和我记忆中一模一样，空气中弥漫着浓烈的摩托车机油味。

"我想冲个澡，你随便坐坐吧。"我说。

我走过床边打开电灯开关，一排悬挂在霍尔床上方的小灯泡随即闪烁着光芒，除此之外，就只有一道灰蒙蒙的自然光影，透过后面的小窗子投射进来。

"你要去哪里？"雷问道，"你怎么对这地方这么熟？"他的口气相当急切，充满了刚才所没有的焦躁。

"雷，给我一点时间，"我说，"等一下我再解释给你听。"

我走进狭小的浴室，但没有把浴室的门完全关上。我脱下露丝的衣服，扭开水龙头等水变热。我真希望露丝能看到现在的我，看到我所看到的她的身体——真是完美极了。

浴室里湿气很重，还带着一股霉味，水龙头的水经年流在浴缸里，留下了暗黄的水渍。我跨进这个老式的四脚浴缸，站到莲蓬头下，虽然已将水温调到最高，但我还是觉得冷。我大叫雷的名字，让他进浴室里来。

"我能透过浴帘看到你。"他边说边把视线移开。

"没关系，"我说，"我喜欢让你看。把衣服脱掉，进来和我一起洗吧。"

"苏茜，"他说，"你知道我不是那种人。"

我的心扭成一团，"你说什么？"我问道，透过透明的白色浴帘，雷的身影一片模糊，周围似乎围绕着千百个小小的光点。

"我说我不是那种人。"

"你叫我苏茜？"

他沉默了一会儿，然后拉开浴帘，小心地把目光停驻在我脸上。

"苏茜？"

"进来吧。"我说，眼中逐渐溢满热泪，"请你进来吧。"

我闭上双眼，静静地等待。站在莲蓬头下，感到热水流过我的双颊、颈背、胸部、腹部和腹股沟。过了一会儿，我听到他开始笨手笨脚地脱衣服，皮带扣环重重地落在水泥地上，口袋里的零钱也掉了一地。

小时候，爸妈开车我坐在后座，有时喜欢闭着眼睛躺下来，等车子停下，我知道车子一停就表示我们到家了，也知道爸妈一定会把我拉起来，抱着我走进屋里。我信任爸妈，知道我的等待绝不会落空。此时，我以同样的心情等着雷走过来。

雷拉开浴帘，我转身面对他，慢慢地睁开双眼，一股不可思议的冷风吹过我的两腿之间，我不由得打了个寒颤。

"进来吧。"我说。

他慢慢地跨进浴缸，刚开始他没有碰我，过了一会儿，他才犹豫地摸了摸我身体侧面的一道小伤疤，我们一起看着他的手指顺着细长的伤疤向下滑。

"露丝一九七五年打排球受伤了。"我说，身子又开始冷得发抖。

"你不是露丝。"他一脸疑惑。

我拉起那只摸到伤痕尾端的手，把手放到我左边的乳房下面。

"我看你们两个看了好多年，"我说，"我要你和我做爱。"

他想开口说话，但嘴边的话太奇怪，根本说不出口。他用拇指轻抚我的乳头，我把他的头拉向我，我们开始亲吻。热水流过我们的身体，溅湿了他胸腹间稀疏的胸毛。我想到露丝和霍莉，想知道她们是否看得到我，因此，我吻了雷。在哗哗的水流中，我可以尽情哭泣，雷可以吻去我脸上的泪珠，却永远不会知道我为什么哭泣。

我用双手探索他的身体，轻抚他身体的每一个部位，我用掌心包住他的胳膊肘，手指轻扯他的阴毛。我想起哈维先生曾强行进入我的身体，此刻，我握住雷的那个部位，在心中低声说"温柔一点"，脑海中顿时浮现出"男人"二字。

"雷？"

"我不知道该叫你什么。"

"苏茜。"

我把手指放在他唇上，阻止他发问。"还记得你写给我的纸条吗？记得你曾说自己是摩尔人吗？"

我们静静地站了一会儿，我看着水珠顺着他的肩膀一滴滴滑落下来。

他一言不发地抱起我，我把双腿绕在他的腰际，他关掉水，用浴缸的边缘支撑住身子，当他进入我体内时，我用双手紧紧抱住他的脸颊，使尽全身力气拼命地吻他。

整整一分钟之后，他移开身子问我："告诉我天堂是什么样子。"

"天堂有时候像个高中，"我上气不接下气地说，"虽然在人间，我没来得及上高中，但在我的天堂里，我可以在教室里生起营火，或是在走廊上尽情喊叫。但天堂不一定永远是这个样子，它可以是加拿大的新斯科省、摩洛哥的丹吉尔古城或是中国的西藏，天堂就像你梦想中的样子。"

"露丝这会儿就在那里吗？"

"她现在正在天堂演讲，但过一会儿就回来。"

"你现在看得到自己在天堂里吗？"

"我现在在这里。"我说。

"可你等一会儿就走了。"

我不能骗他，只好点点头说："我想是的，没错，雷。"

在水中、在卧室里、在星光似的微弱灯光下，我们一次又一次做爱。之后，他躺下来休息，我沿着他的脊椎骨轻吻他背上每一条肌肉、每一个黑痣、每一块斑点。

"别走。"他说，缓慢地闭上那双宝石般明亮的眼睛，我知道他即将进入梦乡。

"我叫苏茜，"我轻声说，"姓'萨蒙'，念起来就像是'三文鱼'。"我把头靠在他的胸前，在他身旁沉沉入睡。

等我再次睁开双眼时，窗外一片暗红，我可以感觉到剩下的时间不多了。我正身处我曾看了那么久的，生机勃勃的人间。可我哪儿也不想去，只想待在这个小房间里，好好体验一下恋爱的感觉。我感到有些许无助，但和我临死前的那种无助大不相同。我现在知道，生而为人，都有脆弱无助的一刻，亦有忽明忽暗的悲喜交加。我们只能凭着感觉走，边走边摸索，最后终将张开双臂迎接光明。这一切都是人生这场未知航行中的一部分。

露丝的身体越来越虚弱，我撑起一只手臂，看着雷入睡。我知道我快要走了。

过了一会儿，他睁开眼睛。我看着他，用手指轻抚他的脸庞。

"雷，你有没有想过死人是怎么回事？"

他眨眨眼睛，看着我。

"别忘了，我读的是医学院。"他说。

"我说的不是尸体、疾病或是器官衰竭这类的事，我是说露丝说过的事情，也就是我们这些灵魂。"

"有时候我会想到她说的话，"他说，"但一直不太相信。"

"你知道，鬼魂就在周围，"我说，"我们一直就在周围。你可以跟我们说话，可以想念我们，你不用害怕，也不用伤心。"

"我能再碰碰你吗？"他掀开大腿上的被单，坐直了身子。

就在此时，我看到床的另一头站着一团模糊静止的影子，我想说服自己那只是阳光下的古怪光影，是夕阳中的一团微尘。但当雷伸手触碰我时，我却一点感觉也没有。

雷靠近我，轻柔地吻我的肩膀，但我依然一点感觉也没有。我又掐了掐被单下的身体，依然没有感觉。

床边模糊的影子开始现形，雷滑下床，起身站好，我看到房间里充满了男男女女的身影。

"雷。"雷走向浴室，我想在他走之前对他说，"我会想念你""别走"，或是"谢谢你"。

"嗯？"

"你一定要读读露丝的日记。"

"一定。"他说。

隔着床畔逐渐成形的鬼影，我看到他对我微微一笑，接着，他转过身去，英挺的背影瞬间消失在浴室门口，可我知道，这仅有的一幕将成为永恒的记忆。

浴室中逐渐浮起朦胧的水汽，我慢慢走向霍尔存放账单的书桌，露丝的身影再度浮上我的心头。从在停车场看到我的那天开始，露丝就梦想着像今天这样神奇的一刻，可我之前怎么就没看出来呢？我只顾着自己的梦想，生前希望长大后当个野生动物摄影师，大三时拿到奥斯卡金像奖，死后则梦想着再吻雷·辛格一次。当你怀有梦想，有天终能实现。

桌上有部电话，我拿起听筒，想都没想就拨了家里的号码，就好像拿了一把密码锁似的，手一碰到按键，便立刻就知道了密码。

电话响到第三声，有人接起电话。

"喂？"

"喂，巴克利。"我打声招呼。

"请问是哪一位？"

"是我，苏茜。"

"哪一位？"

"苏茜，我是你大姐苏茜。"

"我听不到你说话。"他说。

我默默地盯着电话，过了一会儿，我感觉到屋子里充满了沉默的鬼魂，有小孩，也有大人。"你们是谁？你们从哪里来？"我大声询问，但屋子里却一片静默。就在此时，我注意到自己已经坐直，而露丝却仰面躺在桌边。

"你能不能拿一条毛巾给我？"雷关上水龙头，在浴室里大喊。他没听到我的回答，等了一会儿才拉开浴帘。我听到他跨出浴缸，走到浴室的门口，看到露丝之后，又赶紧冲到了她的身旁。他碰了碰她的肩膀，她在半睡半醒中睁开了双眼。他们看着对方，她什么都不用说，他知道我已经走了。

我记得有一次和爸妈、琳茜、巴克利一起坐火车，我们坐在与火车前进方向相反的座位上，毫无预警地随火车驶入了一条黑暗的隧道——再度离开人间的感觉就和那时一样。我知道终点站在哪里，窗外的风景也已过眼千百遍。但这次我不是被迫离开，而是感觉有人陪伴，心中安然。我知道，这将是一段漫长的旅程，终点是一个非常遥远的地方。

再次离开人间比回到人间更容易。我看着两个老朋友在霍尔修车厂内默默地拥抱对方，两人都不知道该如何形容刚才经历的事情。露丝觉得自己从来不曾如此疲倦，但也从来没有这么高兴过；而对于雷来说，刚刚所经历的一切，将给他的人生带来新的改变。

二十三

　　第二天早上，卢安娜烤蛋糕烤得香气四溢，香味飘进了楼上雷的房间，雷和露丝在房间里并排躺了一晚，一夜之间，他们的世界已和以前全然不同。

　　他们小心翼翼地抹去了修车厂里有人来过的痕迹，然后便默默地开车离开，回到了雷的家里。那天晚上很晚的时候，卢安娜看到两人衣着整齐地窝在一起，睡得很熟的样子，她很高兴雷最起码有这么一个奇怪的朋友。

　　凌晨三点左右，雷忽然惊醒，他坐起来看着露丝修长的四肢，以及刚和他发生了亲密关系的美丽胴体，心中充满了说不出的温情。他伸手碰碰露丝，一丝月光透过窗户斜洒在地板上，这些年来，不知道有多少个夜晚，我就坐在这扇窗边看着他读书。他顺着月光向下看，刚好看到露丝放在地上的背包。

　　为了不吵醒身旁的露丝，他蹑手蹑脚地滑下床，悄悄地走到背包旁边，背包里有本露丝的日记，他拿起日记，开始阅读：

　　"羽毛顶端带着一丝空气，羽毛底端沾满了鲜血。我拿起骨头，盼望它们能像碎玻璃一样凝聚光芒……我还想把骨头拼在一起，让它们站直，被谋杀的女孩说不定就能活过来。"

他跳过这页，继续往下读：

"宾州车站的厕所，一位老妇人，挣扎着来到洗手槽旁边。"

"C大道的某户人家，夫妻二人双双遇害。"

"莫特街的屋顶上，一名少女遭到枪杀。"

"时间不详。小女孩在中央公园迷路走向树丛。白色衣领绣着蕾丝边，十分精致。"

他坐在房里，感觉越来越冷，但他依然继续读下去，直到听到露丝的声音，他才抬起头来。

"我有好多事情想告诉你。"她说。

艾略特护士把爸爸扶到轮椅上，妈妈和妹妹在病房里跑来跑去，忙着把水仙花收起来带回家。

"艾略特护士，"爸爸说，"我会永远记得你的悉心照料，但我可不想很快又见到你。"

"我也不想。"她笑着说。她看到我的家人都站在病房里，气氛有些尴尬，便对弟弟说，"巴克利，你妈妈和姐姐手里都拿了东西，你来推轮椅吧。"

"巴克，慢慢推。"爸爸说。

我看着他们四人慢慢穿过走廊，走向电梯，巴克利和爸爸在前面，琳茜和妈妈跟在后面，两人手上都是鲜艳欲滴的水仙花。

电梯缓缓下降，琳茜盯着手上鲜黄的花朵，忽然想起大家第一次在玉米地为我举行悼念仪式时，塞缪尔、霍尔和她看到一束黄色的水仙花，当时他们都不知道是谁把花放在那里的。此时，琳茜看

338

了看水仙花，又看了看妈妈，顿时了然于心。她能感觉到巴克利轻轻靠着自己，而爸爸坐在闪亮的轮椅上，看起来虽然疲倦，但显然很高兴可以回家。他们走进医院大厅，自动门一扇扇地开启，我知道他们四人注定相守相伴，不被打扰。

卢安娜削了一个又一个苹果，她的手被水泡得红肿，心中再次浮现出自己回避多年的那个念头：离婚。昨晚看到儿子和露丝依偎在一起，她终于下定了决心。她已经不记得上次和丈夫一起上床睡觉是什么时候的事了，如今，他就像鬼魂一样在家里游荡，一直到夜深人静，他才悄悄钻上床，却几乎连被子都没有弄皱。虽然他还不是电视或报纸上描述的那种糟糕丈夫，可他的残忍之处在于他总不在家。即使他回到家里，和她一起坐在了餐桌旁，吃着她准备的食物，也还是一副心不在焉的样子，好像人根本不在这里。

她听到楼上浴室传来水声，打算过一会儿等到儿子和露丝梳洗完毕再叫他们下来。我妈特地打电话来道谢——因为之前她从加州打电话来询问家中状况，是卢安娜告诉她发生了什么事。卢安娜决定一会儿送个苹果派去我家。

卢安娜给雷和露丝各递了一杯咖啡，然后说时候不早了，她希望雷陪她到萨蒙家去一趟，她打算悄悄地把苹果派放在我家门口。

"哇，偷偷摸摸的。"露丝敷衍道。

卢安娜瞪了她一眼。

"妈，对不起，"雷说，"昨天发生了太多事，我们都累坏了。"话是这么说，可如果真的和盘托出昨天发生的事，母亲会相信他们吗？

卢安娜转身面向厨台，从两个刚烤好的派中拿了一个放在桌上，金黄的外皮上有几道缺口，冒出了热腾腾的香气。"要不要吃一块当早餐？"她说。

"你简直是女神！"露丝说。

卢安娜笑了笑。

"赶快吃饱，换好衣服，你们两个都可以和我一道去。"

露丝看了看雷，说："我还有别的地方要去，晚一点再来找你。"

霍尔把那套鼓拿给弟弟，虽然离弟弟十三岁生日还有好几个星期，但霍尔和外婆都认为巴克利现在就需要一套鼓。塞缪尔让琳茜和巴克利单独到医院去接爸爸妈妈，没有跟着一起去。因为他知道，对我家人而言，此次回家具有双重意义，不但爸爸出院，妈妈也回家了。妈妈在医院陪了爸爸整整四十八小时，在这四十八小时之内，所有人的命运都发生了改变，我现在知道，将来大家还会面临更多的变化，谁也阻止不了生命的运转。

"我知道现在喝酒还太早，"外婆说，"但我还是要问，男士们，你们想喝点什么'毒物'？"

"我以为我们要开香槟庆祝的。"塞缪尔说。

"没错，但要待会儿再开，"她说，"现在是饭前小酌。"

"我不用了，"塞缪尔说，"等琳茜喝的时候我再陪她喝一点好了。"

"霍尔？"

"我也不了，我在教巴克利打鼓。"

外婆虽然想说哪一个伟大的爵士乐手不是醉醺醺的，但还是改口问道："那么，我帮你们倒三杯纯净透亮的白开水如何？"

说完她就走回厨房倒水。上了天堂之后，我比活着时更爱外婆，而且这种爱与日俱增。我当然希望能看到外婆成功戒酒，但我现在已经很明白，外婆不会改变，她就是喜欢喝两杯，酒就是她的一部分，外婆之所以是现在的样子，与酒的作用密不可分。即使她过世之后，人们只记得她醉醺醺地帮大家打气的样子，那又如何呢？我就喜欢这样的外婆。

外婆把制冰盒从冷冻库拿到水槽边，倒出一大堆冰块，她在每个高高的杯子里都放了七个冰块，然后扭开水龙头，让水流到最冷为止。她的阿比盖尔，古怪的阿比盖尔，她心爱的女儿，终于回家了。

她抬头看看窗外，朦胧之中，她仿佛看到了一个女孩，身穿和她年轻时同款式的衣服，坐在巴克利的工具屋外，目不转睛地盯着她。女孩一会儿就不见了，外婆甩甩头，把女孩的身影抛在脑后，今天大家都很忙，她不会向任何人提起这件事。

我看着车子驶到家门口，心想这不正是我期待已久的时刻吗？全家人终于团聚了，而且不再是为了我，而是为了彼此才回到这个家。

在午后的阳光中，爸爸不知道为什么显得很瘦弱，但他眼中充满多年未见的满足。

妈妈的心情起伏不定，心想她这次回家也许能支撑下来。

他们四人同时下车，巴克利从后座走到前面来搀扶爸爸，其实爸爸并不需要他搀扶，可弟弟就是下意识地想保护爸爸不再受到妈妈伤害。琳茜隔着车子注视着弟弟，她已经习惯了这样照顾全局。长久以来，她、弟弟和爸爸就这么相互扶持着走到了今天，三个人都放不下彼此。琳茜转过头，看到妈妈正注视着她，鲜黄的水仙花照亮了妈妈的脸庞。

"怎么了？"

"你和你祖母简直一个模样。"妈妈说。

"帮我一起去拎包吧。"妹妹说。

她们走向后车厢，巴克利扶着爸爸走向家门。

琳茜望着黑暗的车厢，有件事情她非得弄清楚不可。

"你会再伤害他吗？"

"我会尽我所能不再去伤害他，"妈妈说，"但我现在还不能向你保证什么。"说完，妈妈等待着。琳茜抬起头来看着她，眼中是如当年一样的怀疑。这个孩子成长得太快，从警方说玉米地里都是血，她的姐姐死了的那天起，琳茜就成了一个大人；也就是从那一天起，妈妈失去了她的大女儿。

"我知道你做了什么。"

"我会记得你的警告。"

琳茜用力拎起了一个包。

她们同时听到巴克利的叫喊："琳茜！"他冲出大门，一改往日的严肃模样，身体也变得轻盈起来，"你看霍尔给了我什么！"

他用力地敲打，一下、两下、三下，过了五分钟之后，只有霍尔脸上还带着笑容，其他人不禁想到将来只怕不得安宁了。

"我看最好现在就开始教他。"外婆说，霍尔点头表示同意。

妈妈把水仙花递给外婆，借口想上洗手间，转身走上二楼，大家都知道她想到我房里看看。

她像站在太平洋岸边一样，独自站在我房间的门口。我的房间还是淡紫色，除了房里多了一张外婆的摇椅之外，所有的摆设都没有变。

"苏茜，我爱你。"妈妈说。

这句话我听爸爸说了好多次，可听到妈妈这么说时，我整个人都呆住了。现在我才知道，这些年来我一直都在不自觉地等着妈妈说这句话。她需要时间说服自己，她对我的爱不会毁了她的生活。而我能够，也确实给了她足够的时间；毕竟，对我而言，时间算得了什么呢？

妈妈看到我以前的衣柜上放了一张照片，外婆把它放在一个金色相框里。这是我为她拍的第一张照片，当时大家都还没起床，她也素面朝天，我按下快门，捕捉到了阿比盖尔神秘的那一面。野生动物摄影家苏茜·萨蒙所拍摄的这位女子，正隔着笼罩在晨雾中的草坪凝视着远方。

妈妈在楼上的洗手间里，把水开得哗哗响，还扯乱了架上的毛巾。看到这些奶黄色的毛巾，她马上就知道是外婆选的。她觉得这种颜色非常不实用，把姓名缩写绣在毛巾上的做法也很好笑。但她转念一想，马上又嘲笑起自己来，这些年来她秉持的实用主义生活态度，又对自己有什么好处呢？她母亲虽然有时喝得醉醺醺的，可一向都充满爱心，个性虽然浮华，但活得实实在在。如果她都已经能够接受人死不能复生的事实了，为什么不能再学着接受尚在人间的亲人呢？

此刻，浴室、浴缸或是水龙头周围都看不到我的身影，我不在妈妈上方的镜子附近，也没有缩小身子躲在巴克利或琳茜的牙刷上。

但这些年来，我每天都在想着：大家都好吗？爸妈会破镜重圆，然后永远在一起吗？巴克利什么时候才会把心事告诉大家？爸爸的心脏病真的痊愈了吗？我从未停止过想念他们，也希望他们不要忘了我，直到永远。

霍尔在楼下握着巴克利的手腕，教他怎样用鼓棒："像这样，对，轻轻地擦过鼓面。"巴克利照着做了，然后抬头看看坐在他对面沙发上的琳茜。

"很酷啊，巴克。"我妹妹说。

"听起来好像响尾蛇。"

霍尔非常满意，"就是这样。"他说，脑海中已经浮现出他和巴克利的小型爵士乐团演出时的场景。

妈妈回到楼下。进客厅后，她先看了爸爸一眼，默默地向他示意说她还好，她撑得住。

"好了，大家注意，"外婆在厨房大喊，"塞缪尔要祝酒了，大家坐好！"

全家人听了都不禁大笑，但气氛依然有点尴尬。虽然每个人都期待这个全家团聚的时刻，可真聚在一起了却又不知如何是好。塞缪尔和外婆走进客厅，外婆端着一个摆满了高脚杯的盘子，塞缪尔很快地瞄了琳茜一眼。

"外婆会帮我为大家斟上香槟。"他说。

"这事她最内行。"妈妈说。

"阿比盖尔？"外婆说。

"嗯？"

"我很高兴你回来了。"

"继续说吧,塞缪尔。"爸爸说。

"我想说,我很高兴和你们大家在一起。"

但霍尔了解自己的兄弟,知道他需要有人为他打气:"喂,大演说家,怎么不往下说了!来,巴克,来一点鼓声吧。"这次霍尔让巴克利自由发挥,弟弟也用鼓声表达了他的支持。

"嗯,我想说的是,我很高兴萨蒙太太回来了,萨蒙先生也回家了。嗯,还有,能娶到他们这个漂亮的女儿我感到很荣幸。"

"说得好!说得好!"爸爸说。

妈妈站起来帮外婆端着盘子,然后一起把酒杯递给大家。

我看着家人啜饮香槟,想到他们在我生前与死后经历的一切。我看到塞缪尔向前一步,在全家人的注视下勇敢地吻了琳茜,而我开始在空中渐行渐远。

我的死引发了家中亲人的改变,有些改变平淡无奇,有些改变的代价则相当高昂,但我死后发生的每件事情,几乎都有特殊的意义。这些年来,他们所经历的一切就像绵延伸展的可爱的骨头,把大家紧密联结在一起。我终于开始认清,没有我,他们依然可以活得很好,犹如身体中的骨骼,尽管有时会有缺失,但在不可知的未来终将长出新的骨干,重新变得圆满完美。我现在明白了,我用生命的代价换来了这一神奇的生命循环。

爸爸看着站在他面前的小女儿,另一个女儿的朦胧身影终于消失无踪。

霍尔答应弟弟晚餐后继续教他打鼓,弟弟这才不情愿地把鼓槌收了起来。他们七个人一个跟着一个走进饭厅,塞缪尔和外婆在餐桌上摆好了精美的餐具,桌上摆着外婆的拿手餐点:"斯托弗"冷冻意大利面和"萨拉·李"冷冻奶酪蛋糕。

"外面有人，"霍尔隔着窗户看到一个人，"是雷·辛格！"

"请他进来吧。"妈妈说。

"他要走了。"

除了爸爸和外婆留在饭厅之外，其他人都跑到外面去追雷。

"嘿，雷！"霍尔打开门大喊，差点踩到摆在门口的苹果派，"等一下！"

雷转过身，他母亲在车里等他，车子没有熄火。

"我们不想打扰你们。"雷对霍尔说，琳茜、塞缪尔、巴克利和一个他认得出是萨蒙太太的女人全都挤在大门口。

"是卢安娜吗？"妈妈大喊，"请她一起进来吧。"

"没关系，真的不用麻烦。"他站在原地不动，心想，苏茜此刻在看着我们吗？

琳茜和塞缪尔冲出人堆，朝着雷走了过去。

妈妈已经走过门口的车道，靠在车窗旁和卢安娜说话。

雷瞄了他妈妈一眼，她正打开车门，看来准备进屋逗留一阵子，"除了苹果派之外，我和雷什么都吃。"她对我妈妈说，两人一起走向大门口。

"辛格博士还在工作吗？"妈妈问道。

"他永远都在工作，"卢安娜说。她看着雷和琳茜、塞缪尔一起走进屋里，"哪天你再过来和我一起抽几口冲鼻的香烟吧？"她说。

"就这么说定了。"妈妈说。

"雷，欢迎，欢迎，请坐。"雷穿过客厅时，爸爸说。这个男孩曾经爱上他的女儿，他心里一直对雷有种特殊的感情。可弟弟忽然跑过来，抢先坐在了爸爸身边的椅子上。

琳茜和塞缪尔从客厅搬来两张直背椅，在橱柜边坐了下来，卢安娜坐在妈妈和外婆中间，霍尔一个人坐在桌子的另一头。

此时，我终于能够肯定他们不再会感觉出我走了，正如他们感觉不到我来了一样——有时，尽管我拼命在某个房间里盘旋，他们依然看不到我。巴克利觉得他曾跟我说过话，我也试图跟他对话，虽然我并不记得有这么一回事，但对巴克利而言，姐姐确实曾陪他聊过天。这些年来，我活在大家的思念中，大家要我什么时候出现，我就照着他们的想象出现在他们眼前。

露丝又来到玉米地里。所有我心爱的人都坐在同一个房间里，只有她一个人走向玉米地。她始终能感觉到我的存在，也会永远惦念着我。我知道她的心意，却已经不能再为她做些什么了。露丝当年是个受到鬼魂纠缠的女孩，现在则是个被鬼魂围绕的女子。当年是身不由己，现在则是她自己的选择。只要她愿意，就能说出我生前死后的种种故事，哪怕每次只有一个听众也无妨。

🌿

卢安娜和雷在我家待到很晚，塞缪尔大谈那栋他和琳茜在30号公路旁找到的哥特式老房子，他向妈妈详细描述了房子的模样，还说到当时他怎样想到要向琳茜求婚，并打算结婚之后和她一起住在那里。雷听着听着问塞缪尔："你说的那栋房子，天花板上是不是有个大洞，大门上方还有几扇很漂亮的玻璃窗？"

"没错。"塞缪尔说，听到天花板上有个大洞，爸爸仿佛有点担心。"萨蒙先生，请不要担心，我保证一定把房子修好。"

"那栋房子是属于露丝爸爸的。"雷说。

大伙儿都静了下来，过了一会儿，雷继续往下说。

"他贷款买了一些还没有被拆掉的老房子，正打算重新整修。"

"我的天啊。"塞缪尔说。

他话音刚落，我就离开了。

骨　头

　　一旦死者下定决心离开，你绝对感觉不到他们走了，顶多只会觉得有一声耳语或是一阵微风飘过身旁。打个比方，这种感觉就好像有个女人坐在演讲大厅或是戏院后排，直到她悄悄溜了出去，你都不会知道她已经不见了。只有那些也坐在门边，像外婆一样上了年纪的人才会注意到；对一般人而言，只不过会感到门窗紧闭的房子里莫名其妙地刮来一阵微风，没人会去追究这是为什么。

　　几年之后，外婆也过世了，但我在天堂里还没碰见过她。我想她一定优游在自己的天堂里，和田纳西·威廉斯、迪恩·马丁一起啜饮薄荷酒。我相信等她自己高兴，自然会来到我的天堂。

　　说真的，我依然不时地偷窥我的家人。我控制不了自己，而他们也依然惦记着我，没办法。

　　琳茜和塞缪尔结婚后的一天，两人一起坐在30号公路旁的空房子里喝香槟。房子旁边的树木越长越高，枝叶都伸进了楼上的窗户，他们坐在枝叶下，心想一定要想办法修剪这些不听话的枝条。露丝的爸爸已经答应把房子卖给他们，不收首付，唯一的要求是要塞缪尔当他公司的第一名员工，和他共同开创修复老房子的事业。到了夏末，康纳斯先生在塞缪尔和巴克利的协助之下，已经将房子周围清理干净。他还弄来了一辆房车，白天在里面办公，晚上这里就成了琳茜的书房。

刚开始一切都不方便，房子里没水没电，他们必须回我家或是回塞缪尔的父母家洗澡，但琳茜依然专心念书，塞缪尔则四处寻找和房子相同年代的门把和灯饰。琳茜发现自己怀孕时，大家都感到十分惊喜。

"我就说嘛，你最近看起来比较发福了。"弟弟笑着说。

"你也好不到哪里去！"琳茜说。

爸爸梦想着说不定有一天，他可以引导另一个可爱的孩子爱上玻璃瓶里的帆船。他知道，当那天终于到来时，他定会感到悲喜交加——玻璃瓶里的小帆船总会让他想起他那早逝的大女儿。

我真想告诉你们天堂有多漂亮，也想让你们知道这里永远没有危险，总有一天，你也会来到这个平安美丽的地方。但最重要的还不是平安美丽，而是我们在天堂里可以过得很开心。

有时我们会耍些小花招，让人间的人高兴得说不出话来。比方说，有一年我让巴克利栽种的各种荒唐的作物全部一起萌芽开花，这是我献给妈妈的礼物。她回家之后重拾园艺，悉心照料花草、培育种子，成果令人赞叹。更令人惊讶的是，她回家短短几年之内就有这种成果，生命的转折真是不可思议。

爸妈把我的旧东西捐给了慈善机构，外婆的遗物也捐了出去。

每当想起我，他们就坦白说出对我的思念。一起分享思念的心情，一起谈论死去的女儿，这已成为爸妈生活的一部分。巴克利的隆隆鼓声，我也听得声声在耳。

雷拿到了医学学位，正如卢安娜喜欢说的那样，他成了辛格家"真正的医生"，而即使身边都是看待事物非此即彼、黑白分明的医生和学者，他也依然相信生命蕴含着多种不同的可能性。而对于越来越多不可思议的瞬间，他都选择相信。有时候鬼魂在垂死者面前现身不见得是精神恍惚所致，他自己就曾把露丝叫成我，并且真真切切地和我做过爱。

倘若心生疑惑，他就打电话给露丝。露丝已从衣柜大小的房间搬到了下东区的一个小套房。她计划把亲自目睹、亲身经历的事写下来，她想让大家相信：死者真的会跟活人说话，在阴阳交界处，鬼魂上下飘摇，跟着生者一起欢笑。他们就像生者所呼吸的空气，缥缈无踪，却无处不在。

我把我现在住的这个大大的地方叫作"超级天堂"，这里不但实现了我最单纯的梦想，也满足了一切最卑微、最宏大的渴望，就像我祖父说的：这里舒服极了。

这里当然有美味的蛋糕、蓬松的枕头和各式各样鲜艳的色彩，但在大家都看得到的绚丽景象之下，还有一些安静的角落，你可以到那里坐坐，静静地握着另一个人的手，什么话都不必说——不必提起往事，也不用多做说明，想待多久就待多久。超级天堂里的生活，时而像是平头钉和缓慢飘落的树叶一样简单自然，时而像是坐上惊险刺激的过山车，口袋里的玻璃弹珠掉出来，却依然稳稳地一直悬浮在空中。在这里，所有那些你在自己的小天堂里想都想不到的梦想都将成真。

一天下午，我和祖父一起观看人间的动静，看到小鸟在缅因州高耸的松林间跳跃，从它们一次次的起飞和降落中感受到生命的活力。最后，我们来到曼彻斯特，祖父记得以前曾到东海岸各州出差，于是，我们到这里来看看他以前去过的一家小餐馆。时隔半个世纪，小餐馆比当年残破了不少，我们看了一眼之后就准备离开。但就在转身时，我看到哈维先生从一辆"灰狗"巴士里走了下来！

他走进小餐馆，在柜台边点了一杯咖啡。对不知情的人而言，他看起来和普通人没什么两样。他早已不戴隐形眼镜，因此大家通常也不会注意到，那双隐藏在厚重镜片下的眼睛，眼神是那么地飘忽不定。

一个上了年纪的女侍者端了一杯热气腾腾的咖啡给他，咖啡盛在一个塑料杯里，他听到身后的门上挂的铃铛响起，随即感到门外吹来一股寒风。

走进餐馆的是一名少女，她和哈维先生搭同一班巴士，就坐在他前面几排。过去几个小时的路上，她一直戴着随身听，轻轻地跟着哼唱。他坐在柜台边等她上完洗手间，然后跟着她走出了餐馆。

我看着他跟在她后面，走过餐馆旁肮脏的雪地，一路跟到车站后面。她站在那里避风、抽烟，他凑上前去，但她没有受到惊吓，在她眼中，他不过是一个衣衫褴褛的无聊的老男人。

他打量了一下四周，天上飘着雪，天气相当冷，他们面前是一道陡峭的溪谷，另一边则是黑漆漆的树林。盘算清楚之后，他开口向她搭讪。

“这一趟坐得真久。”他说。

她先是看了他一眼，仿佛不敢相信他在和她说话。

“嗯。”她说。

“你一个人旅行吗？”

就在此时，我注意到他们头上悬挂着一排长长的冰柱。

女孩用鞋跟把香烟踩熄，然后转身离开。

“变态。”她边说边加快了脚步。

没过一会儿，长长的冰柱直落而下，哈维先生感到一个冰冷的东西重重地打在身上，打得他一个踉跄，双脚一滑，刚好跌进了前面的溪谷里。几星期过后，溪谷中的雪融化了，人们才发现他的尸体。

现在，我们来说说一个特别的人：

琳茜在院子里开辟了一座花园，我看到她站在长长的花圃前除草，她想到每天在心理诊所见到的那些患者，手指不由得紧张地扭在一起。如何才能帮助他们，让生命发给他们的牌变得有意义？怎样才能减轻他们的痛苦？我记得她虽然聪明，却经常想不通一些最简单的事情。比方说，她花了很久才明白，每次我自愿去拔篱笆里面的草，其实是为了能一边拔草，一边和“假日”玩耍。她想起了“假日”，我也跟着她的思绪漫游，她想再过几年，等他们安顿好，房子围上了篱笆，她也要给孩子养条小狗。她又想到现在有种新机器，三两下就可以把篱笆间的杂草修剪得整整齐齐，而以前我们总是边拔草边抱怨，一拔就是好几个小时。

塞缪尔从屋里走出来，手里抱着小宝宝走向琳茜。啊，阿比盖尔·苏姗娜，我可爱的胖娃娃！我在人间活了十四年，而在我死了十年之后，这个胖嘟嘟的小婴儿来到了人间，她是我最亲爱的小苏茜。塞缪尔把她放在了花丛旁边的毯子上。而我的妹妹，我亲爱的琳茜则把我留在了她的记忆深处，那才是我应该在的地方。

🌿

　　五英里外的一栋小房子里，一个男人拿着我的银手镯给他太太看，手镯上早已覆上了一层污泥。

　　"你瞧我在那个旧工业区里捡到了什么，"他说，"工地里一个工人说他们打算把整片地都铲平，不然的话，怕是附近会有别的落水洞，让车子陷进去。"

　　他太太帮他倒了一杯水，他用手指轻抚手镯上的小自行车、小芭蕾舞鞋、小花篮和小顶针，摸着摸着，他举起这个沾满泥巴的银手镯，而他太太放下了手中的玻璃杯。

　　"这个小女孩现在一定长大喽。"她说。

　　几乎吧。

　　但也不全对。

　　我祝你们都幸福长寿。

致　谢

感谢一直以来支持我的老读者：朱迪斯·格罗斯曼、威尔顿·巴恩哈特、杰弗里·沃尔夫、玛戈特·利夫西、菲尔·海以及米歇尔·拉蒂奥莱斯。同样感谢加州大学欧文分校写作班的朋友们。

感谢那些在聚会上总是晚到，却带来最好吃的点心的朋友们：蒂尔·明顿、乔伊·约翰内森以及凯伦·乔伊·弗劳尔。

感谢文坛前辈：詹妮弗·卡尔森、比尔·康塔迪、乌苏拉·道尔、迈克尔·皮奇、阿斯亚·穆奇尼克、赖恩·哈比奇、劳拉·奎恩以及希瑟·费恩。

更感谢萨拉·伯恩斯、萨拉·克莱顿和光芒四射的麦道威尔·克罗尼。

感谢帮我收集资料的万事通：迪·威廉姆斯、奥瑞恩·帕尔曼、卡尔·布莱顿博士以及不可或缺的助手巴德和简。

感谢一直陪伴我的三人小组：艾米·本德、凯瑟琳·切特科维奇和格伦·大卫·戈尔德，他们始终支持我，反复阅读我的作品。除了甜点和咖啡之外，他们是我每天的精神振奋剂。

且让我对莉莉高声欢呼吧！